Elisabeth Dreisbach, Liebe ist immer stärker

ELISABETH DREISBACH

Liebe ist immer stärker

CHRISTLICHES VERLAGSHAUS GMBH
STUTTGART

ABCteam

Bücher, die dieses Zeichen tragen, wollen die Botschaft von Jesus Christus in unserer Zeit glaubhaft bezeugen.

Das ABCteam-Programm umfaßt:

ABCteam-Taschenbücher
ABCteam-Paperbacks mit den Sonderreihen:
Glauben und Denken (G + D) und Werkbücher (W)
ABCteam-Jugendbücher (J)
ABCteam-Geschenkbände

ABCteam-Bücher erscheinen in folgenden Verlagen:

Aussaat Verlag Wuppertal / R. Brockhaus Verlag Wuppertal
Brunnen Verlag Gießen / Bundes Verlag Witten
Christliches Verlagshaus Stuttgart / Oncken Verlag Wuppertal
Schriftenmissions-Verlag Gladbeck

ABCteam-Bücher kann jede Buchhandlung besorgen.

Umschlagfoto: Dr. E. Sauter
Gesamtherstellung: Druckhaus West GmbH, Stuttgart

ISBN 3-7675-2659-X

»Hallo, ist jemand da?«

Renate Sternhalter öffnete zögernd die Haustür und warf einen Blick in den kleinen Vorraum. Tatsächlich, es war alles noch genauso wie vor vierundzwanzig Jahren. Nichts schien sich geändert zu haben. Aber ob Theresia Morlock noch immer hier wohnte? Sicher war sie längst verheiratet und Mutter einiger Kinder, vielleicht sogar schon Großmutter. Sie war genau zehn Jahre jünger als sie selbst. Also mußte sie ihren 56. Geburtstag hinter sich haben. Vielleicht führte eine der jüngeren Schwestern den Haushalt weiter.

Ob die Mutter noch lebte? Der Vater war ja schon seit Jahren tot. Nun, sie würde gewiß vieles von dem erfahren, was sich in den dazwischenliegenden Jahren ereignet hatte.

Frau Sternhalter trat noch einige Schritte weiter ins Haus hinein und warf einen Blick in den Gang, der zur Treppe führte, die im Halbdunkel lag, obwohl heute ein sonniger Tag war. Noch einmal versuchte sie sich durch Rufen bemerkbar zu machen. Jetzt war eine Stimme aus dem oberen Stockwerk zu hören.

»Einen Augenblick bitte. Ich komme sofort!« Dann vernahm man eilige Schritte, und wenige Augenblicke später stand Theresia Morlock vor der vermeintlich Fremden.

Freudig stellte Frau Sternhalter fest: Das war ein ihr wohlbekanntes, wenn natürlich auch älter gewordenes Gesicht. Also lebte Theresia doch noch im elterlichen Haus.

Diese aber stieß einen Ruf der Überraschung und Freude aus: »Ist es die Möglichkeit? Frau Sternhalter? Ja, sie ist's!« Beide Hände streckte Theresia ihr entgegen.

»Und Sie haben mich gleich erkannt, nach vierundzwanzig Jahren?« Fest drückte sie die Hände der Jüngeren. »Sie sind inzwischen sicher längst verheiratet und haben Familie?« Im gleichen Augenblick bereute Renate, diese Frage gestellt zu haben, denn ihrem aufmerksamen Auge entging nicht der Ausdruck des Kummers, der wie ein flüchtiger Schatten das Gesicht der Angesprochenen überflog.

Theresia schüttelte den Kopf, ohne auf die Frage näher einzugehen. Dann öffnete sie die Tür zu der kleinen Wohnstube, die neben der etwas geräumigeren Küche im Erdgeschoß lag. »Bitte, kommen Sie herein, Frau Sternhalter. Ich kann Ihnen nicht sagen, wie sehr ich mich freue, daß Sie gekommen sind. Natürlich habe ich Sie sofort erkannt! Setzen Sie sich doch. Was machen die Kinder? Liebe Zeit, die sind ja inzwischen auch alle erwachsen.«

Renate nahm auf der mit geblümtem Stoff überzogenen Eckbank Platz. »Nur für einen Augenblick«, sagte sie und blickte sich in dem ihr vertrauten Raum um. Auch hier war alles unverändert.

»Die Frage nach meinen Kindern beantworte ich Ihnen das nächste Mal. Heute kann ich höchstens eine halbe Stunde bei Ihnen bleiben. Ich habe vor einer Woche eine Werbung in meinem Briefkasten gefunden. Ein Reisebüro aus Stuttgart führt Tagesfahrten durch. Als ich ›Tannheim in Tirol‹ las, standen Sie plötzlich vor meinem Auge, Fräulein Morlock.«

»Bitte, sagen Sie doch wie früher einfach nur Theresia«, bat diese.

»Ich entschloß mich, mitzufahren«, berichtete Frau Sternhalter weiter. »Mich lockten weniger die Angebote, der günstige Fahrpreis, in dem Mittagessen und Nachmittagskaffee eingeschlossen sind, ebensowenig die Besichtigung einer Käserei und ein Reisegeschenk von einem halben Pfund Allgäuer Käse. Das alles besaß keine Anziehungskraft für mich. Doch die Tatsache, daß als Reiseziel das Tannheimer Tal genannt war, ließ mich keinen Augenblick zögern. Ich muß Fräulein Theresia sehen, sagte ich mir. Der Gedanke, Sie könnten vielleicht nicht mehr in Ihrem Haus wohnen, beunruhigte mich nur für einen Augenblick. Kurz entschlossen füllte ich den Anmeldeschein aus, und nun bin ich hier. Während die anderen Fahrgäste sich nun vor der Rückfahrt für eine starke Stunde in einer Gaststätte zum Kaffeetrinken aufhalten, machte ich mich auf den Weg zu Ihnen. In etwa zwanzig Minuten war ich hier oben. Genau diese Zeit muß ich für den Rückweg rechnen. Nun sagen Sie mir aber, wie es Ihnen geht.«

Wieder nahm Frau Sternhalter den Schatten auf dem Gesicht der ihr gegenübersitzenden Frau wahr.

Theresia zögerte einen Augenblick, dann antwortete sie: »Um ausführlich zu berichten, reicht auch mir die kurze Zeit nicht aus. Aber soll ich Ihnen nicht schnell eine Erfrischung bringen? Sie kommen wegen mir um Ihre Kaffeepause.«

Frau Sternhalter schüttelte den Kopf. »Nein, bitte nicht! Mir ist es jetzt wichtiger, mit Ihnen zusammenzusein. Sie haben immer noch Feriengäste?«

»Ja, wie lange noch, das weiß ich nicht.«

»Wollen Sie nicht mehr vermieten?«

»Ich will schon. Wovon sollte ich sonst leben? Aber mir fehlt das Geld, das Haus instandsetzen zu lassen. Es ist dringend notwendig. Die Holzverkleidung draußen habe ich schon im vergangenen Jahr selbst gestrichen. Dabei bin ich von der Leiter gestürzt und mußte warten, bis jemand vorbeikam, der mir beim Aufstehen half. Glücklicherweise war nichts gebrochen. Aber die Verzerrungen am Fuß waren sehr schmerzhaft, und es dauerte einige Zeit, bis ich die Arbeit beenden konnte.«

»Haben Sie vielleicht Mitte August ein Einzelzimmer frei? Ich würde gern für drei Wochen zu Ihnen kommen.«

Ein Aufleuchten erhellte Theresias Gesicht. »Oh, Frau Sternhalter, wie mich das freut! Ja, ich habe Platz für Sie. Aber« – sie zögerte, weiterzusprechen, fuhr dann jedoch fort: »Es ist so, wie Sie vorher sagten: Nichts hat sich verändert. Es ist alles genauso einfach wie vor Jahren. Die einzige Neuerung ist eine Ölheizung. Doch heute bedauere ich es beinahe; denn wer weiß, wie es in diesen unsicheren Zeiten mit dem Öl werden wird. Vielleicht hätte ich weiter mit Holz heizen und dafür die Zimmer umbauen oder moderner einrichten lassen sollen. Wenn Sie Komfortzimmer erwarten, wie man sie jetzt in vielen Häusern, auch hier, anbietet, dann müßte ich Ihnen abraten, zu mir zu kommen.«

»So etwas suche ich nicht. Ich freue mich auf die Gemütlichkeit bei Ihnen, Fräulein Theresia, und ich werde mich hier, dessen bin ich sicher, genauso wohlfühlen wie vor Jahren.«

Noch dieses und jenes sprachen die beiden Frauen miteinander. Als ihr Besuch sich verabschieden wollte, bot Theresia ein Stück Wegbegleitung an. Die Freude über dieses unverhoffte Wiedersehen klang aus ihrer Stimme. »Wissen Sie, Frau Sternhalter, Sie kamen gerade zur rechten Zeit. Kurz vorher war ein junges Ehepaar bei mir, um die Zimmer zu besichtigen. Die Lage hätte ihnen gut gefallen – so weit ab vom Straßenverkehr, vor allem die Aussicht auf die Berge und über das Tal – aber das Haus war ihm nicht modern genug. Die zwei wünschten Zimmer mit eigener Toilette und Bad, auch einen Balkon vermißten sie. Ich hörte die junge Frau sagen, bevor sie in das Auto stieg: ›Eine direkte Zumutung in unserer Zeit.‹ Ihr Mann antwortete: ›Schade, das alte Haus hätte mir gut gefallen, und ich hätte herrliche Motive zum Malen gehabt.‹ Ich weiß es ja selbst: Mein Haus genügt nicht mehr den heutigen Ansprüchen. Wie lange werde ich noch mit Feriengästen rechnen können?«

»Fräulein Theresia«, entgegnete Frau Sternhalter, »es gibt auch jetzt noch Menschen, die einem einfachen Haus in schöner Gegend den Vorzug geben, zumal sie dann doch billiger wohnen als in den teueren Hotels oder Pensionen.«

»Gewiß, ich habe glücklicherweise noch eine Anzahl Stammgäste, die immer wiederkommen. Aber die Preise steigen dauernd, und ich wage kaum, meine einfachen Zimmer teuerer zu vermieten aus Angst, es käme bald keiner mehr.«

Frau Sternhalter freute sich auf die Rückfahrt im Autobus durch das schöne Allgäu mit seinen Tälern und Höhen, den weiten Wiesenflächen, auf denen Kühe grasten, und den prächtigen Höfen, die aus dem satten Grün, das sie umgab, herauszuwachsen schienen. Jedesmal hatte diese Landschaft sie beglückt, wenn sie in den Ferien mit ihren Kindern ins Tannheimer Tal gefahren war – drei Jahre hintereinander. Als sie heute nach so langer Zeit wieder Theresia begegnet war, hatte sie kaum glauben können, daß seitdem so viele Jahre vergangen waren – so deutlich spürbar war der Kontakt, der sofort wieder zwischen ihnen bestand. Sie freute sich über den spontanen Entschluß, im August einige Wochen an dem vertrauten und ihr so lieb gewordenen Ort verbringen zu können.

Frau Sternhalter konnte sich nun doch nicht dem Genuß des

Schauens uneingeschränkt hingeben. Zu stark nahm sie die Erinnerung gefangen, und sie war froh, daß die übrigen Fahrgäste, von den Erlebnissen des Tages ermüdet, nicht mehr so lebhaft aufeinander einredeten wie während der Hinfahrt. So konnte sie ihren Gedankengängen folgen.

Immer, wenn sie etwas erlebte, was sie stark bewegte, mußte sie an ihren Mann denken, mit dem sie in glücklicher Ehe leider nur kurze Zeit verbunden gewesen war. Wie gerne hätte sie alle Freuden ihres Leben mit ihm geteilt, auch die heutige schöne Fahrt. Sie waren Schulkameraden gewesen. Schon mit achtzehn Jahren hatte sie gewußt, daß sie nie einen anderen Mann als Ralf Sternhalter heiraten würde. Gleich nach Kriegsausbruch war ihre Ehe geschlossen worden. Ralf mußte Soldat werden und kam an die Front. Im kommenden Jahr war Siegfried, ihr Ältester, geboren worden. Ihre beiden Töchter, die Zwillinge, Dorothee und Gabriele, sowie der Jüngste, Ralf Peter, waren ebenfalls Kriegskinder. Nur während der kurzen Urlaubszeiten hatten sie das Glück der Zweisamkeit erlebt, und doch waren es so unbeschreiblich schöne, harmonische Tage, daß sich Renate Sternhalter ganz entschieden dagegen gewehrt hätte, würde jemand behauptet haben, eine so kurze Zeit genüge nicht, um von einer wirklich glücklichen Ehe sprechen zu können. Und dann kam jener schwere Tag. Wie viele andere hatte auch sie, Renate, gedacht, der unheilvolle Krieg würde in Kürze ein Ende nehmen. War nicht schon genug Schreckliches geschehen? Wie viele Städte lagen zerstört durch Bombenangriffe in Schutt und Asche. Auch sie hatte immer wieder mit ihren kleinen Kindern, das Neugeborene im Arm, in den Luftschutzkeller flüchten müssen. Wie weh hatte es ihrem Herzen getan, wenn sie die fest Schlafenden nachts aus ihren Betten reißen und in Sicherheit bringen mußte. War es wirklich Sicherheit gewesen? Tausende von Menschen, alte Leute, Mütter mit ihren Kindern, Jugendliche und Männer kamen bei den Fliegerangriffen ums Leben.

Auch an jenen unvergeßlichen Tag hatte Renate Sternhalter soeben gedacht, während sie im Autobus nach Stuttgart fuhr, an dem sie die Todesnachricht ihres Mannes erhielt.

»Auf dem Felde der Ehre für Volk und Vaterland gefallen«, hatte man ihr kurz mitgeteilt. Wie Hohn war es ihr vorgekommen. Dazu erwartete man von ihr, daß sie darauf noch stolz war, dieses Opfer für das Vaterland gebracht zu haben. Der Überbringer der furchtbaren Nachricht hatte ihr mit ähnlichen Worten den unheilvollen Brief überreicht. Stumm hatte sie ihn aus seinen Händen in Empfang genommen. Nein, das war ihr kein Trost gewesen, als er sie einen Blick in seine Aktentasche werfen ließ und dabei sagte: »Seh'n Sie hier, so vielen Frauen habe ich eine solche Nachricht zu bringen.« Es waren einige Dutzend derartige Briefe gewesen. Sie hatte es gerade noch vermocht, die Tür hinter dem Unglücksboten zu schließen, dann war sie zusammengebrochen.

Obgleich Renate Sternhalter es in den Monaten der Abwesenheit ihres Mannes befürchtet hatte, war es ihr jetzt, als es Wirklichkeit geworden war, als müsse ihr das Herz brechen. Ralf, ihr über alles geliebter Mann, lebte nicht mehr! Kaum fünf Jahre glücklicher Ehe lagen hinter ihnen. Wie sollte sie das Leben ohne ihren guten, immer ritterlichen und um sie und die Kinder besorgten Gefährten ertragen? Nein, es tröstete sie nicht, daß es Tausenden von Frauen ebenso erging. Gewiß, jede dieser Kriegerwitwen war zutiefst zu bedauern, auch die vielen Kinder, die auf diese Weise den Vater verloren. Aber in ihrer Verzweiflung kam es ihr vor, als sei allein ihre eigene Ehe glücklich und ohne Trübung verlaufen. In ihr bäumte sich etwas vorher nie Gekanntes auf: Wie kann Gott mir dies antun? Wie kann er solchen Jammer zulassen?

Und dann erschrak sie vor ihren eigenen Gedanken. War Hadern mit Gott nicht Sünde? Wie kam sie dazu, die geballte Faust gegen ihn, anstatt die gefalteten Hände zu ihm zu erheben? Und was würde Ralf, ihr Mann, dazu sagen? Hatten sie sich nicht vorgenommen, sich immer an Gott zu halten? Gemeinsam gehörten sie vor ihrer Ehe einem Jugendkreis an, in dem ihnen der Wert und die Wichtigkeit einer bewußten Nachfolge Christi nahegelegt wurde. Neben ihrer Liebe war der Glaube das stärkste Band gewesen, das ihre Herzen miteinander verbunden hatte! »Gott muß in unserm Leben immer den ersten Platz einnehmen«, hatte Ralf gesagt. Sie meinte ihn noch zu hören. Und als er sich am Ende des letzten Urlaubs, der besonders schön gewesen war, von ihr verabschiedete – nie war ihr das Loslassenmüssen so schwer gefallen, wie damals, als sie spürte, daß sie ihren Mann zum letzten Mal sah – hatte er sie noch einmal fest in die Arme genommen und mit einer fast überirdischen Zuversicht gesagt: »Liebste, Gott wird dich und die Kinder nie verlassen, komme, was mag! Halte fest an dieser Gewißheit.« Nein, Ralf würde ihre Verzweiflung nie gutheißen. Und doch hatte sie sich damals aufgelehnt: Ich habe ja noch gar nicht wirklich gelebt! Die wenigen glücklichen Tage, in denen er auf Urlaub war, konnten doch nur ein Vorgeschmack dessen sein, was unsere Ehe wirklich hätte werden können. Als ihr Mann sie das letzte Mal verließ, um wieder an die Front zurückzukehren, hatte sie noch nicht gewußt, daß ihr viertes Kind bereits unter ihrem Herzen lag. Aber das eine war ihr klar geworden – an jenem Tag, als sie die unfaßliche Nachricht erhielt, daß ihr Mann nie mehr zurückkehren würde –, sie mußte schon ihm zuliebe tapfer sein und durchhalten. Ihre Kinder, auch das noch nicht Geborene, waren seine Kinder, das Pfand seiner Liebe. In seinem Sinne mußte sie für sie leben, sie recht erziehen und ihnen ein Vorbild sein. Wie oft hatte sie in den späteren Jahren bei mancherlei Anlässen zu den Kindern gesagt: »Ich glaube, Vati würde jetzt so und nicht anders handeln. Vati würde jetzt das sagen oder so entscheiden.«

In einer der schrecklichen Bombennächte hatte auch ihr Haus einen Volltreffer bekommen. Ausgerechnet in dieser Nacht war sie mit den Kindern in einen naheliegenden Luftschutzbunker geflüchtet, als hätte sie eine Vorahnung gehabt. Ihre Wohnung und alles, was sie an Möbeln, Kleidern und sonstigen Gebrauchsgegenständen besaß, war vernichtet worden. Was sollte nun werden? Für die nächsten Tage war sie mit anderen in einem Schulgebäude untergebracht, wo sie auf Strohschütten schliefen und vom Roten Kreuz mit Essen und den notwendigen Kleidungsstücken versorgt wurden. Dann hatte sie einen Brief von einer alten, bald achtzigjährigen Tante erhalten. Mit ihrer immer noch gut leserlichen, energischen Handschrift bot sie ihr, der Großnichte, und ihren Kindern an, zu ihr zu ziehen: »Ich habe davon gehört, daß Ihr total ausgebombt seid und kann mir vorstellen, daß Du nicht weißt, wie es mit Euch weitergehen soll. Mein Haus ist zwar nicht groß – Du weißt es –, wir müssen eben zusammenrücken. Aber besser als zwischen den Trümmern der Stadt lebt es sich hier draußen allemal. Dann ist ja auch noch der Garten da und direkt gegenüber der Wald, wo sich die Kinder tummeln können. Jetzt sind sie zwar klein, so daß Du sie nicht ohne Aufsicht lassen kannst. Aber das ändert sich ja schnell. Als Gegenleistung wirst Du mir den Haushalt führen, den Garten versorgen und mich betreuen, wenn ich nicht mehr kann.« So etwa hatte damals die Großtante geschrieben. So dankbar sie für das Angebot war, so erschrocken war sie über den Befehlston in dem Brief. Keine Frage: Bist du bereit, Haushalt und Garten zu übernehmen, und wenn ich mich nicht mehr selbst versorgen kann, mich zu pflegen? Nein, es war ein Befehl, der keinen Widerspruch duldete. Doch was hätte sie damals anderes tun können? Sie war ja glücklich, ein solches Angebot zu bekommen. Wo sonst hätte sie mit ihren vier kleinen Kindern hinsollen? Darum sagte sie zu und meinte, wieder die Stimme ihres Mannes zu hören: »Gott wird dich und die Kinder nie verlassen, komme, was mag!« Natürlich konnte sich auch in diesen Vorort Stuttgarts eine Fliegerbombe verirren, wenn auch der kleine Ort kein kriegswichtiges Ziel war. Sie hoffte sehr auf ruhigere Nächte, besonders für ihre Kinder, denen sie es so sehr wünschte, nachts wieder einmal durchschlafen zu können. Schließlich würde dieser unselige Krieg auch einmal ein Ende nehmen, so daß sich die Verhältnisse wieder normalisierten.

Sie waren also in das Häuschen der alten Tante gezogen. Der Einzug verlief ohne Probleme oder größere Mühen, denn sie besaßen ja nur, was sie auf dem Leibe hatten. Alles andere war zerstört worden oder in Flammen aufgegangen.

»Du kannst dir von meinen Kleidern und der Leibwäsche nehmen«, sagte die Tante kurz und bündig. »Da in der Kammer findest du alles in einem Schrank.«

»Dein Angebot ist sehr lieb«, hatte Renate damals erwidert, »ich fürchte nur, daß mir deine Sachen kaum passen. Mit der

Unterwäsche mag es noch gehen. Aber du bist doch viel größer als ich und – und«

»Was und?« hatte die alte Dame gereizt gefragt. »Stell dich doch nicht so ungeschickt an! Du benötigst ein Kleid für den Alltag und eins für den Sonntag. Das genügt! Du nähst einfach einen breiten Saum ein und schlägst die Ärmel ebenfalls um. Daß du mir nichts abschneidest! Wenn du mal wieder in der Lage bist, dir ein passendes Kleid zu kaufen, gibst du mir die geliehenen zurück. Die kann ich noch lange tragen.«

Frau Sternhalter erinnerte sich noch genau daran, was sie damals gedacht hatte: Wie lange gedenkt sie denn noch zu leben? Gleichzeitig hatte sie sich selbst Vorwürfe gemacht. Mußte sie nicht heilfroh sein, mit ihren Kindern überhaupt ein Obdach gefunden zu haben? Und so nähte sie unmöglich breite Säume in die beiden Kleider, die noch aus einer Zeit stammten, in der die Frauen ihre Röcke bis fast auf den Boden herab trugen und damit die Straße fegten.

Die Kinder hatten in der ersten Zeit wie verscheuchte Vögelchen im Haus der Tante herumgesessen. Solchen Ton waren sie nicht gewöhnt gewesen! Hatte die alte Dame denn nie mit Kindern zu tun gehabt, daß sie gleich loszeterte, wenn eines weinte oder das Jüngste gar schrie, oder wenn sie sich, was natürlich auch vorkam, stritten? Als Unverheiratete hatte die Tante nie ein Kind gehabt und war im Laufe der Zeit egoistisch und mißtrauisch geworden.

Renate Sternhalter erkannte sehr bald, daß es nicht Erbarmen oder gar Liebe gewesen war, das die Tante bewogen hatte, sie mit den Kindern aufzunehmen, sondern selbstsüchtige Berechnung. Auf diese Weise bekam sie eine Arbeitskraft ins Haus, die sie nicht bezahlen mußte, weil sie ja schließlich zu einem solchen Opfer bereit war. Oder war es etwa kein Opfer, eine Frau mit vier Kindern aufzunehmen? Glücklicherweise lebten in der Nachbarschaft nette Leute, die mit der jungen Witwe und ihren Kindern tiefes Mitleid empfanden. Sie kannten die alte Frau, die zu niemandem Kontakt hatte. Es dauerte nicht lange, da brachten sie Renate Kleidungs- und Wäschestücke, die ihren eigenen Kindern zu klein geworden waren. Überfluß besaß damals keiner. Renate nahm die Sachen dankbar an und wies das nette Kleid ebenfalls nicht zurück, das ihr eine freundliche Frau ihrer Größe aus dem eigenen Bestand schenkte.

Einige Zeit wagte sie nicht, es zu tragen, aus Angst, wie die Tante darauf reagieren könnte, die mit der ganzen Nachbarschaft in Feindschaft lebte.

Eines Tages aber hatte diese es doch entdeckt. »Wie kommst du zu diesem Kleid?« fragte sie mißtrauisch. »Demnach hast du doch noch einiges von deinen Sachen retten können. Das ist ja allerhand, mich so zu belügen.«

»Ich habe dich nicht belogen, Tante«, hatte sie zitternd vor Empörung über eine solche Verdächtigung geantwortet. »Frau Brunner, die Frau deines Hausarztes, hat es mir geschenkt.«

»Hast dich wohl beklagt, daß ich dir zumute, von mir Kleider zu tragen?«

»Das ist nicht wahr! Du weißt, Tante, wie dankbar ich dir bin, daß du mich mit den Kindern aufgenommen hast. Frau Brunner hat mich auf der Straße angesprochen und mich gefragt, ob es mir sehr unangenehm wäre, wenn sie mir ein Kleid von sich anbieten würde. Ihr Haus sei bisher vor Fliegerangriffen verschont geblieben, sie hätte also keine Verluste gehabt wie ich. Gerne würde sie mir ein wenig helfen. In dieser schweren Zeit müßten doch alle zusammenstehen.«

Frau Sternhalter wußte heute noch, nach all den dazwischenliegenden Jahren, daß sie damals nicht hatte weiterreden können, weil Tränen ihre Stimme erstickten. Da es sich um die Frau ihres Arztes handelte, war die Tante nicht weiter auf das Kleid eingegangen. Aber tagelang hatte sie kaum mit ihr gesprochen und war mit einem beleidigten Gesicht herumgelaufen. Mehrfach hatte Renate mit anhören müssen, wie sie vor sich hinbrummelte: »In der Nachbarschaft herumlaufen und sich bemitleiden lassen.«

Als wenn Renate Sternhalter Zeit gehabt hätte, in der Nachbarschaft herumzulaufen und mit den Leuten zu sprechen. Wie gerne hätte sie wenigstens dann und wann mit einem vernünftigen Menschen einen Gedankenaustausch gehabt. Aber der Haushalt, die Pflege der Kinder, der Garten und nicht zuletzt die Betreuung der alten Tante, die Tag für Tag ungezählte Wünsche äußerte, ließen sie nicht zu sich selbst kommen. Todmüde sank sie am Abend in ihr Bett. Manchmal war auch eins ihrer Kinder krank. Das bedeutete dann oftmals für sie des Nachts aufzustehen und das weinende Kind zu versorgen und zu beruhigen; denn wehe, wenn die Tante in ihrem Schlaf gestört wurde! Sie behauptete zwar fast an jedem Morgen, sie habe die ganze Nacht kein Auge zugetan, schlief in der Regel aber sehr tief und fest.

Es hatte natürlich nicht lange gedauert, bis die Kinder merkten, daß die Tante ganz anders war als die Mutti, die sich trotz aller Arbeit bemühte, mit ihnen geduldig und gelassen umzugehen.

»Die Tante schimpft immer, ob wir laut oder leise sind«, beklagte sich eines Tages Siegfried. Er hatte gerade begonnen, in den Kindergarten zu gehen. Einesteils war die Mutter darüber froh, weil dann nur noch drei zu Hause blieben, über die sich die Tante ärgern konnte – und das tat sie in der Tat immer. Andererseits fehlte ihr der Älteste, denn er war ihr schon manchmal eine Hilfe, wenn er sich mit den beiden Zwillingsschwestern beschäftigte oder Ralf-Peter, den Jüngsten, im Wagen herumfuhr.

Ein Lächeln glitt über Frau Sternhalters Gesicht, als auf dieser Fahrt vom Tannheimer Tal durch das liebliche Allgäu all diese Bilder aus vergangenen Jahren so plastisch vor ihr inneres Auge traten, als sei dies alles erst gestern geschehen. Damals aber war ihr das Lachen oft vergangen. Einmal, an einem Nachmittag, hatte sie Siegfried gebeten, mit den Schwestern ein Bilderbuch anzusehen, während sie im Garten arbeitete. Plötzlich war sie durch lautes Schreien und heftiges Schimpfen der Großtante aufgeschreckt worden. Was war denn nun schon wieder los?

»Eine Unverschämtheit sondergleichen ist das!« Die Tante schien sehr erregt zu sein. Sie, Renate, war nicht gleich ins Haus zurückgegangen. Solche Auftritte gehörten längst zur Tagesordnung. Sie hoffte, daß sich der Sturm legte, bevor sie eingreifen mußte. Aber es wurde immer schlimmer. Nun schien auch Siegfried die Tante anzuschreien. Das durfte natürlich nicht sein. So legte sie die Hacke aus der Hand und eilte ins Haus.

»Kinder, was ist denn los?« fragte sie, als sie das Zimmer betreten hatte.

»Eine freche Bande ist das!« ereiferte sich die alte Frau, die mit erhobener Hand dastand, als wollte sie die Kinder schlagen.

»Sieh doch, Mutti«, erklärte nun Siegfried und mußte sich Mühe geben, die Lautstärke der Tante zu übertönen. Mit dem offenen Bilderbuch in der Hand kam er zu Renate und deutete mit dem Finger auf ein Bild aus dem Märchen von Hänsel und Gretel. »Hier die Hexe, die sieht doch genauso aus wie die Tante. Im Kindergarten haben wir heute morgen die Geschichte gehört.«

Da erhob die alte Frau erneut ihre Stimme. »Ich bin dazugekommen, als er zu seinen Schwestern sagte, ich sei eine alte Hexe.«

»Aber Siegfried«, hatte die Mutter erschrocken gewehrt, »das darfst du nicht sagen. Das stimmt doch gar nicht.«

»Doch stimmt es!« hatte der Junge beharrlich behauptet. »Schau sie dir nur mal an, hier im Bilderbuch. Die Tante sieht ganz genauso aus. Und dann wollte sie uns schlagen.«

In einer Beweglichkeit, wie man sie der alten Frau nicht zutraute, hatte diese sich auf den Jungen gestürzt, ihn heftig am Arm gepackt, geschüttelt und geschrien: »Du unverschämter Bengel! Ich will dich lehren, mich eine Hexe zu nennen. Das sollst du mir büßen!«

Da war jedoch sie, die Mutter, dazwischengetreten und hatte mit flammender Stimme gesagt: »Tante, bitte, laß Siegfried los! Er wollte bestimmt nichts Unrechtes sagen oder tun.« Doch dann hatte sie selbst etwas Falsches getan. Sie sagte: »Nimm es dem Kind doch nicht übel, wenn es meint, eine gewisse Ähnlichkeit zwischen der Frau im Bilderbuch und dir entdeckt zu haben.«

Da hatte die alte Frau geschrien: »Sprich es doch ruhig aus, und sage es vor deinen Kindern, daß auch du mich als alte Hexe ansiehst. Aber nun ist's Schluß, endgültig Schluß! Ich will euch nicht länger sehen. Macht, daß ihr 'rauskommt aus meinem Haus! Nicht einen Tag länger dulde ich euch bei mir. Das hat man nun davon, daß man euch aufgenommen hat, als ihr auf der Straße lagt. Aber diesmal lasse ich mich nicht mehr umstimmen.«

Ach, wie oft hatte die Tante sich bei ähnlichen Anlässen schon so geäußert! Aber immer war die Sache wieder eingerenkt worden, denn ihr, Frau Sternhalter, war letztlich klar, daß der alten Frau angst und bange geworden wäre, wenn sie wirklich das Haus verlassen würden. Wer hätte dann die ganze Arbeit tun und sie versorgen sollen? Aber so böse wie heute hatte sie die Tante noch nie gesehen. Es schien ihr wirklich ernst zu sein, sie wegzuschicken. Wahrscheinlich war sie, Frau Sternhalter, damals auch ziemlich am Ende ihrer Kräfte gewesen. Jedenfalls war sie plötzlich vor ihren Kindern in Tränen ausgebrochen und hatte schluchzend ausgerufen: »Aber wo soll ich denn mit meinen vier Kindern hin, wenn du uns jetzt fortschickst?«

»Das ist mir völlig gleichgültig!« hatte die Tante gezetert.

Siegfried aber, der damals knapp Sechsjährige, hatte plötzlich seine geballten Fäuste zu ihr erhoben und geschrien: »Und du bist doch eine Hexe, eine ganz, ganz böse – noch viel böser als die ihm Bilderbuch, wenn du meine Mutti zum Weinen bringst!«

Frau Sternhalter erinnerte sich noch, wie sie sich beherrscht und ihre Tränen getrocknet hatte. Mit energischem Griff hatte sie den Jungen am Arm genommen und vor die Tür gestellt. »Ich will jetzt kein weiteres Wort von dir hören, Siegfried!«

Er hatte es an jenem Abend keineswegs eingesehen, daß er sich der Tante gegenüber ungezogen benommen hatte. »Du mußt doch selber zugeben, daß sie genauso aussieht wie die alte Hexe im Bilderbuch«, hatte er aufbegehrt. »Und dann war sie noch so gemein zu dir.«

»Ich weiß, mein Junge, daß du mich verteidigen wolltest«, versuchte sie ihn zu beruhigen, konnte ihn aber nur schwer überzeugen. Erst als sie ihm erklärte, wie schlimm es sein würde, wenn die Tante wirklich darauf besteht, daß sie ausziehen, begann er einsichtig zu werden.

»Nicht einmal mehr im Roten Kreuz könnten wir unterkommen«, hatte sie ihm erklärt, denn die Plätze sind schon längst wieder an andere Flüchtlinge oder an Ausgebombte vergeben.

Außerdem habt ihr hier alle euer eigenes Bett, dort aber müßten wir auf einem Strohlager schlafen.«

Nein, dann wäre es schon besser, bei der Tante zu bleiben, wo man im Wald herumspringen kann, hatte er schließlich gemeint.

Am Abend jenes Tages – Renate wußte es noch genau – hatte sie, als die Kinder schliefen, das Haus leise verlassen. Es war ein milder Sommerabend gewesen. Nach dem Aufruhr in ihrem Innern, den der Auftritt mit der Tante verursacht hatte, wollte sie wenigstens noch für kurze Zeit ein Stück am Waldrand entlanggehen. Sie mußte zur Ruhe kommen, mußte Abstand gewinnen von dem Unerfreulichen, das diesem Tag wieder sein Gepräge gegeben hatte. Wie schon so oft war erneut das Heimweh nach ihrem Mann über sie hereingebrochen. Ach, warum hatte er sie so früh verlassen müssen! Was blieb ihr noch von ihrem Dasein? Nichts als Arbeit und Mühe, das Sorgen für die Kinder, der ewige Ärger mit der Tante! Sie hatte nichts mehr zu erwarten als Pflichterfüllung und Verzicht.

Plötzlich erschrak sie vor ihren eigenen Gedankengängen. Wie kam sie dazu, sich solchen Erwägungen hinzugeben und zu resignieren? War das nicht Lebensauftrag genug, für ihre vier Kinder – das Vermächtnis ihres geliebten Mannes – da zu sein? Sie schämte sich. Hatte Gott nicht offensichtlich eingegriffen, als sie in jener Nacht nach dem furchtbaren Fliegerangriff, der ihr alles genommen hatte, schlaflos neben ihren Kindern auf der Strohschütte lag und verzweifelt dachte: Wie soll es jetzt nur mit uns weitergehen? Was hatte ihr Mann einmal zu ihr gesagt, als er von der Front in Urlaub kam, nachdem die Zwillinge geboren waren und sie damals recht verzagt antraf: »Reni, glaube es doch: Wenn Gott dir zumutet, daß du Schweres durchmachst, dann greift Er auf irgendeine Weise ein. Entweder schenkt er dir die Kraft, das Schwere zu tragen, oder er nimmt dir die Last ab. Vielleicht schickt er dir aber auch einen Menschen, dem du dich anvertrauen kannst und der dir in deiner bedrückenden Lage hilft. Sei überzeugt, Gott läßt dich nicht allein!«

Ach Ralf, hatte sie an jenem Abend gedacht, als ihr das Herz wieder einmal so schwer war, daß sie glaubte, nicht mehr weiter zu können, du hattest gut reden. Du konntest ja auch nicht ahnen, was alles auf mich und deine Kinder zukommen würde . . . Ja, damals, als der Brief von der Tante eintraf, mit dem Angebot, zu ihr zu kommen, da meinte sie auch, Gott habe ihr Herz gelenkt, daß sie mir so schreiben mußte. Wie ein Himmelsgeschenk war es mir vorgekommen, nicht mehr in der Stadt zwischen den Trümmern leben zu müssen. Ja, es stimmt, wir konnten es vor Freude nicht fassen, so nahe am Wald zu wohnen, einen Garten und einen Spielplatz zu haben. Wenn auch das Häuschen für uns alle reichlich klein ist, so daß wir uns einschränken müssen, war die veränderte Situation doch ein Grund zum Danken und zur täglichen Freude. Bis sich dann die Tante entpuppte und es keinen Tag mehr gab, an dem sie nicht schimpfte und zeterte, meine Arbeit kritisierte und mich vor den Kindern herabsetzte. Ach Ralf, du hast keine Ahnung, wie schwer es manchmal ist! Ich weiß nicht, wie lange ich das noch aushalte . . .

So hatte sie mit ihrem Mann gesprochen, als sei er noch am Leben. War er es nicht wirklich? Glaubte sie nicht fest daran, daß das Leben nach dem Tode weitergeht? Die Sehnsucht nach ihrem Mann war verständlich bei der wundervollen Harmonie, die ihre Herzen miteinander verbunden hat. Aber durfte sie so mit ihm reden? Hatte sie aus seinem Munde nicht auch das Wort der Bibel gehört: »Wirf dein Anliegen auf den Herrn, er wird dich versorgen.« Durfte sie Gott mit ihren kleinen menschlichen Nöten, die im Vergleich zum großen Weltgeschehen so unbedeutend waren, überhaupt belästigen?

Renate Sternhalter erinnerte sich, wie sie damals auf dem Weg am Waldrand plötzlich von Stimmen aus ihren Gedankengängen aufgeschreckt worden war. Ein Mann und eine Frau kamen ihr entgegen. Vor ihnen her sprang ein kleiner Hund, der, als er sie wahrnahm, zu bellen begann.

»Wirst du wohl still sein, du nächtlicher Ruhestörer!« hörte sie eine wohlklingende Stimme sagen. »Komm sofort hierher und belästige nicht friedliche Spaziergänger.«

Jetzt hatte Frau Sternhalter die Stimme erkannt. Es war Doktor Brunner, der nur wenige Häuser von ihnen entfernt seine

Praxis ausübte und von dessen Frau sie das Kleid geschenkt bekommen hatte. Renate wollte zur Seite treten, um den beiden Leuten den schmalen Weg freizugeben. Da hatte auch das Ehepaar sie erkannt. Freundlich streckten beide ihr die Hand entgegen.

»Sie müssen mir bitte Ihren Namen nennen«, bat der Arzt. »Solange ich einen Namen nicht in meiner Kartei lese, kann ich ihn schlecht behalten. Meine Frau hat mir zwar von Ihnen erzählt, aber sie sprach nur von der jungen Frau bei der Patientin in Nr. sieben.«

»Es stimmt«, fügte Frau Brunner hinzu. »Ihren Namen habe auch ich bisher nicht gekannt.«

»Ich heiße Renate Sternhalter«, hatte sie geantwortet.

Darauf hatte der Arzt gemeint, dies sei ein besonders schöner Name. »Sterne in den Händen tragen, Licht verbreiten in dieser dunklen Zeit.«

»Das hört sich ja ganz poetisch an«, hatte Renate lächelnd geantwortet. »Aber oft gelingt es mir nicht einmal bei meinen Kindern, Licht zu verbreiten.«

Es sollte nicht trostlos oder resigniert klingen. Es war ganz einfach der Ausdruck dessen, was sie damals in jener Abendstunde empfand. Die Eheleute mußten davon wohl irgendwie etwas empfunden haben. Sie waren bei ihr stehengeblieben und hatten nach ihrem Ergehen und nach dem Wohlbefinden der alten Tante und ebenso nach ihren Kindern gefragt.

»Vier sind es, nicht wahr?« Frau Brunner hatte die Kinder schon im Garten herumspringen sehen. »Das Kleinste wird meistens von dem Ältesten im Sportwagen gefahren«, hatte sie weiter geplaudert. »Ich habe mich schon manchmal gefreut zu sehen, wie nett er mit dem Kleinen umgeht.«

»Nicht immer tut er es gern«, hatte Renate ehrlich geantwortet. »Manchmal möchte er lieber auch spielen, im Wald herumstromern und auf die Bäume klettern. Aber er muß mir öfter helfen und auf die Geschwister aufpassen. Ich habe für die Kinder wenig Zeit. Der Haushalt, die Wäsche, das Kochen, vor allem die Betreuung unserer Tante erfordert viel Zeit.«

»Und Kraft, nicht wahr?« hatte Frau Brunner wissend hinzugefügt, »dazu Umsicht und viel Geduld!« Und als sie, Renate, darauf nicht antwortete, hatte der Arzt am Gesprächsfaden weitergesponnen: »Ja, ja, die Tante! Ich behandle sie nun schon viele Jahre und kenne sie daher gut. Sie hat sehr liebenswürdige Seiten. Aber sie kann auch ganz anders sein. Ich könnte mir denken, daß Sie es bei ihr nicht leicht haben!«

Dann hatte Frau Brunner sie gefragt, ob sie nicht Lust habe, für ein Weilchen mit ihnen nach Hause zu kommen. »Es ist ein so milder Abend. Wir setzen uns mit einem erfrischenden Getränk noch in die Jasminlaube.«

»Ja, kommen Sie mit uns! Das wird Ihnen guttun«, fügte der Arzt hinzu, der ihr Zögern merkte. Aber sie hatte sich dazu nicht entschließen können. »Ich glaube, ich sollte nach den Kindern sehen. Der Jüngste könnte aufwachen und schreien. Und dann gibt es mit der Tante Unannehmlichkeiten.« Sie hatten es verstanden. Ach, wie gerne hätte sie damals das Angebot dieses liebenswürdigen Ehepaares angenommen. Sie hungerte geradezu danach, einmal wieder Mensch unter Menschen zu sein. Als Frau Brunner sie dann für den kommenden Sonntag nachmittag zum Kaffee einlud und ihr vorschlug, die Kinder mitzubringen, zögerte sie. »Ich weiß nicht, wie die Tante das auffaßt.«

»Na hören Sie mal, Kindchen«, hatte Doktor Brunner, um etliche Jahre älter als sie selbst, geantwortet: »Nun lassen Sie sich nur nicht von der alten Dame so einschüchtern. Schließlich sind Sie ja nicht ihre Sklavin. Lassen Sie mich nur machen. In der nächsten Woche habe ich ohnehin meinen Routinebesuch bei ihr vorgesehen. Ich kann ihn ebensogut vorverlegen und komme gleich morgen. Also, Frau Sternhalter, wir erwarten Sie mit Ihren Kindern am Sonntag nachmittag.«

Wie gut konnte sich Renate an all das noch erinnern, was in jener Zeit geschehen war. Ihre Gedankengänge, die weite Strecken der Erinnerung zurückgelegt und sie völlig gefangengenommen hatten, nahmen nun aber ein Ende. Sie hatte gar nicht gemerkt, daß der Reisebus in Stuttgart angelangt war! Nun hatte sie noch eine kurze Strecke mit der Straßenbahn zu fahren, und dann war sie nach einer Viertelstunde Fußweg zu Hause.

Irgendwie vermochte sie sich aber auch dort nicht von den Bildern zu lösen, die an diesem Tag so lebendig aus der Vergangenheit hochstiegen. Jahre waren seitdem vergangen. Wären Doktor Brunner und seine Frau nicht gewesen, sie hätte es vorgezogen, mit ihren Kindern in einer armseligen Wohnung zu leben, als sich immer wieder den Schikanen dieser herrschsüchtigen alten Frau auszusetzen. Doch war in jener Zeit nicht einmal eine kümmerliche Dachstock- oder Kellerwohnung zu bekommen – weder für Geld, noch für gute Worte. Und dann war ihr, Renate, die Verbindung mit Brunners, die ihr und ihren Kindern zu treuen Freunden geworden waren, viel zu wertvoll. Ihren wiederholten Rat, unter allen Umständen durchzuhalten und nicht in irgendeiner Kurzschlußpanik mit den Kindern auf und davon zu gehen, hatte sie beherzigt. Schon damals, nach jener abendlichen Begegnung am Waldrand, hatte sich Dr. Brunner vorgenommen, mit seiner alten Patientin, die der kleinen Familie das Leben so schwer machte, ein ernstes Wort zu sprechen. In der Tat war es nach seinem nächsten Besuch mit ihr etwas besser geworden. Nicht so weit, daß sie danach zugänglicher und liebenswürdiger gewesen wäre. Aber es war ihr wohl klar geworden, daß ihr langjähriger Hausarzt nicht auf sie angewiesen war, sondern sie auf ihn. Sie befürchtete, er würde eines Tages nicht mehr nach ihr sehen. Was sollte sie dann tun? So fügte sie sich, wenn auch widerwillig und vor sich herbrummend darein, daß Renate am Sonntag nach jener Begegnung mit dem Ehepaar Brunner ihre Kinder für den Besuch zurechtmachte und der Einladung folgte.

Frau Brunner hatte den Kaffeetisch im Garten liebevoll gedeckt. Ihre Haushaltshilfe hatte den Kuchen gebacken. Der Arzt aber und seine Frau widmeten sich ihren Gästen so liebevoll, daß Renate ganz beschämt war.

Siegfried flüsterte der Mutter zu: »Die sind ganz anders, viel, viel lieber als die Tante, die alte, böse Hexe!«

»Aber Siegfried, wie oft habe ich dir schon verboten, dies zu sagen«, erwiderte Frau Sternhalter ebenfalls in leisem Ton und sah ihren Ältesten strafend an.

»Hat er einen Wunsch?« fragte Frau Brunner, der das Flüstern nicht entgangen war. Renate, der es peinlich gewesen war, Siegfrieds Worte zu wiederholen, hatte nur den Kopf geschüttelt. Der Junge aber, der nicht einsah, warum diese netten Doktorsleute nicht erfahren sollten, daß ihre alte Tante eine böse Hexe war, scheute sich nicht, laut zu wiederholen, was er seiner Mutter zugeflüstert hatte, und er fügte noch hinzu: »Sie ist wirklich eine Hexe und sieht genauso aus wie die bei Hänsel und Gretel in meinem Märchenbuch.« Renate war äußerst verlegen geworden. Doktor Brunner amüsierte sich köstlich und mußte einen zurechtweisenden Blick seiner Frau einstecken. Frau Brunner aber bemühte sich, dem Jungen zu erklären, daß die alte Tante eigentlich sehr zu bedauern war. Immer sei sie allein gewesen. Den ganzen Tag über habe kaum jemand ein Wort mit ihr gesprochen. Oftmals habe sie krank in ihrem Bett gelegen, und kein Mensch habe sich um sie gekümmert.

Siegfried hatte zwar den Worten von Frau Brunner zugehört, aber er sah vorerst noch nicht ein, daß er verpflichtet sei, sich der alten Tante gegenüber umzustellen. »Sie gibt uns ja auch keine guten Worte!« beharrte er auf seiner Meinung, mochte aber, nachdem die Mutter ihm einen ernsten, ja fast traurigen Blick zuwandte, doch empfinden, daß er irgendwie einlenken sollte. »Nun gut«, meinte er, »dann sage ich nicht mehr, daß sie eine Hexe ist. Aber darf ich Giftschlange sagen?«

Frau Sternhalter hatte erschrocken und wie ihre Gastgeber um Entschuldigung bittend ausgerufen: »Aber Siegfried, wie kommst du zu solchen Ausdrücken? So nennt man doch keinen Menschen!«

Doktor Brunner, dem dieses Gespräch höchst amüsant schien, hatte sich erhoben und war ins Haus gegangen, damit Siegfried nicht sehen konnte, wie er sein Lachen verkneifen mußte.

Frau Brunner aber war freundlich auf Siegfrieds Gedankengänge eingegangen: »Nein, Giftschlange würde ich an deiner Stelle die alte Tante auch nicht nennen. Ich fürchte, sie würde dann noch viel weniger gute Worte für euch finden, und es würde für deine Mutti nur noch schwerer sein, es ihr recht zu machen.«

Nachdenklich blickte der Junge die Arztfrau an. »Meinen Sie?« fragte er schließlich. »Nein, das will ich nicht, daß es für Mutti noch schwerer wird.«

»Wie wäre es denn, wenn du versuchen würdest, der Tante jeden Tag eine kleine Freude zu machen?«

»Der?« hatte er gedehnt gefragt. »Nee, das ist unmöglich. Die kann sich nicht freuen.«

»Es käme vielleicht auf einen Versuch an«, war Frau Brunners Antwort gewesen.

Inzwischen hatten die beiden Mädchen, Dorothee und Gabriele, auf dem Rasen mit dem Hund herumgetollt, der auf den lustigen Namen Kobold hörte. Niemand hätte gedacht, daß sie etwas von dem Gespräch mitbekommen hätten. Plötzlich war Dorothee angelaufen gekommen: »Frau Brunner, darf ich ein paar Blumen im Garten pflücken?«

»Aber gerne, mein Kind!«

»Dorle«, hatte die Mutter eingewendet, »du kannst doch einen Strauß auf der Wiese neben unserem Haus pflücken.« Sie war besorgt gewesen, ihre Kinder könnten unbescheiden wirken und den Gastgebern auf die Nerven fallen.

»Aber hier sind viel schönere!« hatte das Mädchen behauptet und auf die prächtigen Blumenbeete gedeutet. »Ich will sie doch der Tante bringen, weil sie immer so allein war und sich niemand um sie gekümmert hat.«

Die beiden Frauen tauschten einen vielsagenden Blick. Siegfried aber schaltete sich ein: »Nee, der würde ich keine Blumen bringen, jedenfalls nicht, bevor sie sich gebessert hat.«

Frau Brunner aber erhob sich, nahm das kleine Mädchen an der Hand und sagte: »Komm, ich zeige dir, wo du einen Strauß für deine Tante pflücken kannst.«

Dieser Tag wurde zum Beginn einer Wende, die sich in dem kleinen Häuschen vollzog. Nicht, daß sich die Tante von heute auf morgen umgestellt hätte. Dazu wäre sie von sich aus wohl kaum imstande gewesen. Aber es rührte sie doch, daß gegen Abend jenes Tages, als Frau Sternhalter mit den Kindern von ihrem Besuch im Doktorhaus zurückkam, plötzlich die kleine Dorothee vor ihr stand, ihr den Blumenstrauß entgegenstreckte und mit ihrem hellen Kinderstimmchen sagte: »Die Blumen sind für dich. Frau Brunner hat mir erlaubt, sie in ihrem Garten zu pflücken. Ich will dir damit eine Freude machen.«

Diesmal reagierte die Tante anders als im Frühling. Damals hatten ihr die beiden Zwillingsschwestern ein Sträußchen Anemonen aus dem Wald gebracht. »Weg mit dem Unkraut!«, hatte sie die alte Frau angefahren. »Dadurch kommt nur Ungeziefer in mein Zimmer.« Die erschrockenen Kinder waren ängstlich zu ihrer Mutter geflüchtet, die liebevoll diesen ersten Frühlingsgruß entgegennahm und die Blumen in eine Vase stellte. Seitdem hatten die Kinder nie mehr den Versuch gemacht, der Tante etwas zu schenken. Heute aber schienen die Worte Frau Brunners Dorothee beeindruckt zu haben: ». . . immer war sie allein. Niemand hat sich um sie gekümmert. Versuche doch, ihr eine Freude zu machen.« Tatsächlich, diesmal hatte die alte Frau die Blumen nicht zurückgewiesen. Vielleicht waren die ermahnenden Worte von Doktor Brunner doch nicht vergeblich gewesen: »Überlegen Sie einmal, wieviel Sie Ihrer Großnichte zu verdanken haben! Wer könnte und würde Sie besser versorgen, als sie es tut? Wenn Sie es nicht zu schätzen wissen, wird sie eines Tages mit ihren Kindern von Ihnen fortgehen. Ich habe mir schon überlegt, ob ich in meinem Patientenkreis nicht jemand finden könnte, der alle fünf Sternhalters aufnehmen würde.«

Doktor Brunner war natürlich klar gewesen, daß das kaum möglich sein würde. Eine Frau mit vier Kindern! Aber nur so konnte er der alten Frau, die im Grunde genommen heilfroh war, nicht mehr allein zu sein, Angst einflößen. So lebte man weiterhin recht und schlecht beieinander. Nicht ein einziges Mal mehr drohte sie seitdem Renate mit dem Auszug. Doch zugänglicher und freundlicher war sie auch nicht geworden. An allem und jedem kritisierte sie weiterhin herum. Einmal war das Essen, das Frau Sternhalter ihr ins Zimmer brachte, zu stark gewürzt – längst aß sie nicht mehr am Familientisch bei diesen unerzogenen Kindern mit –, dann wieder war es nach ihrer Meinung ganz ohne Geschmack. Heute war ihr die Suppe bereits zu kalt geworden, morgen bestimmt so heiß, daß sie sich daran die Zunge verbrennen würde. Was Renate auch tat – es war verkehrt! Die Kinder konnten ihr nie etwas recht machen. Selbst das süßeste Lächeln des kleinen Ralf-Peter, der nun schon jauchzend auf seinen festen Beinchen durch die Wohnung stapfte, zauberte auf dem griesgrämigen Gesicht der alten Frau keinen frohen Schein. Die größeren Kinder gingen ihr immer mehr auf die Nerven. Ständig hatte sie an ihnen etwas auszusetzen. Das trug natürlich nicht dazu bei, daß diese sich mehr zu ihr hingezogen fühlten. Nur Dorothee, ein besonders gemütvolles Kind, suchte dann und wann nach einer Möglichkeit, die Tante auf irgendeine Weise zu erfreuen. Meistens jedoch gelang es ihr nicht, denn die alte Frau schien dafür einfach keinen Empfänger zu haben. So ging das all die Jahre. Der Krieg hatte ein Ende genommen. Langsam regulierte sich das Leben wieder. Mit der Zeit wurden auch die Trümmer in den Städten weggeräumt, und die Menschen hofften auf eine bessere Zukunft.

Die Jahreszeiten wechselten einander ab. Frau Sternhalter säte und pflanzte im Frühjahr im Garten, rupfte im Sommer das Unkraut aus den Beeten, freute sich mit den Kindern im Herbst über alles, was sie geerntet hatten und noch ernten würden. Sie sah, wie die Leute in der Nachbarschaft ihre Gärten für die kalte Zeit vorbereiteten, die Beete umgruben und mit Tannenreisig bedeckten. Sie tat es ihnen gleich und gewann je länger desto mehr Freude an Aufgaben, die ihr bis dahin völlig fremd gewesen waren. So lernte Renate sich wieder freuen und bemühte sich, die Launen und Verdrießlichkeiten der alten Frau nicht so tragisch zu nehmen. Das hatte sie in erster Linie dem guten Einfluß der Arztfrau zu verdanken, die ihr in den Jahren eine Freundin geworden war.

»Du mußt dich der kleinen Frau da drüben in besonderer Weise annehmen«, hatte ihr Mann zu ihr gesagt. »Sie braucht es, sonst erliegt sie den Lasten ihres Alltags, vor allem aber der Bosheit der alten Frau.«

»Sie ist längst nicht mehr so gehässig wie früher, hat mir Frau Sternhalter gesagt, als sie gestern auf einen Sprung bei mir war«, erwiderte Frau Brunner. »Sie würde heilfroh sein, wenn das gegenseitige Verhältnis so bliebe, wie es im Augenblick ist. Nur Siegfried macht ihr auf diesem Gebiet immer wieder Sorgen. Er hat eine spürbare Abneigung gegen die alte Tante, die ihr manchmal geradezu bedenklich erscheint. Natürlich ist er nun schon aus der Zeit heraus, in der er von ihr als von einer alten Hexe sprach. Aber er bemüht sich nicht, ihr gegenüber entgegenkommend zu sein. Ja, es bereitet ihm offensichtlich Freude, die kleinen Geschwister gegen sie aufzuhetzen.«

»Wahrscheinlich kränkt es ihn, daß er in der ganzen Zeit miterleben mußte, wie die Tante seine Mutter drangsaliert hat«, meinte der Arzt. »Weil das Oberhaupt der Familie fehlt, fühlt er sich als Ältester im Unterbewußtsein wohl verpflichtet, die Mutter zu schützen und zu verteidigen. Dazu wählt er zwar merkwürdige Methoden, aber kann man es ihm verargen? Daß dabei manches ungeschickt und sogar boshaft herauskommt, darf man nicht so tragisch nehmen. Mit der Zeit wird er verständiger werden und sicher anders reagieren. Lade die ganze Familie in nächster Zeit wieder einmal ein. Das wird ihnen allen guttun.«

»Das will ich«, antwortete Frau Brunner, »und um die kleine Frau werde ich mich besonders kümmern. Sie ist ein liebenswerter, aber sehr sensibler Mensch. Ich glaube, sie hat zu mir Vertrauen.«

Eines Tages war Siegfried, nun zwölf Jahre alt, wieder recht unfreundlich zu der alten Frau gewesen. Seine Mutter tadelte ihn. »Wie oft habe ich dich gebeten, zu der Tante nicht in einem solchen Ton zu sprechen.«

»Ich kann sie nun einmal nicht ausstehn«, war seine Antwort.

»Bringst du es wirklich nicht fertig, der alten Frau zu verzeihen?« hatte sie gefragt.

»Verzeihen?« Siegfried begehrte auf. »Sie hat doch gar nicht um Verzeihung gebeten. Ich erwarte ja nicht, daß sie es mir gegenüber tut. Aber bei dir könnte sie sich einmal entschuldigen für das, was sie dir in diesen Jahren an Gemeinheit alles angetan hat.«

Eine Weile war Frau Sternhalter still gewesen. Dann hatte sie erwidert: »Ich habe mich gerade besonnen, welche Antwort dir dein Vater jetzt geben würde.« Der Junge war an diesem Tag ziemlich unzugänglich gewesen: In nicht gerade liebenswürdigem Ton antwortete er: »Mein Vater, mein Vater! Immer hältst du ihn mir vor. Dabei ist er schon so lange tot.«

»Aber du erinnerst dich doch noch an ihn, Siegfried, oder nicht?«

»Kaum! Überlege doch, ich war erst vier Jahre alt, als ich ihn das letzte Mal sah. Er kam ja immer nur ein paar Tage auf Urlaub, und dann mußte er wieder an die Front.«

Frau Sternhalter konnte eine gewisse Traurigkeit, die in ihr aufstieg, nicht niederringen. Sie selbst lebte noch heute aus der Erinnerung an ihren Mann und von dem, was sie ihm, auch an inneren Werten, zu verdanken hatte. Und sein Sohn wußte so gut wie nichts mehr von ihm und schien es auch nicht zu vermissen.

Siegfried, der trotz seiner oft heftigen Reaktionen ein sensibler Junge war, spürte die Traurigkeit der Mutter und daß ihr seine Erwiderung auf ihre Worte weh getan haben mußten. Er versuchte einzulenken: »Was hätte Vati mir denn geantwortet? Ich wollte dich nicht kränken.«

»Es geht darum, daß du nicht bereit bist, der Tante zu vergeben. Ich könnte mir vorstellen, daß dein Vater jetzt an das Gebet Jesu erinnern würde. Ich habe es mit euch schon gebetet, als ihr noch ziemlich klein wart, und in der Schule hast du es auch gelernt.«

»Du meinst das Vater-Unser?«

»Ja, Siegfried. Vati würde sagen: Wie können wir beten: Und vergib uns unsere Schuld, wie auch wir vergeben unsern Schuldigern, wenn in uns dazu keine Bereitschaft ist? Schau, mein Junge, da heißt es nicht: Wie wir unsern Schuldigern vergeben, nachdem sie uns um Verzeihung gebeten haben. Außerdem überlege dir einmal: Was würde aus uns, wenn Gott uns nicht immer wieder unsere Schuld vergibt? Wir wären rettungslos verloren.«

»Aber du doch nicht, Mutti! Du tust doch keinem Menschen ein Unrecht.«

»Auch ich, Siegfried! Ich habe die Vergebung Gottes genauso

nötig wie alle anderen, denen man scheinbar nichts Böses nachsagen kann.«

Eine Weile schwiegen beide. Dann sah der Junge seine Mutter prüfend an. »Ich möchte dich etwas fragen, Mama. Immer redest du davon, was Vati in dieser oder jener Situation gesagt oder getan hätte. Hast du denn keine eigene Meinung? Du kannst dich doch nicht dein ganzes Leben lang auf das berufen, was dein Mann einmal gesagt, getan oder gemeint hat! Ist das nicht eine gewisse Unselbständigkeit?«

In diesem Augenblick hatte Frau Sternhalter zum ersten Mal erkannt, daß ihr Sohn kein kleiner Junge mehr war und sich seine eigenen Gedanken machte. Was sollte sie ihm antworten? Eigentlich war sie über seine Frage erschrocken. Doch das konnte sie ihm nicht sagen. So erwiderte sie ihm: »Siegfried, ich habe deinem Vater viel zu verdanken, auch an innerer Erkenntnis. Aber glaube mir, ich hätte all das Schwere, was hinter uns liegt, nicht durchstehen können, wenn ich nicht meinen eigenen, persönlichen Glaubensstandpunkt hätte.«

Damit hatte das Gespräch an jenem Tag ein Ende gefunden. Renate Sternhalter aber lag in der darauffolgenden Nacht lange wach. Sie versuchte sich Rechenschaft zu geben. Der Ausspruch Siegfrieds hatte ihr bewiesen, daß der Junge reifer war, als es ihr bis dahin klar gewesen war. Sicher lag das auch an den schweren Zeiten, die er als Ältester bewußter als seine drei jüngeren Geschwister erlebt hatte. Von einer gewissen Unselbständigkeit hatte er gesprochen, weil sie, die Mutter, sehr oft zitierte, was wohl der Vater dazu gesagt, getan oder gedacht hätte. War es wirklich so? Gewiß, sie bejahte von ganzem Herzen, was sie und ihr Mann in jungen Jahren gemeinsam im christlichen Jugendkreis gehört und erlebt hatten. Sie wollte auch in ihrer Ehe nichts anderes, als was er von seinem Glaubensstandpunkt aus für richtig erkannt hatte. Aber genügte dieses Erbe? Mußte es ihr nicht ein Anliegen sein, daß diese Erkenntnis in ihr selbst wuchs? Mußten die Kinder nicht unbedingt spüren, daß sie, ihre Mutter, aus ewigen Quellen schöpfte und nicht nur aus den Quellen ihres Mannes? Plötzlich sah sie eine Geschichte aus dem Neuen Testament vor sich: Jesus und die Frau am Jakobsbrunnen. »Wer von dem Wasser trinkt, das ich ihm gebe«, so hatte Christus zu der Frau gesagt, »den wird nimmermehr dürsten.« In ihm wird gleichsam ein Brunnen des lebendigen Wassers aufbrechen.

Irgendwie konnte sie es nicht verhüten, daß ihr Tränen über das Gesicht liefen. War es wieder einmal die Erinnerung an ihren Mann und das erneut sie bedrückende Wissen, er würde nie wiederkommen? Oder war es die Erkenntnis, daß ihre Kinder bisher vielleicht nichts oder nur wenig von der Quelle des lebendigen Wassers in ihr wahrgenommen hatten? Gewiß, sie hatte mit ihnen von klein auf gebetet. Sie hatte ihnen abends, wenn sie eine freie Stunde erübrigen konnte, biblische Geschichten erzählt. Sie schickte sie in die Kinderkirche oder nahm sie sonntags mit in den Gottesdienst, obwohl ihr klar war, daß sie von alledem nur wenig verstehen würden. Es war ihr eben ein ernstes Anliegen, daß sie von klein auf unter den Einfluß des Wortes Gottes kamen. Aber hatte sie selbst davon zu wenig ausgestrahlt?

In jener Nacht war ihr klar geworden, daß sie ihre Ermahnungen oder erzieherischen Grundsätze den Kindern gegenüber nicht länger von dem abhängig machen durfte, was ihr Vater in dieser oder jener Situation gesagt haben würde. Erschreckend stand vor ihr Siegfrieds Äußerung, die in seiner Frage zum Ausdruck kam: »Ist das nicht eine gewisse Unselbständigkeit?« Hatte er, der noch nicht Dreizehnjährige, das bei ihr wirklich wahrgenommen? In diesen nächtlichen Stunden, in denen sie über sich selbst ernstlich nachdachte, erkannte sie, daß es bei aller Anhänglichkeit, die sie ihrem Mann gegenüber bewahrt hatte, dringend nötig war, selbst ein mündiger Christ zu sein. Dazu würde ihr Mann, wenn er noch lebte, sie gewiß ermutigt haben.

Noch eine Erkenntnis fand sie: Wie konnte sie erwarten, daß das Bild seines Vaters in Siegfried lebendig geblieben war, nachdem er ihn so selten und dann nur immer für wenige Tage erlebt hatte? War sie nicht in Gefahr gewesen, ihrem Mann in ihrem Inneren so etwas wie ein Denkmal zu errichten, eine Erinnerungsstätte, die sie mit gefühlvollen, ja sogar sentimentalen und wehmutsvollen Empfindungen füllte? Dabei hatte sie dann erwartet, daß ihre Kinder, mindestens Siegfried, der sich noch verschwommen an den Vater erinnerte, daran teilnahmen. War der Junge damit nicht überfordert?

Trotz dieser Einsicht wollte sich Renates Herz in jener Nacht mit tiefer Traurigkeit füllen. Durfte ihr denn nicht einmal die Erinnerung an den geliebten Mann bleiben? Plötzlich wurde ihr klar, daß sie sich immer wieder mit Selbstmitleid umgeben hatte. Wie gut, daß ihr in den Jahren nach dem Krieg nicht viel Zeit geblieben war, sich diesen Empfindungen zu stark hinzugeben. Der Entschluß, den sie in jener Nacht faßte, löschte das Bild ihres Mannes in ihr keineswegs aus. Immer würde sie seiner in Liebe und Dankbarkeit gedenken. Aber sie durfte dabei nicht stehenbleiben. Wo war ihr doch das schlichte Wort begegnet: Dankbar rückwärts, mutig vorwärts, gläubig aufwärts! In ihrem Innern dankte sie ihrem Ältesten, daß er ihr durch seine fast schonungslose Frage zum Nachdenken und zu neuer Erkenntnis verholfen hatte.

Fast sechs Jahre lebte Frau Sternhalter mit ihren Kindern in dem kleinen Haus am Waldrand, als die alte Tante eines morgens das Bett nicht mehr verlassen konnte. Ihre Füße trugen sie einfach nicht mehr. Sie begann zu jammern und zu klagen. Renate versorgte sie gewissenhaft, aber sie erkannte nach einiger Zeit, daß das nicht ausreichte. Weil sie ein Mensch war, der mit Gott lebte, von dem sie sich für die Gestaltung ihres Tages Anweisung geben ließ, wurde ihr wie nie zuvor klar, daß die alte Frau im Grunde ein zutiefst bedauernswerter Mensch war. Wer hatte ihr in ihrem Leben wirklich Liebe entgegengebracht und sich bemüht, die aus ihrer Einsamkeit erwachsenen Nöte zu erkennen und zu beseitigen? Auch wenn es letztlich ihrem Selbstzweck diente, daß sie die Großnichte mit ihren Kindern zu sich ins Haus genommen hatte, um auf der letzten Wegstrecke nicht allein zu sein – war dies nicht verständlich? Niemals hätte Frau Sternhalter sich vorwerfen wollen, bei der Pflege der nun immer hilfloser werdenden alten Frau etwas zu versäumen. Doch auch die Erkenntnis, daß der Mensch nicht vom Brot allein und von der nötigen Körperpflege lebe, entsprang letztlich auch in jener Nacht der Gedanke, wie nötig ein Reifeprozeß in ihrem Innern war, wenn sie dem Gedächtnis ihres Mannes – nein, das waren ja schon wieder die in falscher Richtung laufenden Gedanken – wenn sie Gott Ehre machen wollte.

Eines Abends saß Renate mit den Kindern beim Abendessen, als die Glocke ertönte, mit der die alte Tante sich bemerkbar machte, wenn sie einen Wunsch hatte. Renate erhob sich, um zu ihr zu gehen.

Siegfried begehrte auf. »Jetzt soll sie doch warten, bis du fertig gegessen hast. Schon dreimal hat sie dich während der Mahlzeit gestört!«

Renate überhörte den Protest ihres Sohnes. Als sie sich jedoch nach einigen Augenblicken wieder zu den Kindern setzte, sagte sie: »Du hast recht, Siegfried, die Tante macht mir oft Mühe, und manchmal ruft sie mich tatsächlich unnötigerweise. Meistens aber braucht sie mich dringend. Einmal hängt ihr der Kopf über den Bettrand herunter, und sie hat nicht selbst die Kraft, sich aufzurichten und wieder bequem hinzulegen. Ein anderes Mal klagt sie über großen Durst und kann das Saftglas nicht selber zum Mund führen. Das dritte Mal muß ich sie auf die Bettschüssel setzen. Ihr seht, sie braucht mich einfach.«

»Aber auf die Dauer ist es zuviel für dich!« beharrte Siegfried fast erbost auf seiner Meinung. »Und wenn du schließlich selbst zusammenbrichst? Was machen wir dann?«

»Ich bin überzeugt, daß Gott mir die Kraft zum Durchhalten gibt, solange es sein muß.«

»Wäre es nicht richtiger, die Tante in ein Krankenhaus oder Pflegeheim bringen zu lassen?«

»Sie hat mich flehentlich gebeten, dies nicht zu tun. Sie möchte zu Hause sterben.«

»Muß sie wirklich sterben?« Die Zwillingsschwestern fragten es wie aus einem Mund.

»Doktor Brunner meint, es könne ganz schnell gehen. Aber es kann sich auch noch in die Länge ziehen.«

»Das hat uns gerade noch gefehlt!«

Renate blickte ihren Ältesten traurig an. »Dein Herz ist im Grunde gar nicht so hart und gefühllos, wie du manchmal tust.

Würdest du nicht auch bemüht sein, mir meinen letzten Wunsch zu erfüllen, wenn du es könntest?«

»Das ist etwas ganz anderes, du bist meine Mutter.«

»Aber wir sind ihre nächsten Verwandten. Außer uns hat sie niemand. Und mir ist klar geworden, es genügt nicht, wenn ich sie pflege und ihr Handreichungen tue. Das ist sogar meine Pflicht. Weil ich aber ein Christ bin und als solcher handeln möchte, muß ich dies mit Liebe tun.«

»Ich liebe sie nicht«, sagte Siegfried.

»Von dir wird es ja auch nicht erwartet. Aber ich möchte dir ein Wort aus der Bibel sagen. Es steht in 1. Korinther 13 und heißt: Wenn ich keine Liebe hätte, wäre alles, was ich tue, umsonst. Ja, ich selbst wäre nichts.«

»Ich wundere mich, Mutter, daß du jetzt nicht hinzufügst: So hätte euer Vater gedacht.« Des Jungen Stimme klang fast herausfordernd. Obgleich ihr Herz weh tat, vermochte Frau Sternhalter ruhig zu antworten: »Du hast recht, es wäre auch Vatis Meinung gewesen. Aber ich selbst bin zu dieser Erkenntnis gekommen, und darum werde ich die Tante von nun an noch viel sorgfältiger pflegen! Sie soll es spüren, daß ich es aus Liebe tue.«

Da stand Dorothee vom Stuhl auf, ging zu ihrer Mutter, schmiegte sich an und sagte: »Und ich will dir dabei helfen, Mutti!«

Wenige Tage später fanden sie die alte Tante tot in ihrem Bett liegen. Mit ernsten Augen blickten die Kinder dem Sarg nach, als er aus dem Haus und in die Friedhofskapelle getragen wurde. Selbst Siegfried war betroffen. Er umgab die Mutter in diesen und den folgenden Tagen mit großer Aufmerksamkeit und nahm ihr an Arbeit ab, was er nur konnte. Die schwere Pflege der alten Frau hatte sie doch sehr mitgenommen. Als die Mutter am Tag nach der Beerdigung den Kindern sagte, daß die Verstorbene wenige Wochen vor ihrem Tod mit Hilfe von Doktor Brunner das Häuschen und alles, was sie besaß, ihr testamentarisch vermacht hatte, konnte der Junge es sich nicht verkneifen zu sagen: »Das wird sich wohl auch so gehören.«

Das Leben ging seinen Gang weiter. Frau Sternhalter hätte dringend Erholung nötig gehabt, aber sie sah hierzu keine Möglichkeit.

Es war am zehnten Geburtstag der Zwillinge, der auf einen Sonntag fiel. Zur Freude aller hatte die Mutter Doktor Brunner und seine Frau zum Kaffee eingeladen. Längst waren sie für die Kinder Onkel und Tante geworden, und zwischen den beiden Frauen, Renate und Stefanie, bestand ein schöner und beide anregender Gedankenaustausch.

Heute hatten die Arztleute, außer den Geburtstagsgeschenken für die Zwillinge, noch eine große Überraschung für die ganze Familie bereit. »Renate, es ist höchste Zeit, daß Sie endlich einmal ausspannen«, sagte Doktor Brunner während des Kaffeetrinkens. »Ich kann es als Ihr Arzt nicht länger mit ansehen, wie Sie sich durch die Tage schleppen. Sie müssen unbedingt zur Erholung fort.«

»Aber Herr Doktor«, wehrte sich Frau Sternhalter errötend, »wer soll dann für die Kinder sorgen?«

»Doch Mutti«, erwiderten die beiden Töchter. »Ein paar Wochen können wir schon allein fertig werden. Die Jungens halten die Wohnung sauber, und wir Mädchen kochen. Wenn wir nicht weiter wissen, fragen wir Tante Stefanie.«

Siegfried war mit dem Vorschlag der Schwestern nicht einverstanden, daß er mit dem kleineren Bruder für Ordnung im Hause sorgen sollte. Schon wollte er einwenden, daß dies ausschließlich Frauensache sei, als Tante Stefanie sich zu Wort meldete: »Vielleicht darf ich jetzt auch einmal etwas sagen. Wer redet denn davon, daß eure Mutti allein in Urlaub fahren soll?«

Und dann entwickelte sie einen Plan, der alle Sternhalters in großes Staunen versetzte und bei den Kindern einen wahren Freudensturm auslöste. Renate Sternhalter aber konnte die gemachten Vorschläge eine ganze Weile nicht fassen.

Frau Brunner war Österreicherin und stammte aus dem Tannheimer Tal in Tirol. Sie selbst wollte einmal ebenfalls Ärztin werden. Während ihres Studiums hatte sie ihren Mann kennengelernt, dem sie nun, dank ihrer Ausbildung, in der Praxis eine große Hilfe war. Längere Zeit nach dem Krieg war es nicht möglich gewesen, daß Deutsche zur Erholung nach Österreich fuhren. Jetzt aber waren die Grenzen wieder geöffnet, und das schöne Land Tirol wurde dem Fremdenverkehr wieder zugänglich. Doktor Brunner und seine Frau hatten sich schon längere Zeit besonnen, wie sie der dringend erholungsbedürftigen Frau Sternhalter eine Urlaubsreise ermöglichen könnten. Da war Frau Brunner eines Tages auf den Gedanken gekommen, daß sie mit ihren Kindern während der Sommerferien ins Tannheimer Tal fahren könnte. Sie wußten, daß Renate nicht die Mittel besaß, sich einen solchen Urlaub zu leisten. Dafür wollten sie aufkommen.

Frau Sternhalter wehrte sich entschieden. »Das kann ich nicht annehmen, Herr Doktor. Von dir, Stefanie, ist es wirklich lieb und anerkennenswert, daß du einen solchen Plan ausgeheckt hast. Aber bedenke doch, wir sind fünf Personen. Das kostet eine Unmenge Geld. Wir selbst besitzen es nicht, und von euch können wir auf keinen Fall ein solch großzügiges Anerbieten annehmen.«

Erschrocken hatten die Kinder die Worte der Mutter vernommen. Also hatten sie sich umsonst gefreut. Aber keines von ihnen, nicht einmal Siegfried, hatte in diesem Augenblick gewagt, ihr zu widersprechen oder sich aufs Bitten zu verlegen. Irgendwie begriffen sie alle die Größe dieses Angebots.

»Kinder, macht nicht solche entsetzten Augen«, meinte Doktor Brunner. »Es wird ganz bestimmt alles recht.« An Frau Sternhalter gewandt, fuhr er fort: »Sie dürfen das meiner Frau nicht abschlagen. Darf ich es sagen, Steffi?«

Sie nickte, obgleich ihr Gesicht sich vor Verlegenheit rötete. Er fuhr fort: »Stefanie hat nämlich in einer Nacht, als Stuttgart von feindlichen Fliegern bombardiert wurde und es aussah, daß auch wir hier oben nicht verschont blieben, Gott ein Gelöbnis gemacht: Wenn wir bewahrt blieben, würde sie sich in besonderer Weise einer Familie annehmen, die durch Fliegerschaden alles verloren hat.«

»Jetzt wird mir alles klar!« rief Siegfried spontan aus. »Daher wart ihr immer so nett zu uns!«

Renate Sternhalter aber ergriff in großer Dankbarkeit die

Hand der Arztfrau. »Und ausgerechnet wir dürfen diejenigen sein, an denen das von dir gemachte Gelübde ausgeführt wird. Du bist ein Werkzeug in Gottes Hand! Was hätten wir ohne euch in den vergangenen Jahren getan? Welch eine wunderbare Führung!«

»Und darum bitte ich dich, Renate, lehne unser Angebot nicht länger ab. Wir haben euch in keinem der teuren Hotels angemeldet, sondern in einem kleinen, einfachen Haus, in der Nähe eines Dorfes im Tannheimer Tal. Meine Eltern hatten in Tannheim selbst ein Hotel, das jetzt von meinem ältesten Bruder und seiner Frau geleitet wird. Morlocks, so heißen die Bekannten, bei denen wir euch unterbringen wollen, haben etwas Landwirtschaft, das heißt: einige Wiesen und etliche Kühe. Ackerbau gibt es dort ja nicht. Die Bauern leben fast ausschließlich von der Milchwirtschaft und, wo es möglich ist, nehmen sie auch noch einige Urlaubsgäste auf. Herr Morlock ist schon vor Jahren gestorben. Jetzt versorgt seine Frau in der Hauptsache den Stall und die Kühe, mäht das Gras auf den Wiesen und ist im Sommer beim Heuen stark beschäftigt, wobei ihr die Kinder schon tüchtig helfen. Theresia, die Älteste, versorgt den Haushalt und betreut auch die Gäste, die sie in einfachen, aber sauberen Zimmern aufnehmen können. Dort haben wir euch bereits angemeldet.«

»Ihr habt uns wirklich schon angemeldet?« fragte Frau Sternhalter, die noch immer nicht an eine solche Möglichkeit glauben konnte.

»Ja, und wir haben schon eine Zusage bekommen.«

Die Kinder sprangen von ihren Stühlen auf, umarmten die Mutter und dann wieder die Arztfrau. »Sag ja, Mutti! Sag ja!« riefen sie in jubelnder Freude. »Juchhu, wir dürfen nach Tirol! Nicht wahr, dort gibt es hohe Berge! Mutti, bitte, bitte, sag ja!« Siegfried fand es unter seiner Würde, seiner Freude so lebhaft Ausdruck zu geben. Aber seine Augen baten ebenfalls: Mutti, solch ein Angebot bekommen wir nie mehr. Bitte, schlag es nicht aus!

Der Geburtstag der Zwillinge endete in allgemeiner Freude. Frau Sternhalter war überstimmt worden. Diesem gewaltigen

Sturm übersprudelnder Glückseligkeit hatte sie auf die Dauer nicht widerstehen können.

So reiste sie mit ihren Kindern zu Beginn der großen Ferien zum erstenmal nach Tirol ins Tannheimer Tal und lernte in Familie Morlock fleißige, liebenswerte Menschen kennen, die die noch junge Witwe mit großer Herzlichkeit aufnahmen.

Das war vor siebenundzwanzig Jahren gewesen. Nie würde sie, Frau Sternhalter, vergessen, wie sich die Kinder in einem wahren Freudenrausch befunden hatten. Überwältigend groß waren ihnen die Berge vorgekommen, die das Tal auf beiden Seiten einsäumten. Auf ihren Höhen lag auch um diese Jahreszeit noch Schnee, obgleich es Sommer war und die Kühe auf den Weiden grasten. Siegfried, der am liebsten gleich eine Bergtour unternommen hätte, mußte sich belehren lassen, daß er dies ohne einen Bergführer nicht riskieren konnte. Gewiß, die vor ihnen liegenden Berge, die nicht höher als 1200 Meter oder nur wenig höher waren – das konnte man riskieren, aber der Gimpel, die rote Flüh und andere, deren Höhe über 1900 Meter betrugen, setzten doch Bergsteigererfahrung voraus. Schon mancher war dort und auf anderen Bergen abgestürzt.

Siegfried war damals noch nicht ganz vierzehn Jahre alt und voller Tatendrang gewesen. Theresia Morlock ging auf seine vielen Fragen freundlich ein und hatte ihm alles, was er wissen wollte, geduldig erklärt. Ihre eigenen Geschwister waren altersmäßig nicht weit von Frau Sternhalters Kindern entfernt. Schnell hatten sie sich angefreundet, so daß das Haus in jener Zeit erfüllt gewesen war von fröhlichem Getummel! Zur gleichen Zeit verbrachte nämlich noch eine andere Familie mit drei Kindern ihren Urlaub im Hause Morlock. Mit Wonne trieben die Kinder gemeinsam die Kühe auf die Weide, badeten an heißen Tagen in den Gebirgsbächen, versuchten, allerdings meistens ohne Erfolg, Forellen zu fangen, tollten mit dem Dackel herum und unternahmen mit der Mutter größere Wanderungen. Todmüde kehrten sie dann zurück und wurden in den Betten mit den rot-blauweiß karrierten Überzügen vom Rauschen der das Haus umgebenden Tannen in den Schlaf gewiegt.

Es war eine wunderbare Zeit gewesen. Zwischen Frau Sternhalter und Theresia Morlock bestand bald eine gute Harmonie, über die sich beide herzlich freuten. Theresia war damals achtundzwanzig Jahre alt. Sie stand dem Haushalt mit Umsicht vor und betreute ihre Gäste aufmerksam. Normalerweise gab es dort neben der Übernachtung nur das morgendliche Frühstück. Die anderen Mahlzeiten mußten von den Gästen in naheliegenden Gasthäusern eingenommen werden. Frau Brunner hatte jedoch mit Theresia vereinbart – damit Frau Sternhalter recht ausspannen und wieder zu Kräften kommen konnte – für sie und ihre Kinder auch das Mittagessen zu bereiten. Renate half ihr dabei, sobald sie sich ein wenig erholt hatte. Und so kam es zwischen diesen beiden Frauen schon damals zu einem erfreulichen Gedankenaustausch.

Theresias Mutter hatte eine zurückhaltende Art. Ihre Arbeit im Stall und auf den Wiesen ließ ihr auch nicht viel Zeit, sich persönlich um die Gäste zu kümmern. Das war die spezielle Aufgabe Theresias.

Drei Jahre hintereinander verbrachte Frau Sternhalter mit ihren Kindern die Sommerferien im Tannheimer Tal. Mit jedem Mal fühlten sie sich zwischen den Tiroler Bergen heimischer, und nach wie vor ermöglichte das Ehepaar Brunner ihnen diesen Urlaubsaufenthalt. Dann nahmen diese Ferienreisen aus mancherlei Gründen ein Ende.

Es kam die Zeit, daß Siegfried die Schule verließ und eine Stelle als Banklehrling antrat. Außerdem zogen die Freunde in eine kleine Stadt im Schwarzwald, wo Doktor Brunners Vater, der ebenfalls Arzt war, viele Jahre eine Landpraxis versah. Auf dem Sterbebett hatte er seinen Sohn inständig gebeten, nach seinem Tod diese weitverzweigte Praxis zu übernehmen und mit Stefanie zu seiner Mutter zu ziehen, die sonst in dem großen, schön gelegenen Haus allein gewesen wäre. Es fiel Doktor Brunner schwer, seine eigene Praxis aufzugeben. Aber er konnte seinem Vater die letzte Bitte nicht versagen. So war er mit seiner Frau in den Schwarzwald gezogen. Auch wenn die Verbindung zwischen den beiden Familien durch Stefanies und Renates Briefverkehr aufrechterhalten blieb, empfanden alle die Trennung doch schmerzlich. Frau Sternhalter aber wollte unter keinen Umständen länger die Großzügigkeit der Freunde in Anspruch nehmen.

Das alles lag nun schon Jahre zurück. Renates Kinder waren längst alle erwachsen und hatten das kleine Haus verlassen, in dem die Mutter danach etliche Jahre allein wohnte. Was alles hatte sich in dieser Zeit ereignet! Immer wieder mußte sich Renate sagen, daß es von Gott doch sehr weise eingerichtet war, daß er vor die Zukunft einen Schleier gehängt hatte. Manches würde man im voraus nicht ertragen und wäre allein im Wissen um das Bevorstehende zerbrochen.

Und nun hatte Frau Sternhalter Theresia Morlock nach vierundzwanzigjähriger Trennung zum erstenmal wiedergetroffen. In den ersten Jahren nach ihrem letzten Ferienaufenthalt hatte sie mit Theresia noch in einem losen Briefwechsel gestanden, der dann aber durch mancherlei Ereignisse auf beiden Seiten eingeschlafen war. Nun, nachdem Renate keines ihrer Kinder mehr zu versorgen hatte, war sie frei und hatte das Empfinden, sich um Theresia kümmern zu müssen. Sie war ihr bei jenem kurzen Besuch im Tannheimer Tal äußerlich zwar kaum verändert vorgekommen, und doch war sie anders. Natürlich hatten die Jahre auch in ihrem Gesicht Spuren hinterlassen. Aber es lag weniger an ihrem Äußeren, meinte Frau Sternhalter. Der Ausdruck ihres Gesichts war durch Leid, Enttäuschung und Resignation gezeichnet. Als sie, Renate, Theresia überraschend besuchte, war es gar nicht ihre Absicht gewesen, sich bei ihr zu einem Urlaubsaufenthalt anzumelden. Sie hatte sie einfach nur wieder einmal sehen, grüßen und sich nach ihrem Ergehen erkundigen wollen. Doch einem unerklärlichen, inneren Drang folgend, hatte sie sich plötzlich dazu entschlossen. So sehr sie sich darauf gefreut hatte, die ihr liebgewordene Umgebung nach all den Jahren wiederzusehen – dies war nicht die eigentliche Ursache ihres spontan gefaßten Entschlusses gewesen. Ob dahinter ein höherer Auftrag stand? Renate Sternhalter war es stets ein Anliegen, sich innerlich leiten zu lassen. Im Rückblick auf ihr Leben wußte sie von den eigenartigsten Führungen Gottes. Aber das war ja nichts Außergewöhnliches. Jeder, der bewußt mit Gott lebt, weiß von solchen Erfahrungen.

Wie in früheren Jahren, so stand auch diesmal Theresia Morlock selbst an der Bushaltestelle, um ihren neuen Gast abzuholen. Sichtliche Freude strahlte aus ihren Augen, als sie Renate die Hand entgegenstreckte: »Willkommen, Frau Sternhalter!«

»Und Sie holen noch immer Ihre Gäste selbst ab?« fragte diese nach der Begrüßung. »Früher konnten Sie dazu auch Ihre jüngeren Geschwister beauftragen. Aber von denen ist jetzt wohl keiner mehr zu Hause?«

»Bis auf Toni, der etliche Jahre fort war, nun aber wieder bei mir wohnt«, erwiderte Theresia.

»Ist der nicht längst verheiratet?«

»Er war es! Aber davon erzähle ich Ihnen später einmal.«

Theresia erwartete noch ein älteres Ehepaar, das ebenfalls für einige Wochen, und das nicht zum erstenmal, in ihr Haus kam. Suchend blickte sie sich um und entdeckte sie im gleichen Augenblick. Die Frau war etwas gehbehindert. Fürsorglich half der Mann ihr aus dem Autobus, den sie als letzte Fahrgäste verließen.

Auch diese Leute begrüßte Theresia herzlich und wie gute, alte Bekannte. Sie stellte ihre und Frau Sternhalters Koffer auf den kleinen Leiterwagen, den sie mitgebracht hatte und setzte sich mit ihm in Bewegung.

»Gehen Sie nur schon voraus«, sagte der alte Herr. »Sie wissen, meine Frau benötigt mehr Zeit. Wir kennen den Weg ja gut.«

Auch Frau Sternhalter hatte das Ehepaar freundlich begrüßt, nachdem Theresia sie vorgestellt hatte. Dann spannte Renate sich wie selbstverständlich neben Theresia vor den Leiterwagen und half ihr beim Ziehen.

»Aber nicht doch, Frau Sternhalter«, wehrte Theresia sich. »Das kann ich gut alleine.«

»Sie kennen doch das Wort«, lachte Renate: »Einer trage des andern Last. In diesem Fall heißt es eben: Einer ziehe des andern Last.«

»Sie haben sich gar nicht verändert«, stellte Theresia erfreut fest. »Vierundzwanzig Jahre sind doch eine lange Zeit.«

»Ja, inzwischen bin ich eine alte Frau geworden. Aber man

kann mit sechsundsechzig Jahren doch noch ein junges Herz haben, nicht wahr?«

»Alt wirken Sie bestimmt noch nicht«, stellte Theresia fest.

Und dann stand Renate in dem Zimmer, das sie vor Jahren gemeinsam mit ihren zwei Töchtern, den Zwillingen, bewohnt hatte. Hier schien die Zeit nichts verändert zu haben, nur daß jetzt die beiden Kinderbetten fehlten. Vor dem offenen Fenster blühten wie damals in üppiger Pracht Geranien und Petunien. Beglückt atmete Renate die würzige Luft ein. Auf den Wiesen war das Gras zum Trocknen ausgebreitet, sicher schon der zweite Schnitt. Sie liebte den davon ausgehenden Duft. Und dann die Berge! Wie alte Freunde grüßte Frau Sternhalter sie. Alles war hier so vertraut. In der Tat, nichts schien sich verändert zu haben. Allerdings – sie sah in einiger Entfernung etliche neuerbaute Häuser. Nur eines fehlte, ihre Kinder: Siegfried, Dorothee, Gabriele und Ralf-Peter. Unwillkürlich hatte sie ihre Namen leise ausgesprochen, als könnte sie dadurch die Bilder der Erinnerung wieder hervorrufen. Sie vermißte sie, ähnlich wie in den Jahren nach dem Krieg ihren Mann.

Es war nun einmal der Gang der Welt, daß sie die Mutter allein gelassen hatten. Zwar kamen sie alle und schauten nach ihr, vor allem Dorothee, die als Stationsschwester in einem Stuttgarter Krankenhaus arbeitete und wohl die anhänglichste von ihren Geschwistern war. Die anderen kamen hin und wieder auch zu Besuch, aber irgendwie hatte Renate den Eindruck, daß sie immer wieder froh waren, das winzige Häuschen hinter sich lassen zu können. Seit einigen Wochen lebte sie dort auch nicht mehr allein. Sie hatte eine gelähmte Frau mit ihrer Tochter zu sich genommen. »Begreifen kann ich deinen Entschluß nicht, Mutter«, hatte Siegfried gesagt, als er sie vor kurzem mit seiner Frau besuchte. »Ich meine, dir sollte genügen, was du in den Jahren durchlitten hast, als die Tante noch lebte und dir das Leben zur Hölle machte.«

»Ganz so schlimm war es doch nicht«, hatte sie geantwortet. »Und in den letzten Wochen, bevor sie starb, war sie recht erträglich. Außerdem habe ich mit der Pflege der Gelähmten nichts zu tun. Das besorgt alles deren Tochter. Es sei denn, ich sehe dann und wann nach der Kranken, wenn Fräulein Marquardt Einkäufe macht oder etwas anderes erledigen muß.«

»Es sei denn«, hatte Siegfried nicht ohne Ironie wiederholt. »Ich kenne dich doch, Mutter! Aber du mußt es ja wissen.«

»Laß doch deine Mutter«, hatte Gislinde, seine Frau sich eingeschaltet. »Das hat doch schließlich auch sein Gutes. So ist sie nicht ganz allein im Häuschen, und ihre Untermieterin – ich meine natürlich nicht die Gelähmte, sondern deren Tochter – kann sich ebenfalls ein wenig um sie kümmern, wenn sie einmal krank werden sollte.«

»Was Gott verhüten möge«, hatte Frau Sternhalter geantwortet – jedoch ihre weiteren Gedanken nicht ausgesprochen. Dieses niedliche Modepüppchen von Schwiegertochter würde wohl kaum auf den Gedanken kommen, sie zu pflegen, wenn ein solcher Fall eintreten sollte. Siegfried hatte sich bald darauf von seiner Mutter verabschiedet. Seine Frau wollte in der Stadt noch einige Besorgungen machen. Er blieb bei seinen ohnehin seltenen Besuchen nie lange bei der Mutter, die ihm diesmal stumm nachgeblickt hatte. Mein Ältester, dachte sie, ich hoffte so, an dir eine Stütze zu finden, nachdem dein Vater uns so früh verließ. Doch dann hatte sie energisch die dunklen Gedanken von sich geschüttelt. War nicht auch in ihrem Leben alles recht geworden? Wie dankbar dachte sie an ihre neuen Hausgenossen.

Es war kurz nach ihrem unverhofften Besuch im Tannheimer Tal gewesen, als sie eines Tages eine Anzeige in ihrer Zeitung gelesen hatte. »Wer kann uns helfen?« lautete die Überschrift. Eine Frau mittleren Alters suchte für sich und ihre gelähmte Mutter eine kleine ebenerdige Wohnung, um den Rollstuhl der Mutter von der Straße direkt ins Haus fahren zu können. Die Leute wohnten bis dahin im zweiten Stock eines Mietshauses in der Stadt. Nachdem aber die Behinderung der älteren Frau zugenommen hatte, so daß sie keine Treppen mehr steigen konnte, bemühte sich deren Tochter um eine passende Wohnung.

Zwar bestand Frau Sternhalters Häuschen nur aus fünf kleinen Zimmern, einer größeren Wohnküche und den notwendigen Nebenräumen, aber sie meinte, wenn es sich um zwei verträgliche Menschen handelte, könnte sie mit diesen beiden Frauen zusammen leben.

Sie besuchte die beiden und gewann von ihnen einen äußerst guten Eindruck. Sie wirkten sympathisch und bescheiden. Am liebsten hätte sie gleich zugesagt.

Die Lage ihres Häuschens war günstig. Der Rollstuhl der Gelähmten konnte von der Straße direkt in den Garten und von diesem in das größte Zimmer gefahren werden. Daneben lag ein zweiter Raum, den nach ihrer Meinung die Tochter bewohnen konnte. Es müßte doch möglich sein, die große Küche und auch das Badezimmer gemeinsam zu benutzen, wenn sie alle guten Willens waren.

Mit Tränen in den Augen bedankte sich Fräulein Marquardt bei Renate. Sie konnte es fast nicht glauben, daß sich für sie eine Tür öffnen sollte, nachdem es mit der gelähmten Mutter in der letzten Zeit immer mühevoller geworden war.

»Ich selbst habe keine Bedenken«, hatte Frau Sternhalter das Gespräch beendet, »aber ich möchte meine Kinder nicht übergehen und mindestens mit meinem ältesten Sohn und mit meiner Tochter, die Krankenschwester ist, darüber sprechen.« Die beiden Frauen verstanden das, doch merkte man ihnen an, wie besorgt sie waren, die Kinder von Frau Sternhalter könnten die Mutter umstimmen.

Siegfried war natürlich dagegen gewesen. Dorothee aber zeigte Verständnis. »Wenn du meinst, daß du dir damit keine zu große Last aufbürdest, und wenn es dich froh macht, diesen beiden Frauen zu helfen, bin ich damit einverstanden. Sollte der eine oder andere von uns zu Besuch kommen, dann hast du ja neben deinem Wohnzimmer und dem Schlafraum immer noch das kleine Stübchen, in dem jemand übernachten kann. Es ist kaum anzunehmen, daß wir alle zur gleichen Zeit bei dir sein werden.«

Gabriele, die sie in jenen Tagen unerwartet in Stuttgart traf und ebenfalls nach ihrer Meinung fragte, sagte beinahe lässig: »Ach Mutti, das ist doch einzig und allein deine Sache. So wenig wir uns in unsere Angelegenheiten hineinreden lassen, können wir uns anmaßen, dir Vorschriften zu machen. Du mußt selbst wissen, ob du es nicht viel leichter hättest, wenn du alleine bliebest und diese beiden, dir völlig fremden Frauen, nicht ins Haus nähmst. Aber wie gesagt, das hast du ganz allein zu entscheiden.«

Frau Sternhalter hatte nichts anderes erwartet. Gabrieles einziges Interesse galt nur noch ihrem Freund. Ralf-Peter konnte sie nicht nach seiner Meinung fragen, denn sie hatte keine Ahnung, wo er sich zur Zeit aufhielt.

Kurz entschlossen machte sie sich wieder auf den Weg zu Frau Marquardt und deren Tochter und teilte ihnen ihren Entschluß mit. Sie hatte ihn bis heute nicht bereut. Vom ersten Tag an bestand zwischen ihnen ein gutes Einvernehmen. Der einzige in Berlin lebende Sohn der Gelähmten hatte sich ein paar Tage Urlaub genommen und half seiner Mutter und der Schwester beim Umzug. Etliche Möbel, die sie in ihrer neuen Wohnung nicht unterbringen konnten, nahm er mit nach Berlin. Natürlich brachte Renate Sternhalter ein Opfer, indem sie sich einschränkte und Küche und Badezimmer mit den beiden Untermietern teilte. Andererseits bedeutete die Miete, die die beiden zahlten, für sie eine kleine finanzielle Erleichterung. Doch daran hatte sie erst in zweiter Linie gedacht. Die ihr aus den Zeilen der Zeitung entgegenspringende notvolle Frage: »Wer kann uns helfen?« war für sie ausschlaggebend gewesen. Wenn es auch eine völlig andere Situation war als diejenige, in der sie sich damals nach dem Bombenangriff befand, würde sie doch nie vergessen können, was es ihr bedeutet hatte, als ihre alte Tante sie und die Kinder damals aufnahm. Sie wußte, daß sie hier helfend einspringen mußte.

»Wir werden Sie vermissen«, hatte Fräulein Marquardt gesagt, als Renate sich verabschiedete. »Aber wir gönnen Ihnen von Herzen einen schönen Urlaub im Tannheimer Tal. Erholen Sie sich nur gut und reisen Sie unbesorgt. Ich werde hier nach dem Rechten sehen, im Garten das Unkraut jäten und mich um Ihr Kätzchen kümmern.«

Das Kätzchen! Dorothee hatte es ihr eines Tages gebracht. Es war herrenlos im Krankenhausgarten aufgetaucht. Bei den Patienten konnte man es nicht brauchen. Kurz entschlossen hatte es die Tochter zur Mutter getragen. »Dann bist du nicht so allein und hast etwas zum Liebhaben.«

Seitdem war das Tierchen bei ihr und wurde nun von den beiden Frauen Marquardt ebenso gehätschelt.

Und so waren Frau Sternhalters Gedanken bereits wieder bei ihren Kindern. »Etwas zum Liebhaben!« hatte Dorothee gesagt. Sie empfand wohl als einzige ihrer Kinder, wie sehr man es entbehren und vermissen konnte. Nein, böser Wille war es bei den anderen gewiß nicht – einfach ein Stück Gedankenlosigkeit. Wenn auch jeder sein eigenes Leben lebte, sie blieben ihre Kinder, und ihre Liebe zu ihnen würde nie erlöschen. Zwar waren die Zeiten vorbei, in denen sie nach äußeren Zeichen ihrer Liebe verlangten. Wie gut erinnerte sie sich an Ralf-Peter, der als kleiner Junge von drei, vier Jahren zu ihr gelaufen kam, wenn er sich irgendwie weh getan hatte und mit tränenüberströmtem Gesicht schluchzte: »Mutti, nimm mich in'n Arm!« Dasselbe geschah, wenn er nicht gehorcht hatte und sie mit ihm schelten oder ihn gar strafen mußte. Ach, mein kleiner Ralf-Peter! Jetzt stand er bereits vor seinem sechsunddreißigsten Geburtstag. Der damals anhängliche, liebebedürftige Junge war schon längst ihr Sorgenkind geworden. Aber ihre Liebe gehörte ihm nach wie vor.

Als sie so nachdenkend am offenen Fenster ihres Zimmers im Ferienhaus stand, und hinunter auf die Wiese blickte, die sich bis zum Wald hinzog, und das Rauschen des Wasserfalls vernahm, das sich mit dem Geläut der Kuhglocken vermischte, da stieg die Erinnerung aufs neue fast schmerzlich in ihr empor. Wie sorglos und unbeschwert waren damals doch die Kinder gewesen! Und heute? Was wußte sie eigentlich in Wirklichkeit von ihnen?

Vom Dorf her drangen hallende Töne zu Frau Sternhalter herüber. Glockengeläut. Um diese Zeit? Am Nachmittag fand doch keine Hochzeit statt, es sei denn am Wochenende. Eine Beerdigung etwa? Aus dem Haus eilte Theresia Morlock und blickte suchend um sich.

»Wieso läuten um diese Zeit die Glocken?« fragte Frau Sternhalter vom offenen Fenster her.

»Das ist die Totenglocke«, antwortete Theresia.

»Woher wissen Sie das?«

»Das hört man am Klang, an der Art des Läutens. Wir haben auf dem Kirchturm einige Glocken. Wenn sie läuten, weiß man genau, ob ein Mann, eine Frau, ein Unverheirateter oder ein Kind gestorben ist.«

Vom Dorf her kam eiligen Schrittes eine Nachbarin. Ihr Haus stand ein paar hundert Meter von dem der Familie Morlock entfernt. Die Frau sah bestürzt und totenbleich aus. Als sie Theresia erblickte, begann sie heftig zu weinen.

Diese lief ihr entgegen. »Mizzi, was ist? Für wen läutet die Glocke?«

Die Frau antwortete nicht gleich, blickte scheu um sich, als sei das, was sie zu sagen hatte, nicht für jeden bestimmt. Dann erwiderte sie mit leiser Stimme: »Ich mag's fast nicht aussprechen. Die Rosi Burkert ist abgestürzt – tot! Mein Hans ist doch seit kurzer Zeit mit ihr befreundet. Auf die Rote Flüh sind sie, eine ganze Gruppe. Einige von den Bauernsöhnen sind auch dabei. Wie es gekommen ist, weiß man noch nicht. Vorhin hat die Bergwacht sie heruntergetragen, nachdem man sie einige Stunden vergeblich suchte.«

Die Frau weinte laut auf: »Wie soll ich es nur meinem Hans beibringen? Der wollte eigentlich mit auf den Berg. Da ist er gestern vom Heuwagen gestürzt und hat sich den Fuß gebrochen. Die Rosi hat ihn noch am Abend besucht und wollte seinetwillen nicht mit den anderen hinaufsteigen. Da hat er ihr gut zugeredet, weil sie sich auf diese Tour so sehr gefreut hatte. Sie ließ sich überreden. Ach, hätte sie es doch nicht getan! Wenn ich es ihm nur schon beigebracht hätte! Aber ich darf nicht zögern, sonst kommt mir irgendeiner aus dem Dorf zuvor und bringt ihm die Nachricht ohne Rücksicht auf seine Gefühle. O Resi, wie wird er es auffassen? Ich hab' mich so an dieser jungen Liebe gefreut. Und nun ist alles aus!« Weinend eilte die Frau davon.

Frau Sternhalter sah, wie auch Theresia betroffen war. Sie setzte sich vor das Haus auf einer der dort stehenden Bänke unter den Tannen.

Renate überlegte einen Augenblick, ob sie zu ihr hinuntergehen sollte. Vielleicht ging ihr die Sache so nahe, daß sie jetzt am liebsten allein blieb. Aber dann entschloß sie sich doch, zu Theresia zu gehen. Vielleicht ergab sich auf diese Weise ein kurzer Gedankenaustausch, zu dem Fräulein Morlock nicht oft kam.

»Sie haben das junge Mädchen, das so tragisch verunglückt ist, persönlich gekannt?« begann Renate das Gespräch.

»Oh ja! Hier kennt doch einer den andern.«

»Gerade das finde ich so schön. In der Großstadt ist das ganz anders. Selbst in dem kleinen Vorort von Stuttgart, in dem ich nun schon all die Jahre lebe, hat sich das völlig geändert. Am Anfang wußte man noch, wer in jedem der Häuser wohnte. Man kam hin und her miteinander ins Gespräch und nahm an dem Schicksal und Geschehen der anderen teil. Inzwischen sind so viele neue Häuser gebaut worden, daß ich längst nicht mehr alle Einwohner kenne.«

Eine Weile sprach Theresia nichts, so daß Frau Sternhalter sich fragte, ob sie überhaupt zugehört hat. Ihre Gedanken schienen sich von dem tragischen Bergunglück nicht losreißen zu können.

»Jedes Jahr geschieht es einige Male, daß Menschen abstürzen«, sagte sie schließlich. »Gewöhnlich sind es Fremde, die sich nicht auskennen. Nur selten passiert es Einheimischen. Die kennen die Gefahren der Berge. Aber daß es ausgerechnet dieses blühende Leben treffen mußte! Es ist unbegreiflich!«

Und dann berichtete Theresia: »Die Rosi Burkert ist die Jüngste von sieben Geschwistern. Die Eltern sind rechtschaffene, fleißige Leute. Sie betreiben einen kleinen Bauernhof und nehmen auch einige Gäste auf. Der Älteste steht den alten Leuten mit seiner Frau zur Seite. Die anderen Söhne haben ein Handwerk erlernt. Zwei Töchter arbeiten in einem Hotel. Die Jüngste aber, die Rosi, von ihren Geschwistern sehr geliebt, sollte etwas Besonderes werden. Weil sie begabt war, durfte sie studieren. Nach den Sommerferien, also in ein paar Wochen, hätte sie als Lehrerin ihre erste Stelle angetreten.« Theresia schüttelte den Kopf, als könnte sie das Geschehene nicht begreifen. »Was muß das für ein Schlag für die ganze Familie sein, vor allem für die Eltern, die auf das Mädel so große Stücke hielten!«

Eine Weile schwiegen die beiden Frauen aufs neue. Da erinnerte Theresia an ein gemeinsam erlebtes Geschehen vor etlichen Jahren. »Wissen Sie noch, Frau Sternhalter?« Sie wußte sofort, was Theresia meinte.

»Ich habe eben auch daran gedacht«, erwiderte sie.

Theresia fuhr fort: »Wie leicht hätte es unsern jungen Leuten ebenso passieren können.«

Ihre Gedanken gingen die gleichen Wege. Lebhaft erinnerte sich Renate an die angsterfüllten Stunden, die sie damals durchlitten, ja, auch durchbetet hatten. Es war im zweiten Sommer ihres Ferienaufenthaltes hier im Tannheimer Tal gewesen. Siegfried, damals vierzehn Jahre alt, hatte sich in den Kopf gesetzt, mit dem um ein Jahr jüngeren Toni, Theresias Bruder, an einer Bergbesteigung einiger junger Burschen und Mädchen teilzunehmen. Sowohl Frau Sternhalter als auch Theresia waren strikt dagegen gewesen.

»Das hat keinen Sinn, du weißt, daß der Gimpel 2176 m hoch ist, und ihr habt beide keine Klettererfahrung«, hatte Theresia gewarnt.

»Die andern sind doch dabei, und die sind alle älter«, war Tonis eigensinnige Entgegnung gewesen. »Die passen schon auf, daß uns nichts passiert.«

»O du Kindskopf«, hatte die Schwester geantwortet. »Du glaubst doch nicht, daß es denen wichtig ist, zwei solche unerfahrene Lausbuben wie euch im Schlepptau zu haben.«

»Ich bin immerhin ein Jahr älter«, hatte Siegfried sich gekränkt zu widersetzen gewagt, »und mir ist natürlich klar, daß wir uns den Anordnungen der anderen, vor allem denen des Bergführers, unterstellen müssen.«

»Es kommt nicht in Frage«, hatte Frau Sternhalter ganz entschieden geantwortet, »und bedarf keiner weiteren Diskussion.«

Toni hatte gemault und getrotzt. Siegfried aber hatte den ersten günstigen Augenblick wahrgenommen, um mit seiner Mutter allein zu sprechen und war wieder einmal – wie so oft in jener Zeit – aufsässig geworden: »Du behandelst mich immer, als wäre ich noch ein kleiner Junge«, hatte er die Mutter angefahren. »Wie oft erinnerst du mich daran, daß ich der Älteste bin, daß ich dir zur Seite stehen und auf die Geschwister aufpassen muß. Bei solchen Gelegenheiten soll ich mich schon als fast Erwachsener fühlen. Jetzt aber traust du mir nicht einmal zu, daß ich mit den anderen Jungen und Mädchen eine Bergtour unternehme.«

»Aber begreife doch, mein Junge, die sind alle älter als ihr, außerdem hier aufgewachsen. Sie kennen sich in den Bergen aus und haben, wie Theresia sagte, einen erfahrenen Bergführer bei sich. Streckenweise müssen sie sich sogar anseilen. Glaub doch nur nicht, daß dieser Mann bereit wäre, die Verantwortung für euch beide zu übernehmen!«

»Jetzt fehlt nur noch, daß du behauptest, Vati würde es auch nicht erlauben, wenn er noch am Leben wäre. Du weißt, wie ich diesen Ausspruch hasse. Wahrscheinlich wäre es ganz anders. Er hätte als Mann verstanden, daß ich in meinem Alter auch einmal etwas nicht Alltägliches erleben möchte. Bestimmt wäre er mit uns auf den Berg gestiegen.«

»Es bleibt dabei, ich erlaube es nicht«, hatte die Mutter ihren Standpunkt vertreten. »Du müßtest vorher mindestens mehrere kleinere und weniger gewagte Bergtouren unternommen haben.«

Siegfried zählte ihr die Namen einiger naheliegender Berge auf, die er mit Jungen aus der Nachbarschaft schon bestiegen hatte. Er hoffte, die Mutter damit umstimmen zu können. »Du siehst, so ganz ohne Erfahrung bin ich doch nicht. Das Neunerköpfl ist immerhin über 1800 m hoch, ebenso die Landsbergerhütte.«

Frau Sternhalter hatte sich nicht überreden lassen. Eine ungute Stimmung war an diesem Tage aufgekommen. Es nützte auch nichts, daß sich die Zwillingsschwestern, Dorothee und Gabriele, alle Mühe gaben, Siegfried umzustimmen.

»Siehst du denn nicht, wie du Mutti beunruhigst«, hatte Dorothee den Bruder ermahnt. »Sie würde ihres Lebens nicht mehr froh werden, wenn dir in den Bergen etwas zustieße! Sei doch zufrieden, daß wir überhaupt hier sein können, und begnüge dich mit weniger gefährlichen Bergtouren.«

Aber Siegfried war völlig unzugänglich gewesen. Am anderen Morgen, als man sich zum gemeinsamen Frühstück am Tisch unter den Tannen vor dem Haus zusammenfand, fehlten die beiden Jungen. Die Schwestern riefen und suchten nach ihnen. Schließlich brachte Gabriele einen Zettel, den sie auf Siegfrieds Bett gefunden hatte. Nichts Gutes ahnend, las ihn Renate. Wortlos reichte sie ihn Theresia. Diese las laut vor:

»Mutti, sei mir nicht böse! Ich halte deine Bevormundung einfach nicht mehr aus und will dir einmal beweisen, daß ich selbständiger bin, als du glaubst. Noch ist die Sonne nicht aufgegangen. Toni kennt genau den Weg. Er weiß sogar eine Abkürzung, die hinter dem Dorf Nesselwängle zum Gimpelhaus führt. Wir holen die anderen sicher ein und steigen mit ihnen dann auf den Gimpel. Finden wir sie nicht, dann warten wir auf sie. Toni sagt, unter allen Umständen müssen sie auf dem Rückweg dort vorbeikommen. Du wirst sehen, es klappt alles wunderbar. Außerdem sprichst du ja dauernd von Gottvertrauen. Also beweise es jetzt.

Viele Grüße von Siegfried.

Bitte gib Theresia Bescheid, daß sie sich keine Sorgen um Toni macht. Frau Morlock sagt ihr am besten gar nichts. Du weißt ja, wie sie sich dauernd übertrieben um Toni, ihr Nesthäkchen, ängstigt. Da sie doch meistens im Stall bei den Kühen oder draußen zu tun hat, wird es ihr kaum auffallen, daß er nicht da ist. Im übrigen trage ich als der Ältere von uns beiden die ganze Verantwortung.«

Eine Weile hatten die beiden Frauen sich stumm angeblickt. Endlich sagte Theresia: »Die sind wohl von allen guten Geistern verlassen.« Sie holte sich eine Wegkarte herbei und zeigte sie Frau Sternhalter. »Schau'n Sie, hier liegt das Gimpelhaus, 1720 Meter hoch. Sie benötigen etliche Stunden, bis sie dort oben sind. Dabei tragen sie beide keine Bergstiefel. Windjacken werden sie wohl auch nicht mitgenommen haben. Geh, Monika, schau nach, ob sie am Haken hängen«, beauftragte sie ihre Schwester.

»Hoffentlich haben sie wenigstens etwas zu essen mitgenommen.«

»Dafür hat der Toni bestimmt gesorgt«, behauptete Monika. »So etwas vergißt der nicht.«

Frau Sternhalter blickte besorgt zum Himmel. »Schon jetzt ist es sehr schwül. Es wird doch kein Gewitter geben?«

»Das kann schon sein!« meinte Theresia. »Aber da nützt nun alles nichts. Wir können sie nicht mehr einholen und müssen der Sache ihren Lauf lassen. Aber der Toni, der soll mir nur heimkommen! Diesmal setzt es eine Tracht Prügel. Mit einer Watschen ist es nicht getan.«

»Was ist eine Watschen?« wollte der damals neunjährige Ralf-Peter wissen.

»Eine Ohrfeige«, erklärte ihm Gabriele, die sich im Tannheimer Dialekt schon besser auskannte.

Aber es war keinem zum Lachen zumute. Ein schweigsames Frühstück folgte. Niemand hatte recht Lust zu essen.

»Wir fahren gleich morgen zurück nach Hause«, bestimmte Frau Sternhalter, die über den Ungehorsam ihres Ältesten empört war.

»Aber warum denn?« Wie aus einem Munde und mit erschrockenen Gesichtern fragten es die Zwillinge.

»Weil Siegfried seine Lektion lernen muß. Er kann sich nicht einfach über meine Bestimmungen hinwegsetzen. Diesmal muß er gestraft werden.«

»Aber Mutti, wir sind doch nicht daran schuld. Dann strafst du uns ja mit ihm und ohne jeden Grund.« Den Mädchen kamen fast die Tränen.

»Um euretwillen tut es mir leid, aber das müßt ihr nun hinnehmen.«

»Ach denk dir doch eine andere Strafe aus, Mutti«, bat Gabriele und begann nun wirklich zu weinen. »Jetzt, wo es gerade so schön ist, sollen wir fort.«

Dorothee warf ihr einen verweisenden Blick zu. Sie verstand, daß das Herz der Mutter so voller Sorge und Angst um die Jungen war, daß alles andere nebensächlich wurde.

»Wenn die beiden nur schon wieder zurück wären!« sagte sie. »Das Weitere findet sich dann von selbst.« Sie war immer die Vernünftigste unter den Geschwistern.

Aber es vergingen Stunden. Ein schweres Gewitter zog herauf und entlud sich. Am hellen Tage war es plötzlich dunkel. Regenfluten und Hagelschauer stürzten vom Himmel. Wo befanden sich die beiden Jungen während dieses Unwetters? Wie verscheuchte Vögel saßen die Kinder beieinander. Auch Theresias Schwestern, die damals zwanzigjährige Marianne und die fünfzehnjährige Monika, standen mit bleichen Gesichtern in der Stube und blickten angsterfüllt in das Unwetter. Schließlich kam auch Frau Morlock, die von der hinteren Wiese die Kühe hereingetrieben hatte, durchnäßt ins Haus.

»Das ist ein Wetter!« rief sie und schüttelte sich.

»Zieh dich nur gleich um, Mutter, damit du dich nicht erkältest«, hatte Theresia geraten. Keiner wagte von den beiden Jungen zu reden. Aber die Mutter spürte, daß etwas in der Luft lag – nicht nur das Gewitter. Sie blickte von einem zum andern. »Was habt ihr? Wie seht ihr alle drein?« Und dann merkte sie es.

»Wo ist der Toni?«

»Der wird sicher bald heimkommen.« Eines ihrer Mädchen sagte es, ohne selbst daran zu glauben.

»Was tut der Bub bei dem Wetter draußen? Und der Siegfried ist auch nicht da!«

Theresia versuchte, sie am Arm aus der Stube zu führen. Sie wußte, was Toni der Mutter bedeutete. Immer hatte sie um ihn, den Spätgeborenen, die Hände gelegt und ihm oft seinen Willen gelassen.

»Komm, Mutter, zieh dich erst einmal um. Du bist ja völlig naß.«

»Ich will wissen, wo der Bub ist.«

Da war es dann nicht mehr länger möglich gewesen, ihr den Sachverhalt zu verschweigen. Sie schlug die Hände über dem Kopf zusammen und lamentierte: »Bei dem Wetter auf dem Gimpel? Das gibt ein Unglück! Maria und Joseph, vielleicht sind sie schon längst abgestürzt!« Sie hastete zur Tür. »Ich geh und suche sie.«

Das war vor fünfundzwanzig Jahren gewesen. Den beiden Frauen, Renate Sternhalter und Theresia Morlock, schien es, als läge dieses unvergeßliche Erlebnis nicht lange zurück. Oder war es das Bergunglück des heutigen Tages, der Absturz eines blühenden jungen Mädchens, das die Erinnerung in ihnen so lebendig hervorrief?

An jenem unheilvollen Tag war es längst nach Mitternacht gewesen, als Marianne und Monika Morlock zum drittenmal ins Dorf gingen, um zu fragen, ob die jungen Leute, die heute früh in die Berge gestiegen waren, noch immer nicht zurückgekehrt seien. Schließlich bestand doch noch immer die Möglichkeit, daß sie den Bruder und Frau Sternhalters Ältesten irgendwo getroffen hatten und heimbrachten. Hoffnung erfüllte die Herzen der Mädchen, als sie hörten, sie seien vor einer knappen Stunde erschöpft, aber wohlbehalten zurückgekehrt.

Von den beiden Jungen jedoch fehlte jede Spur. Es gelang ihnen, den Bergführer ausfindig zu machen und mit ihm zu reden. Er zeigte sich sehr besorgt. Wenn die beiden Jungen bei dem schrecklichen Unwetter irgendwo in den Bergen gewesen waren, hätten sie gewiß den Abstieg gewagt oder in einer Almhütte Unterschlupf gesucht. Jetzt in der Dunkelheit würde es schwer sein, sie ausfindig zu machen. Man würde natürlich eine Suchaktion mit Laternen in Richtung Gimpel unternehmen und wolle nicht gleich das Schlimmste befürchten. Die Bergwacht habe ja manchen, schon verloren Geglaubten, aufgespürt. Aber es könne die ganze Nacht dauern, bis man . . .«

»Bitte, tun Sie alles, was möglich ist«, hatte Monika ihn mit tränenerstickter Stimme unterbrochen. »Unsere Mutter überlebt es nicht, wenn Toni, ihr Jüngster, nicht mehr heimkommen sollte.«

»Schon mancher Mutter Sohn ist in den Bergen abgestürzt«, hatte der Mann in großem Ernst geantwortet. »Wir werden natürlich unser Möglichstes versuchen.«

In tiefer Niedergeschlagenheit waren die beiden Mädchen nach Hause gekommen, wo die Mutter händeringend vor dem Bild der Madonna im Herrgottswinkel kniete und seit Stunden ununterbrochen um die Errettung der beiden Jungen flehte. Vergeblich hatte Theresia sie gebeten, sich hinzulegen. Sie selbst wollte aufbleiben, bis man die Vermißten gefunden habe und heimbrächte – tot oder lebendig, hatte sie mit zitterndem

Herzen bei sich selbst gedacht. Aber Frau Morlock war nicht zu bewegen, von ihren Knien aufzustehen. Pausenlos ließ sie den Rosenkranz durch ihre Finger gleiten.

Immer wieder eilte Theresia in dieser Nacht vor das Haus, um Ausschau zu halten. Frau Sternhalter hatte gegen Mitternacht ihren Jüngsten zu Bett gebracht. Die Zwillingstöchter wollten mit der Mutter wachen. Eine ganze Weile hatten sie still in der Wohnstube gesessen. Das Bild der vor dem Herrgottswinkel knienden und unter Tränen betenden alten Frau hatte sie tief beeindruckt. Schließlich waren sie gegangen, um die Mutter zu suchen, die nicht mehr in die Wohnstube zurückgekehrt war, nachdem sie Ralf-Peter in die Schlafstube hinaufgebracht hatte, die er mit Siegfried teilte. Die Mädchen fanden sie unter den Tannen hinter dem Haus, wo sie auf und ab ging. Sie hatte sich ein Tuch um die Schulter gelegt, denn nach dem Gewitter war es kühl geworden.

»Hier bist du, Mutti!« sagte Dorothee und schob ihren Arm in den von Renate. »Wir haben dich überall gesucht.« Und in verhaltener Scheu fuhr sie fort: »Wäre es nicht gut, wenn auch wir für die beiden Jungen beten würden, wie Frau Morlock und Theresia es schon die ganze Zeit über tun.«

»Ach Kind«, hatte Frau Sternhalter erwidert, »ich bete fast ununterbrochen seit heute früh, als wir entdeckten, daß die beiden das Haus verlassen haben.«

»Könnten wir nicht zusammen beten?« fragte Dorothee. »Ich glaube, alles wäre dann erträglicher.«

Frau Sternhalter empfand zugleich Dankbarkeit als auch Scham. Es war echt Dorothee, die sich an die Seite der Mutter stellte, auch innerlich. Andererseits schämte sie sich, daß sie die beiden Töchter nicht selbstverständlich an dem hatte teilnehmen lassen, was ihr während dieses ganzen schrecklichen Tages Trost und Kraft gegeben hatte.

Gabriele reagierte wieder ganz anders. Sie sagte: »Sollten sie schon abgestürzt sein, würde unser ganzes Beten keinen Sinn haben.«

»Du bist gräßlich!« erwiderte die Schwester und gab ihr einen leichten Stoß. Wie konnte sie vor der Mutter nur so etwas Kaltblütiges aussprechen! Sie fuhr fort: »Wenn es so wäre, dann steht es immer noch in Gottes Macht, einen Menschen genau an die Stelle zu schicken, wo sie liegen, um ihnen zu helfen.«

»Wenn es dann nicht schon zu spät ist«, folgerte Gabriele.

»Es ist sinnlos, solchen Erwägungen nachzugehen«, schaltete sich jetzt die Mutter ein. »Kommt, wir gehen hinauf in unsere Schlafstube. Dort wollen wir zusammen beten, und ich meine, danach solltet auch ihr euch hinlegen.«

»Ich bleibe auf«, sagte Dorothee. »Ich lasse dich nicht allein warten!«

Theresia war nicht von der Seite der Mutter gewichen. Sie bangte um die herzkranke Frau und fragte sich, wie sie die Aufregungen der letzten Stunden überstehen werde. Zu der großen Sorge um die beiden Jungen gesellte sich nun noch die Angst um das Leben der Mutter. Die Morgendämmerung brach herein. Frau Morlock kniete noch immer vor dem Herrgottswinkel. Plötzlich wurde die Haustür aufgerissen. Marianne und Monika stürmten in die Wohnstube: »Mutter, Resi, man hat sie gefunden! Sie sind auf dem Weg zu uns.«

»Leben sie?« fragte Theresia mit zitternden Lippen.

»Ja, aber sie sind sehr erschöpft, und Toni hat einen verletzten Fuß. Er wird getragen.«

In diesem Augenblick sackte die Bäuerin in sich zusammen und sank besinnungslos zu Boden.

»Mutter!«

Alle drei Töchter riefen es verstört und voller Angst. Aber Gott sei Dank, Frau Morlock lebte. Mit vereinten Kräften trug man sie in den ersten Stock in ihre Schlafstube.

»Kümmert euch um die Mutter!« ordnete Theresia an. »Ich gehe den Männern entgegen.«

Es dauerte nicht lange, da kamen sie, die die ganze Nacht hindurch bis zum Morgengrauen gesucht und die beiden völlig erschöpften und vor Kälte am ganzen Leib zitternden Jungen endlich unweit von der Gimpelhütte gefunden hatten. Sie hockten unter einem Felsvorsprung, unter den sie sich bei dem schweren Unwetter geflüchtet hatten. Kurz vorher war Toni über einen Stein gestolpert und, gestützt von Siegfried, noch gerade unter den Felsvorsprung gekommen. Dann war er zusammengebrochen. Stundenlang kauerten die beiden Jungen dort, durchnäßt und vor Kälte fast erstarrt. Obwohl es Sommer war, hatten während des Gewitters Schneegestöber und Hagelschauer die beiden Jungen in große Angst versetzt. Wie sollten sie bei diesem Wetter den Heimweg finden? Tonis Fuß schwoll zusehends an. Er weinte vor Schmerzen und konnte nach kurzer Zeit nicht mehr auftreten. So verging die Nacht, die kein Ende nehmen wollte.

»Wenn die uns nicht suchen, müssen wir hier sterben«, jammerte Toni. Wie im Fieberschauer schlugen seine Zähne aufeinander. Siegfried legte seinen Arm um ihn, bemüht, ihm wenigstens etwas Schutz und Wärme zu geben. Viel später hat er seiner Mutter gestanden, daß auch er voller Angst gebetet habe; denn je länger sich diese entsetzliche Nacht hinzog, desto weniger wagte er zu hoffen, daß man sie finden würde. Er zweifelte keinen Augenblick daran, daß die Rettungswacht sie suchen würde; aber ob es ihnen gelänge, sie in dieser grauenhaften Nacht zu finden, schien ihm mehr als fraglich.

Sie begannen zu rufen. »Hilfe! Hilfe! Wir sind hier!« Bald wurde daraus ein Schreien. Schließlich versagten ihre Stimmen, und Toni vermochte nur noch zu wimmern.

»Welchen der Heiligen muß man in solcher Not anrufen?« fragte er schließlich mit immer schwächer werdender Stimme seinen Gefährten. »Weißt du das?«

»Nein«, erwiderte Siegfried. »Das weiß ich nicht. Wir beten direkt zu Jesus.«

»Dann tu es doch!« weinte der Jüngere. »Ich halt' es nicht länger aus!«

Frau Sternhalter war zutiefst bewegt, als Siegfried in einer stillen Stunde noch unter den Eindrücken jener furchtbaren Nacht bekannte, wie er in das Heulen des Sturmes hineingerufen hatte: »Herr Jesus Christus, hilf uns, auch wenn wir Unrecht getan haben!«

Wie lange es noch gedauert hatte, bis sie den Schein von Lichtern näher kommen sahen und das Rufen der Männer der Bergwacht vernahmen, hatten beide Jungen nicht zu sagen gewußt. Es war ihnen unfaßlich, nach der ausgestandenen Angst doch noch gerettet zu werden. Toni wurde von starken Armen gehoben und behutsam, Schritt für Schritt, hinuntergetragen. Siegfried, der vor Erschöpfung ebenfalls kaum noch auf den Füßen stehen konnte, wurde, von zwei Männern gestützt, zu Tal geführt. Auf einem tiefer gelegenen, gangbaren Weg hatten die Männer zwei Tragbahren abgestellt. Darauf wurden die Jungen gelegt. Als der Morgen graute, waren sie endlich am Ziel angelangt.

Theresia bot den Männern, die nicht minder erschöpft waren, eine Stärkung an. Doch gönnten sie sich nur kurze Rast und strebten verständlicherweise ihren Häusern und der wohlverdienten Ruhe zu.

Es war klar, daß in dieser Nacht weder von Renates noch von Theresias Lippen ein Wort des Vorwurfs kam. Was die zu Tode erschöpften Jungen jetzt benötigten, war nichts anderes als Ruhe. Man brachte sie zu Bett, wärmte ihre noch immer erstarrten Glieder und flößte ihnen heißen Tee ein. Wohl keiner, der während der schrecklichen Nacht voller Bangen gewartet und gebetet hatte, versäumte es nun, Gott zu danken für die wunderbare Errettung der beiden.

Als Dorothee am andern Morgen die Mutter bittend fragte: »Nicht wahr, wir fahren nun doch nicht gleich nach Hause«, da schüttelte diese den Kopf. »Siegfried und Toni müssen sich von den Schrecken dieser Nacht erst erholen, und ich denke, unser Großer hat für sein Leben einiges hinzugelernt.«

Während die beiden Frauen so nebeneinander auf der Bank unter den Tannen saßen, waren die Bilder jenes unvergeßlichen Tages vor rund fünfundzwanzig Jahren wieder in greifbare Nähe gerückt worden. Aus den beiden Jungen, die ihnen damals die notvollen Stunden bereitet hatten, waren inzwischen Männer geworden.

Renate erschrak, als sie jetzt die Stimme der neben ihr sitzenden Theresia vernahm: »Manchmal denke ich, für Toni wäre es besser gewesen, er wäre damals in den Bergen umgekommen.«

»Theresia! Nein, so etwas dürfen Sie nicht sagen. Damit begehen Sie ein großes Unrecht.«

Die Angesprochene errötete bis unter die Haarwurzeln, ging aber nicht auf Frau Sternhalters Reaktion ein. Es schien, als bedauere sie ihre Worte und wünschte nicht, näheres dazu zu sagen. Sie lenkte davon ab, indem sie nach Siegfried fragte. »Was ist aus ihm geworden? Er muß doch mehr als dreißig Jahre alt sein.«

»Er hat kürzlich bereits seinen vierzigsten Geburtstag erlebt, ist verheiratet und hat zwei Söhne, die beide schon das Gymnasium besuchen.«

»Gewiß hat er studiert? Er war ja ein so begabter Junge.«

»Er hat das Abitur mit Auszeichnung bestanden, wollte dann ins Bankfach und bekam auch eine gute Lehrstelle. Dort ist er bis zum heutigen Tag. Er hat die Tochter seines Chefs, des Bankdirektors, geheiratet. Jetzt leitet er eine Bankfiliale.«

»Also haben Sie an ihm nur Freude erlebt?«

Frau Sternhalter antwortete nicht gleich. Konnte sie diese Frage mit einem ehrlichen Ja beantworten? Schließlich erwiderte sie: »Siegfried war immer ein Streber. Natürlich habe ich mich an seinen guten Zeugnissen gefreut, die er aus der Schule nach Hause brachte. Daß man ihn in seiner Lehrstelle schätzte, ihm schon bald großes Vertrauen entgegenbrachte und er seinem Chef so lieb wurde, daß dieser ihm seine einzige Tochter gern zur Frau gab, hat mich natürlich auch gefreut. Ich gebe zu, ich fühlte mich geehrt, weil er doch wußte, daß Siegfried aus einfachen Verhältnissen kommt. Aber manchmal beschleicht mein Herz eine bange Sorge. Siegfried ist so selbstsicher. Seinen Erfolg schreibt er nur seiner eigenen Tüchtigkeit, seinem Fleiß und Ehrgeiz zu. Äußerlich gesehen geht es ihm sehr gut. Die Nacht vor fünfundzwanzig Jahren, in der er in seiner Angst und Not zu Gott schrie, scheint er vergessen zu haben. Jedenfalls darf ich ihn nie daran erinnern. ›Mutter, das ist vorbei‹, sagt er. ›Ich finde es unpassend, daß du immer wieder davon sprichst und in mir zwangsläufig Gefühle oder Gedankengänge heraufbeschwören willst, die für mich überholt sind. Ich bin heute der Meinung, daß Toni und ich damals auch ohne Gebet von der Bergwacht gefunden und gerettet worden wären. Wir waren eben noch dumme Jungen. An mir klebten noch die Eierschalen deiner christlichen Erziehung. Aber jetzt bin ich davon frei. Ich weiß, daß ich dich enttäusche, wenn ich das so offen ausspreche, aber du mußt dich damit abfinden.‹

Daraufhin habe ich ihm geantwortet: ›Es mag sein, daß du dich von Gott losgesagt hast, Siegfried. Aber er sagt sich nie von dir los – vergiß das nicht! Es könnte die Zeit kommen, in der du darüber sehr froh sein und nach dieser Tatsache greifen wirst wie ein Ertrinkender nach einer Holzplanke. Daß ich nach wie vor täglich für dich bete, das brauche ich dir wohl nicht zu sagen.‹ Da hat er den Arm um mich gelegt und lachend geantwortet: ›Das kannst du halten, wie du willst, wenn es dich beruhigt. Aber mir persönlich bedeuten deine Gebete nichts mehr.‹«

Eine Weile schwieg Frau Sternhalter. Dann fuhr sie fort: »Er ist sonst ein um mich besorgter Sohn. Einmal im Monat kommt er bestimmt, um zu fragen, wie es mir geht. Immer bringt er irgend etwas mit, um mich zu erfreuen. Seine Besuche sind zwar kurz, und ich habe das Gefühl, daß er sie in den Ablauf seiner Pflichten einreiht, die er seiner Art gemäß gewissenhaft erfüllt. Aber er weiß, daß meine Liebe zu ihm immer dieselbe bleibt, und vielleicht bedeutet ihm die Gewißheit, daß seine Mutter für ihn betet, mehr, als er zugibt.«

Plötzlich fragte sich Frau Sternhalter, wie sie dazu komme, Theresia, die sie doch so viele Jahre nicht gesehen hatte, diese persönlichen Geschehnisse in solcher Offenheit zu erzählen. Irgendwie mußte diese Schweres mit ihrem Bruder erlebt haben. Wie hätte sie sonst sagen können, es wäre für Toni besser gewesen, wenn er in jener Nacht vor fünfundzwanzig Jahren in den Bergen umgekommen wäre! Hatte sie, Renate, ihr deutlich machen wollen, durch das Erzählen vom Ergehen Siegfrieds, daß auch ihr Enttäuschungen nicht erspart blieben? Sie wußte es nicht so genau. Jedenfalls war es ihr gewesen, als müsse sie der neben ihr sitzenden Frau diesen Einblick in ihr Leben gewähren. Obgleich Theresia sie bei ihrer Ankunft in großer Herzlichkeit begrüßt hatte, war ihr der resignierte Ausdruck ihres Gesichtes nicht verborgen geblieben. Hing es damit zusammen, daß sie unverheiratet geblieben war, oder trug etwa der Bruder daran Schuld?

Kein Wort erwiderte Theresia. Plötzlich stand sie auf und ging, ohne sich irgendwie zu äußern, ins Haus. Frau Sternhalter war bestürzt. Hatte sie etwas Ungeschicktes gesagt? Hatte sie Theresia gekränkt. Das hat sie nicht gewollt. Früher war Theresia doch kein launenhafter Mensch gewesen. Ob sie vielleicht darüber gekränkt war, daß sie gesagt hatte, es sei ein großes Unrecht von ihr, zu wünschen, Toni wäre damals in den Bergen umgekommen? Renate dachte über das Gespräch nach. Was wußte sie letztlich darüber, was Theresia in den dazwischen liegenden Jahren mit ihrem Bruder erlebt hatte? Sie nahm sich vor, während ihres Hierseins zu Theresia besonders herzlich zu sein. Es war unverkennbar, sie trug eine Last.

Noch am gleichen Abend entschuldigte sich Theresia bei ihr. »Bitte, Frau Sternhalter, seien Sie mir nicht böse wegen meines unhöflichen Benehmens. Ich weiß, es war unschicklich. Aber ich denke, daß wir während Ihres Hierseins noch Gelegenheit haben, über einiges zu sprechen. Schon lange sehne ich mich nach einem Menschen, dem ich einmal mein Herz ausschütten kann. Und wem könnte ich ein solches Vertrauen entgegenbringen wie Ihnen? Ich weiß hier niemanden. In einem kleinen Ort, wo einer den andern kennt, ist so viel Tratsch und Klatsch. Da bleibt man am besten für sich allein.«

»Wie könnte ich Ihnen böse sein, Theresia«, erwiderte Renate. »Wir haben beide in den Jahren, die hinter uns liegen, mancherlei erlebt, das seine Spuren hinterlassen hat. Keinesfalls möchte ich mich in Ihr Vertrauen drängen, aber Sie sollen wissen, daß ich an Ihrem Schicksal herzlich teilnehme. Wenn Sie in den kommenden Tagen bei all Ihrer Arbeit einmal ein paar freie Stunden finden, so bin ich gerne für Sie da. Lassen Sie es mich nur wissen.«

»Ich danke Ihnen, Frau Sternhalter.«

Die Tage vergingen. Zwei Wochen des Urlaubs waren bald vorbei. Zu der angedeuteten Aussprache war es noch immer nicht gekommen. Manchmal hatte Renate sogar den Eindruck, als gehe Theresia ihr vorsätzlich aus dem Weg. Zwar begegnete sie ihren Gästen stets besorgt und hilfsbereit. Der Frühstückstisch in der Diele war immer sorgsam gedeckt. Nie fehlte ein kleines Sträußchen. Die Zimmer blitzten vor Sauberkeit. Wenn Renate beim Mittag- und Abendessen Theresia gegenübersaß – auch jetzt war es bei der vor Jahren von Frau Brunner angeregten Abmachung geblieben, daß Frau Sternhalter alle Mahlzeiten im Haus einnahm –, sprach man über alles mögliche, nur nicht über das, was Renate gern gewußt hätte. Öfter war es auch ein recht schweigsames Mahl.

Bis jetzt war das Wetter schön gewesen. Jeden Morgen freute Frau Sternhalter sich aufs neue über den Anblick der Berge, wenn die ersten Sonnenstrahlen sie vergoldeten. Noch an keinem Tag ihres Hierseins hatten Nebelschwaden sie verdeckt. Wie ein Geschenk aus Gottes Hand genoß Frau Sternhalter täglich diesen Anblick, wenn sie ihr Fenster weit öffnete und die würzige Bergluft einatmete. Da ihr Herz nicht mehr ganz so gesund war wie vor Jahren, hatte sie sich gefragt, ob sie die Höhe von über 1000 Metern gut vertragen würde. Es schien sogar, daß sie hier oben viel freier und unbeschwerter atmen kann als zu Hause. Ihr Häuschen lag etwa 400 m hoch und nicht in dem dumpfen Talkessel, in dem Stuttgart eingebettet ist und wo sie oft – hatte sie Besorgungen zu machen – während der heißen Zeit meinte, ersticken zu müssen.

Einige Gäste des Hauses, die ein Auto besaßen, hatten sie schon ein paarmal zu einer Fahrt eingeladen. Sie waren am Haldensee vorbei, durch Nesselwängle hindurch über den Gaichtpaß gefahren, dessen wunderschöne, neue Brücke die Kluft von einem Berg zum andern überspannte, hinunter in die nächstliegende größere Stadt Reutte. Als Renate hier vor fünfundzwanzig Jahren mit ihren Kindern gewesen war, wäre es ihr finanziell nicht möglich gewesen, solche größeren Fahrten zu unternehmen. Sie erwanderten damals miteinander die nähere Umgebung und waren glücklich dabei. Daß sich ihr jetzt durch die freundlichen Mitgäste manches Neue erschloß, freute Frau Sternhalter natürlich sehr. Auch ins Lechtal und dessen romantisch gelegenen Nebentäler nahmen die Autobesitzer sie mit. Manchmal mußte sie die Furcht überwinden, wenn der Herr am Steuer schmale Bergstraßen hinauf- und herunterfuhr. Kam ihnen ein Wagen entgegen, mußte eines der beiden Autos behutsam bis zur nächsten Wegausbuchtung zurücksetzen und dort warten, bis das andere an ihm vorbeigefahren war. Doch nach einigen Fahrten verlor Frau Sternhalter ihre Angst. Alle Autobesitzer fuhren auf solchen Wegen vorsichtig. Renate hätte diese Fahrten nicht missen mögen. Unbeschreiblich schön waren die Ausblicke auf die Berge, deren Höhen auch jetzt im Sommer teilweise noch schneebedeckt waren. Und die Flora am Wegesrand! Sie meinte, nie vorher Blumen in solch intensiv leuchtenden Farben gesehen zu haben. Da und dort gab es tiefblauen Enzian, dessen Anblick Frau Sternhalter besonders erfreute. Als sie bei einer solchen Fahrt einem einsamen Bergsteiger begegneten, der – wie sich später herausstellte – seit Sonnenaufgang auf den Füßen war und eine Hochtour hinter sich hatte, luden sie ihn zur Mitfahrt ein. Gern nahm der sichtlich ermüdete Mann das Angebot an und schenkte den beiden Damen je einen kleinen Zweig von Alpenrosen, die er in einem Sträußchen mitgebracht hatte. »An sich ist es nicht erlaubt, sie zu pflücken«, sagte er. »Aber diese fünf Zweiglein mußte ich für meine Frau mitbringen, die krank zu Hause liegt.«

»Und nun schenken Sie uns noch davon?« fragte Frau Sternhalter freundlich. »Das dürfen wir gar nicht annehmen.«

»Doch, ich bitte darum. Mir ist sehr damit gedient, daß ich ein Stück mit Ihnen fahren darf.«

Unwahrscheinlich schön schienen Frau Sternhalter einige kleine Dörfer, die am Ende dieser ihr so gefährlich scheinenden schmalen Fahrstraßen lagen: Gramais, Boden und Egg. In ihnen gab es mehrere kleine Holzhäuser, aber auch einige recht ansehnliche Höfe. Sie lagen wie von der Welt abgeschieden ohne Einkaufsmöglichkeiten, umgeben von hohen Bergen und grünen Matten, auf denen Kühe weideten. Von den Bergen stürzten einige Wasserfälle mit Getöse ins Tal.

»Fühlen Sie sich hier nicht sehr einsam?« fragte die Frau des Autobesitzers eine ältere Dorfbewohnerin, die ihnen mit ihren zwei Ziegen begegnete.

»Einsam?« fragte diese zurück und umfing ihre Umgebung, das kleine Dorf inmitten der hohen Berge, mit ihrem Blick. »Nein, wir fühlen uns nicht einsam und kommen immer wieder gerne zurück, wenn wir einmal in die Stadt zum Arzt oder aufs Amt müssen. Der Lärm und die Hetze in den Städten erdrücken uns fast.«

»Aber Sie haben hier doch kaum Einkaufsmöglichkeiten?«

»Wir leben bescheiden und genügsam. Milch, Butter und Käse liefern uns unsere Kühe, Schafe und Ziegen. Unsere Wiesen geben ihnen das nötige Futter. Unser Brot backen wir selber. Unsere Kleider aus festem Stoff und Loden halten länger als die Fähnchen der Stadtfrauen, und ein Kirchlein haben wir auch im Dorf. Mir scheint, wir sind hier dem Gottvater um einiges näher als die Menschen da unten.«

»Und Ihre jungen Leute? Zieht es die nicht in die Weite?«

Auf dem Gesicht der Frau zeigte sich ein besorgter Ausdruck. »Das ist allerdings unser Kummer. Sie sehen den Firlefanz der Mode bei den Fremden, die zu uns kommen und meinen, das sei das Leben. Viele von ihnen haben unser Dorf verlassen, haben sich Arbeit in der Stadt gesucht und sich denen da unten angepaßt. Manche aber sind wieder zurückgekommen. Die Sehnsucht nach dem kleinen Dorf, in dem sie geboren und aufgewachsen sind, hat sie aufgerieben. Vom Fernweh getrieben, sind sie fortgezogen. Das Heimweh hat sie wieder zurückgeführt. Und wer das einmal erlebt hat, der geht kaum ein zweites Mal in die Fremde.«

Frau Sternhalter dachte lange über die Worte der alten Frau nach. Obgleich sie kaum für längere Zeit ihr heimatliches Dorf verlassen hatte, sprach aus ihren Augen Lebenserfahrung und Reife.

Ein Platz, den Renate immer wieder gern aufsuchte, war der Vilsalpsee. Vor fünfundzwanzig Jahren hatte sie mit den Kindern einige Male eine Wanderung dorthin gemacht. Heute war sie allerdings nicht mehr so gut zu Fuß. Aber wenn sie früh losging und dort am See lang genug rastete, würde sie es sicher auch jetzt noch schaffen.

So machte sie sich an einem Morgen gleich nach dem Frühstück auf den Weg. Die freundlichen Gäste, die sie einige Male auf einer Fahrt mit ihrem Auto mitgenommen hatten, waren abgereist. Sie freute sich richtig auf die Wanderung durch den lieblichen Ferienort Tannheim und dann vorbei an Wiesen, kleinen, verstreut liegenden Häuschen und einigen gepflegten Pensionen, die alle einladend wirkten, durch einen Wald zum See. Schon von weitem erblickte sie die ihn umragenden Berge: das Gaishorn, das Rauhhorn und die Rotspitze, alle mehr als 2000 Meter hoch. Je nach Witterung wirkten sie für Menschen, die im Flachland lebten und kein Verhältnis zu den Bergen hatten, gewaltig. Manchmal hatte Frau Sternhalter sie sogar unheimlich empfunden, etwa bei Sturm und Regen oder wenn sie sich hinter Nebelschwaden versteckten. Heute aber schien die Sonne. Das frische Grün der Bergwiesen bildete einen schönen Kontrast zu den hohen dunklen Tannen, die mit nur wenigen Laubbäumen den Waldbestand ausmachten. Theresia hatte Frau Sternhalters Tragtasche, die sie am Riemen über der Schulter trug, mit einigen gut belegten Brotschnitten gefüllt. Wie einst ihre Mutter, so backte auch sie noch immer ihr Brot selbst. Renate aß es mit besonderem Genuß. Auch einige Birnen und Äpfel hatte Theresia hinzugetan, obgleich sie diese selbst im Dorf kaufen mußte. Obst gedieh hier bei über 1000 Meter Höhe schlecht. So war Renate also mit Proviant gut versorgt und nahm sich vor, so lang wie möglich am Vilsalpsee zu verweilen. Sie freute sich so sehr, als würde auf sie eine Überraschung warten. Sicher war es die Erinnerung, die sie mit solch frohen Gefühlen erfüllte. Damals sprangen ihre vier Kinder um sie herum, machten hier eine Entdeckung und fanden dort etwas, was sie unbedingt der Mutter bringen mußten: eine Blume, einen seltenen Stein, einen ihnen völlig unbekannten Käfer, oder sie versuchten gar eine zierliche Eidechse zu fassen, die ihnen aber entglitt, ehe ihre Hände sie greifen konnten.

Frau Sternhalter konnte es nicht verhüten, daß ein kleiner Seufzer aus ihrem Herzen emporstieg. Wie lange war das her, und wie weit – ach wie weit waren die Kinder nun von ihr getrennt. Sie meinte nicht die räumliche Entfernung – in wenigen Stunden konnte sie bei allen sein. Selbst diejenigen, die sie durch ein Ortsgespräch telefonisch erreichen konnte, schienen oft unendlich weit entfernt. Mußte das so sein? Ging es allen Müttern so?

Renate schalt sich in ihrem Innern, während sie auf ihren festen Schuhen kräftig ausschritt. Sie war wieder einmal auf dem besten Weg, sentimentale Anwandlungen zu bekommen. War die Bereitschaft, die heranwachsenden oder schon längst erwachsenen Kinder loszulassen nicht eine der wichtigsten Lebenslektionen, die eine Mutter zu lernen hatte? War sie sich dessen nicht schon immer bewußt gewesen? Hatte sie nicht auch längst ein Ja dazu gefunden? Warum nur überfiel sie immer wieder diese aufsteigende Wehmut? Kam es daher, daß keines ihrer Kinder den Weg eingeschlagen hatte, den sie und ihr Mann als den von Gott gewiesenen erkannte hatte, den Weg in der Nachfolge Christi? Nein, es war nicht recht, so zu sagen, denn Dorothee ging ihn. Sie kannten ihn alle. Es war ihr, der Mutter, immer ein Anliegen gewesen, sie mit diesem Weg bekannt zu machen, und bis zum heutigen Tag wußte sie keinen anderen, der zum ewigen Ziel führen konnte.

Renate bemühte sich, dunkle Gedanken bewußt von sich zu weisen. Sie wußte, es blieb ihr nur das eine: weiter zu lieben und weiter zu beten!

Sie war am Vilsalpsee angelangt. Wie einen lieben, alten Bekannten grüßte sie ihn. Es ging gegen Mittag. Sie verspürte Hunger. Nahe am Ufer fand sie noch eine unbesetzte Bank, auf der sie sich niederließ. Hier waren bereits mehr Menschen, als ihr lieb war. Mit Privatautos, die allerdings nicht um den See fahren konnten, sondern auf Parkplätzen abgestellt werden mußten, kamen Scharen von Menschen hierher, um die Schönheit der Natur zu genießen. Autobusse brachten ganze Gruppen von Touristen, die in die Berge steigen oder den See umwandern wollten. Sie sorgten für reges Leben. Schade, dachte Frau Sternhalter, mit wohltuender Stille ist hier nicht zu rechnen. Aber schließlich hatten alle diese Menschen genau wie sie das Recht, sich an diesem Ort zu erfreuen. Sie gönnte es ihnen von Herzen.

Längst waren die Tische der beiden Gasthäuser hier am See besetzt. Die dem Wasser am nächsten stehenden waren am meisten gesucht. Eine reichhaltige Speisekarte bot allerlei Genüsse an. Renate war froh, daß Theresia sie gut mit Proviant versorgt hatte. Sie verspürte keine Lust, sich einen noch freien Platz auf einer der Terrassen zu suchen.

Als sie sich ein wenig ausgeruht fühlte, wollte sie ein Stück weit am See entlang zu einem, ihr vor Jahren liebgewordenen Platz gehen, der auf sie stets eine besondere Anziehungskraft ausgeübt hatte. Da stand eine Bank auf einer kleinen Anhöhe, umgeben von hohen Tannen und Lärchenbäumen inmitten von Bergwiesen, auf denen Thymian, Frauen- und Silbermäntelchen wuchsen. Von hier aus konnte man einen herrlichen Blick über den See werfen. Der besondere Geruch des Wassers, der Wiesenblumen und Kräuter, vermischt mit dem Aroma der Tannen und Kiefern, war ihr besonders lieb. Hier hatten die Kinder mit bloßen Füßen am Rand des Sees aus Steinen und Sand alles mögliche gebaut. Bei sehr warmem Wetter waren sie sogar einige Meter weit hinausgeschwommen. Aber da das Wasser von den Bergen stellenweise sogar über vereiste Halden floß, war es meistens recht kalt. Doch das hatte ihre Ferienfreude nie getrübt. Renate meinte, noch heute ihr Jauchzen zu vernehmen. Sie hatte dann immer auf der erhöht liegenden Bank gesessen, eine Handarbeit oder ein Buch in den Händen, und die Stille, den See und die Berge genossen. Nach all den Jahren, die dazwischen lagen, zog es sie heute direkt an diesen Platz. Rüstig schritt sie aus. Es dauerte nicht lange, und sie sah die Bank. Wie schade, sie war besetzt. So gerne hätte sie sich hier noch ein, zwei Stunden ausgeruht und den Erinnerungen hingegeben. Aber vielleicht würden die beiden Leute nach einer Weile weitergehen. Renate erstieg die kleine Anhöhe und näherte sich der Bank.

»Guten Tag!« grüßte sie freundlich. »Ist für mich wohl noch ein Plätzchen frei?«

In diesem Augenblick wandte die Frau ihr jäh den Kopf zu. Prüfend sah sie diejenige an, deren Stimme ihr seltsam bekannt schien. Dann folgte ein Aufschrei: »Renate! Ist's denn möglich?«

Diese glaubte ihren Ohren und Augen nicht trauen zu können.

»Stefanie!« Wenig später lagen sich die beiden Frauen in den Armen.

Und dann überstürzten sich die Fragen: »Wie lange ist es her, seit wir uns gesehen haben? Wie geht es dir und den Kindern? Verlebst du wieder Urlaubstage hier? Etwa bei Theresia Morlock, wie damals, als deine vier noch klein waren?«

»Lebt deine Schwiegermutter noch? Und hat sich die Praxis deines Mannes im Schwarzwald noch erweitert? Wie lange seid ihr hier in Tannheim?«

»Daß wir uns hier begegnen mußten!« Und wieder folgte eine Umarmung.

»Stefanie!«

»Renate!«

Nun war eine Männerstimme vernehmbar. »Nach der dritten Umarmung darf ich wohl auch endlich einmal zu Wort kommen.«

Renate wandte sich um: »Herr Doktor Brunner!« Beide Hände streckte sie ihm entgegen. »Ich kann es noch gar nicht fassen, daß wir uns hier treffen. Fast ist es mir, als ob ich es geahnt hätte. Jedenfalls erfüllte mich eine große Freude auf dem Weg hierher. Nun meine ich, es seien nicht nur der See und die Berge gewesen, die mich so mächtig herzogen. Es muß wohl eine Gedankenverbindung geben.«

»Mir kommt es auch so vor«, erwiderte der Arzt. »Erst vor wenigen Minuten haben wir uns gefragt, wie es Ihnen und den Kindern gehen mag. Das war wohl naheliegend, weil wir uns an die Zeit erinnerten, wo Sie zum erstenmal hier im Tannheimer Tal waren.«

»Durch die freundliche Vermittlung und Hilfe Ihrer Frau«, fügte Renate hinzu. »Vor vierundzwanzig Jahren waren die Kinder und ich zum letztenmal hier. Durch eine Autobusfahrt, die ein Reisebüro von Stuttgart ins Tannheimer Tal durchführte, kam ich nach all der Zeit wieder einmal hierher, besuchte Theresia Morlock und entschloß mich kurzerhand, in diesem Sommer für ein paar Wochen zu ihr zu kommen – wie damals – nur ohne die Kinder.«

»Aber wollen wir uns nicht auf die Bank setzen, bevor uns andere Sommergäste die Plätze nehmen?« fragte Frau Brunner. »Ach Renate, ich kann dir nicht sagen, wie sehr ich mich freue!«

»Ich schlage vor, ihr beurlaubt mich«, sagte Doktor Brunner. »Sie müssen wissen, Frau Sternhalter, daß ich nur meiner Frau zuliebe hier gesessen habe. Es gelüstete mich stark, wieder einmal um den See zu wandern, wie in früheren Jahren so oft. Stefanie aber hat in letzter Zeit etwas Mühe mit den Füßen. Sie wollte lieber ausruhen. Wir sind mit dem Wagen von Tannheim aus hierhergefahren. Ich wollte sie natürlich nicht alleine hier sitzen lassen. Nun aber bin ich, wie ich meine, völlig überflüssig auf dieser Bank. Erlaubst du, Steffi, daß ich jetzt losstürme?«

Wie jung wirkt er noch, dachte Frau Sternhalter. Dabei hat er die Siebzig bestimmt schon hinter sich.

»Ja, geh nur«, ermunterte ihn seine Frau. »Renate und ich haben uns eine Menge zu erzählen.«

Und dann saßen die beiden Frauen zusammen. Seitdem Doktor Brunner die Praxis seines Vaters im Schwarzwald übernahm, hatten sie sich nie mehr getroffen. Und das war viele Jahre her. In der ersten Zeit hatten sie noch einen losen Briefwechsel gepflegt. Aber beide waren so stark beschäftigt – Frau Brunner in der Praxis ihres Mannes und mit der Betreuung ihrer immer hinfälliger werdenden Schwiegermutter und Renate mit den Belangen ihrer Familie. Außer zu einem kurzen Gruß zu Weihnachten und zu den Geburtstagen reichte die Zeit einfach nicht mehr. Inzwischen waren einige Jahre vergangen, ohne daß man voneinander gehört hatte.

»Du hast vorhin nach der Mutter meines Mannes gefragt«, begann Stefanie. »Sie ist vor gut einem Jahr gestorben. Lange war ihr Zustand so, daß ich sie nicht allein lassen durfte. Deshalb konnten wir auch nicht nach Tirol fahren. Jetzt aber hatte ich solche große Sehnsucht nach der Heimat, daß es mich nicht länger hielt. Kurzerhand entschlossen wir uns, ins Tannheimer Tal zu fahren. Seit drei Tagen sind wir im Hotel meines Bruders. Er hat es modern umgebaut und kann sich nicht über Mangel an Gästen beklagen. Aber es fehlt ihm die rechte Hand, seine Frau. Vor einigen Jahren starb sie an Krebs. Obgleich ich ihm sehr zugeredet habe, konnte er sich bisher nicht entschließen, noch einmal zu heiraten. Im Augenblick ist seine Tochter bei ihm und, wie ich meine, ihm eine gute Hilfe. Aber er ist erst sechsundfünfzig Jahre alt, und in einem solchen Haus fehlt einfach die sorgende, umsichtige Ehefrau. Du weißt, daß er in jungen Jahren mit Theresia Morlock befreundet war?«

»Nein, das habe ich nicht gewußt.« Die Gedanken beider gingen wohl die gleichen Wege, aber sie sprachen sie nicht aus.

»Nun erzähle mir von dir, Renate«, bat Frau Brunner. »Ich bin so gespannt, von den Kindern zu hören. Du weißt, wie ich sie alle ins Herz geschlossen habe, besonders deinen Jüngsten, den bildhübschen Ralf-Peter mit seinen blauen Augen und den blonden Locken. Er war ja noch keine drei Jahre alt, als wir uns kennenlernten. Was ist nun aus ihm geworden?«

Frau Sternhalter antwortete nicht gleich. Sollte sie vor Stefanie in den ersten Augenblicken ihres überraschenden Wiedersehens nach Jahren ihren Kummer ausbreiten und damit die Erinnerung an den lieblichen kleinen Ralf-Peter bei ihr auslöschen? Aber schließlich hatte Frau Brunner in herzlicher Anteilnahme gefragt. Und sie, Renate, zweifelte keinen Augenblick daran, daß sie auch heute noch, genau wie in früheren Jahren, ihres Vertrauens wert war. So begann sie:

»Ralf-Peter ist jetzt fünfunddreißig Jahre alt.«

»Ist das möglich? Wo sind die Jahre geblieben! Dann muß Siegfried ja bereits vierzig sein, wenn ich mich recht erinnere.« Sie mochte in ihrer sensiblen Art empfinden, daß Renate gezögert hatte, über ihren Jüngsten zu sprechen und lenkte bewußt ab. »Wie geht es ihm?«

Renate berichtete in ähnlicher Weise, wie sie einige Tage vorher Theresia gegenüber die gleiche Frage beantwortet hatte. Voller Interesse hörte Frau Brunner zu.

»Siegfried war immer so selbständig«, erinnerte sie sich. »Ich habe mir stets vorgestellt, daß du an ihm einmal eine rechte Stütze haben wirst.«

»Ich kann mich auch nicht über ihn beklagen. Er ist besorgt um mich, nur . . .«

»Nur?«

»Ach Stefanie. Glaubensgut läßt sich eben nicht vererben.«

»Aha, er hat also eine völlig andere Lebensauffassung als du. Er ist kein Christ!«

»So ist es. Vielleicht, wenn er eine andere Frau geheiratet hätte!«

»Du bist also nicht glücklich über seine Wahl?«

»Ich möchte nicht, daß du mich falsch verstehst, Steffi. Wie könnte ich erwarten, daß er hierin nach meinen Wünschen und Hoffnungen gefragt hätte. Er liebt Gislinde. Ihre Ehe ist anscheinend glücklich. Sie leben in sehr guten Verhältnissen. Aber du wirst verstehen, daß es mich bekümmert, daran zu denken, daß nie jemand mit ihren Kindern gebetet hat. Nun gehen beide schon aufs Gymnasium. Sie sind nicht unfreundlich zu mir, ihrer Großmutter. Der Jüngste hängt sogar an mir, aber er scheut sich fast, dies vor seiner Mutter zu zeigen, die sich immer ihrer einfachen Schwiegermutter geschämt hat.«

»Also hast du kein gutes Verhältnis zu Siegfrieds Frau?«

»Es ist kein schlechtes Verhältnis. Zwischen uns fällt kein böses Wort, aber wir leben in einer gewissen inneren Distanz.«

»Das ist schade! Bedauert Siegfried das nicht?«

Frau Sternhalter antwortete nur zögernd. »Seine Frau ist nun einmal der Mensch, der ihm jetzt am nächsten steht. Manchmal tut es schon ein wenig weh, aber ich übe mich bewußt, dies zu bejahen und auch seiner Frau Liebe entgegenzubringen.«

»Meinst du wirklich, daß man sich darin üben, oder es gar erzwingen kann, wenn nun einmal keine Liebe vorhanden ist oder diese nicht erwidert wird?«

»Du magst vom rein menschlichen Standpunkt aus recht haben, Stefanie, aber irgendwie drängt es mich, dies Ziel zu erreichen.«

»Um deines Sohnes willen, dessen Frau sie nun einmal ist?«

»Nein, bitte nimm es mir ab und betrachte es nicht als fromme Redensart: Die Liebe Christi drängt mich dazu.«

»Ich bewundere dich, Renate.«

»Dazu gibt es keinen Grund. Aber dies allein ist der Weg, um mit manchem fertig zu werden, was mir schwerfällt und um ein gewisses Vermissen überwinden zu können. Du denkst doch hoffentlich nicht, daß ich über Siegfried oder seine Frau unfreundlich reden wollte.«

Frau Brunner legte spontan den Arm um die Freundin. »Du

Gute! Wie könnte ich! Wahrscheinlich fehlt mir auch das letzte Verständnis für diese deine Probleme, denn wir haben ja leider keine Kinder. Doch nun erzähle mir von den anderen. Was machen Dorothee und Gabriele?«

»Dorothee ist sehr glücklich in ihren Beruf als Krankenschwester. Ihre Vorgesetzten schätzen sie. Von ihren Patienten wird sie geliebt. Eine Dame, die sie gepflegt hat, sagte mir kürzlich: Ihre Tochter redet selten über ihr Christentum, aber sie lebt es! Wo man sie darauf anspricht, scheut sie sich auch nicht, dies freudig zu bekennen, und wo man sie wegen ihrer Lebensauffassung verspottet, da weiß sie auch entschieden zu antworten.«

»Das freut mich, Renate. Eigentlich war es ja nicht anders zu erwarten, als daß sie einen sozialen Beruf ergriff. Tiefes Mitleid erfüllte sie mit allen Leidenden, ob Mensch, ob Tier. Ich erinnere mich noch gut daran, wie sie sich um unsern Dackel sorgte, als dieser einmal von einem großen Hund angefallen und gebissen worden war. Sie mochte etwa fünf oder sechs Jahre alt gewesen sein und vergoß Tränen des Mitleids mit dem armen Tier. Nachdem wir seine Wunden verbunden hatten, legte sie den Dackel in den Puppenwagen und fuhr ihn, Wiegenlieder singend, im Garten spazieren. Kannst du dich noch erinnern?«

»O ja, ich weiß es noch gut.«

»Kobold, unser Dackel, ließ sich das alles gern gefallen, kam sich sehr erbarmungsbedürftig vor und stellte sich schwer leidend, auch als dies längst nicht mehr der Fall war. Als ihm dann aber eines Tages eine Katze über den Weg sprang, vergaß der Hund seine zur Schau getragenen körperlichen Beschwerden, sauste in erstaunlicher Beweglichkeit unter seinem Deckbett hervor, über den Rand des Puppenwagens und der Katze nach, die wie der Blitz an einem Baumstamm emporraste und dem Hund von oben wütend anfauchte.«

»O Steffi, wie du das schilderst«, amüsierte sich Frau Sternhalter.

»Deine Dorothee war damals so empört über den Hund, der sie an der Nase herumgeführt hatte, daß sie ihm nachrief: ›Du kommst mir nicht mehr in den Wagen!‹ Daraufhin legte sie ihr

Puppenkind wieder hinein und drehte Kobold den Rücken, der höchst beleidigt tat, als er seinen Platz besetzt fand.«

»Sie hat ihr mitfühlendes Herz behalten«, fügte Frau Sternhalter hinzu. »Ich habe viel Freude an ihr.«

»Ja, und Dorothee war es doch auch, die eurer alten Tante, über die Siegfried immer so empört war, einen Strauß aus unserem Garten mitbrachte, als ihr wieder einmal an einem Nachmittag bei uns wart. Ach, wie schön war das immer! Es ist mir schwer, mir deine vier jetzt erwachsen vorzustellen. Ich finde es eigentlich schade, daß keines von ihnen mehr bei dir wohnt. Was ist denn aus Gabriele geworden? Obgleich sie Zwillingsschwestern waren und sich sehr ähnlich sahen, schienen sie mir in Art und Wesen sehr verschieden zu sein.«

»Das waren und sind sie auch heute noch. Dorothee war immer fleißig und gewissenhaft in der Schule, brachte gute Zeugnisse und Belobigungen nach Hause. Das reizte hingegen Gabi nicht. Ihr Hang zur Oberflächlichkeit machte mir immer Sorgen. Sie ließ ihre Schwester, mit der sie das Zimmer teilte, und die sehr ordnungsliebend war, ihre Spielsachen, später herumliegende Kleider und Schuhe, aufräumen und lachte und tändelte sich durch ihre Kinder- und Jungmädchenjahre hindurch. Eigenartigerweise hatten Lehrer und Mitschüler sie immer gern. ›Sie bringt oft die ganze Klasse zum Lachen‹, erzählte mir einmal eine ihrer Freundinnen. ›Und wenn sie so drollige Antworten gibt, können nicht einmal die Lehrer ernst bleiben. Das weiß sie und nützt es aus‹, empörte sich damals Dorothee, die sich oft über den Leichtsinn ihrer Schwester ärgerte.«

»Hat sie auch wie diese das Abitur gemacht?«

»O nein, daran war nicht zu denken. Mit Ach und Krach gelang ihr die mittlere Reife. Dann besuchte sie die Handelsschule und fand nach dem Abschluß eine Bürostelle, in der sie gut bezahlt wurde.

›Mutti, erwartest du jetzt, daß ich dir von meinem Gehalt jeden Monat ein Haushalts- oder Verpflegungsgeld gebe?‹ fragte sie eines Tages mit lachendem Gesicht. ›Ich denke, du kommst auch ohne dies zurecht, nicht wahr?‹

Diesmal blieb ich fest. ›Ja, Gabi‹, erwiderte ich, ›das erwarte ich. Du wohnst bei mir, betrachtest es als selbstverständlich, daß ich dir deine Wäsche wasche und für dich koche. Um deiner selbst willen muß ich dich bitten, daß du dich an den anfallenden Ausgaben beteiligst!‹

›Bitten?‹ fragte Dorothee, die dieses Gespräch mit angehört hatte. ›Darauf bestehen mußt du, Mutti. Das wäre ja noch schöner, wenn du allein für das alles aufkommen müßtest, nachdem deine Kriegerwitwenrente ohnehin nicht groß genug ist und du außerdem noch Ralf-Peter und mich zu versorgen hast.‹ In jener Zeit gerieten die beiden Schwestern oft hart aneinander. Ihre Wesensverschiedenheit kam damals weit mehr zum Ausdruck, als zu jener Zeit, in der sie noch kleine Mädchen waren.

›Ich muß schon sagen, daß ich mich über deine Bevormunderei wundere‹, fauchte Gabriele ihre Schwester an. ›Du läßt dich ja selbst von Mutti durchfüttern und liegst ihr mit Neuanschaffungen, Schulbüchern und anderem auf der Tasche.‹

›Du weißt, daß ich vor dem Abitur stehe und keine Möglichkeit habe, Geld zu verdienen.‹

›Na, vielleicht wäre doch Gelegenheit gegeben, dann und wann einen wenigstens kleinen Haushaltszuschuß zu verdienen, etwa durch Nachhilfestunden.‹

›Es ist dir wohl entgangen‹, habe ich mich damals eingeschaltet, daß Dorothee in den letzten zwei Jahren im Arzthaushalt an verschiedenen Abenden auf die Kinder aufgepaßt hat, während der Doktor und seine Frau auswärts waren.‹ Du weißt ja, Stefanie, daß wir auch mit euren Nachfolgern guten Kontakt hatten. Gabi aber wollte meinen Einwand nicht gelten lassen. ›Was sie dabei verdient hat, wird sie wohl als Aufbesserung ihres Taschengeldes benötigt haben.‹

›Laß jetzt euer Streiten‹, habe ich damals zu besänftigen versucht. ›Du gibst mir jedenfalls einen kleinen Anteil zum Haushaltungsgeld, Gabi. Ich erwarte ja kein Opfer.‹

Was sie mir gab, war auch entsprechend. Aber böse konnte ich meinem Wildfang deswegen nicht sein. Etwas ganz anderes machte mir viel mehr Sorgen. Schon in den ersten Jahren, während ihrer Zeit im Gymnasium, hatte sie eine Freundschaft mit einem Jungen aus ihrer Schule.

›Klaus ist ein netter Kerl‹, sagte Dorothee beruhigend zu mir. ›Er ist einer der besten in der Klasse, ein Pfarrerssohn, benimmt sich anständig und ist strebsam. Er hat sich eben von Gabis Charme gefangennehmen lassen. Sie wickelt ja alle mit ihrem Humor und Übermut ein, die Mitschüler wie auch die meisten Lehrer. Nur der Rektor und der Mathematiklehrer weisen sie des öfteren zurecht‹, meinte Dorothee.

Jedenfalls, Gabi war Feuer und Flamme für diesen Klaus. ›Den und keinen anderen heirate ich einmal‹, behauptete sie bereits mit fünfzehn Jahren. ›Er will wie sein Vater Theologie studieren. Ich kann mir zwar nicht vorstellen, daß ich mich zur Pfarrfrau eigne. Da muß man doch sehr sittsam und unglaublich häuslich sein oder nicht, Mutti? Aber heißt es nicht in der Bibel, so meine ich wenigstens: Die Liebe deckt alle Mängel zu.‹

›Ich würde an deiner Stelle nicht so oberflächlich über ein Wort aus der Heiligen Schrift reden‹, ermahnte ich sie damals. Aber sie lachte und meinte: ›Mein zukünftiger Pfarrer wird mich schon zurechtbiegen, wie er mich haben will.‹

Wäre sie doch bei Klaus geblieben. Er war wirklich ein netter Junge und gefiel mir sehr gut. Ich fand nur, daß Gabriele noch viel zu jung für eine feste Bindung war. Aber ich hoffte, daß der Pfarrerssohn in seiner ruhigen Art auf meine oberflächliche Tochter einen guten Einfluß ausüben würde. Aber dann kam sie eines Tages und erklärte mir, Klaus sei ihr zu langweilig, und überhaupt wolle sie mit dem Heiraten nicht so lange warten, bis er endlich sein Studium beendet habe. Ich wurde stutzig und fragte sie direkt: ›Gabi, sei ehrlich, steckt da ein anderer dahinter?‹

›Und wenn‹, antwortete sie. ›Man kann ja schließlich seine Meinung ändern. Ja, ich habe einen anderen kennengelernt. Er ist in der gleichen Firma wie ich und vielmehr mein Typ als Klaus.‹

›Ich dachte, du bist dir so sicher gewesen? Erinnerst du dich, wie du behauptet hast, einen anderen als Klaus würdest du nie heiraten?‹

Mit einer Handbewegung schob sie das zur Seite. ›Ach Mutti, sei doch nicht immer so übertrieben genau! Ich habe nun einmal meine Meinung geändert, und außerdem war ich damals ein junges, dummes Gör! Was redet man da nicht alles!‹

Nach einiger Zeit war auch die Sache mit dem neuen Freund aus. Je länger desto mehr sorgte ich mich um Gabi. Wohin würde ihre leichte Lebensauffassung sie führen? Eines Tages erklärte sie mir, nicht mehr länger bei mir wohnen zu wollen. Der lange Weg vom Büro bis nach Hause sei ihr zu umständlich. Sie habe in der Nähe ihres Arbeitsplatzes ein möbliertes Zimmer in schöner Lage und zu einem günstigen Preis gefunden. Am nächsten Ersten ziehe sie um.

Wie gerne hätte ich sie gehalten. Aber wäre es mir dadurch möglich gewesen, sie zu bewahren? Ich versuchte zwar, sie mit guten Worten umzustimmen und sie von ihrem Vorhaben abzubringen. Aber es war zwecklos. Sie verließ mich. Sie besuchte mich immer wieder einmal, aber mir war klar, daß sie sich immer weiter von mir entfernte. Dorothee traf sie ein paarmal auf der Straße in Stuttgart. Jedesmal befand sie sich in Begleitung eines anderen Mannes.

Ach, es ist sinnlos, Stefanie, dir das alles ausführlich zu erzählen. Es soll auch keine Klage sein, die aus bitterem Herzen kommt. Ich wollte dir nur deine Frage nach dem Ergehen meiner Kinder beantworten.«

Frau Brunner griff nach Renates Hand. »Du hast Schweres durchgemacht, Reni. Wie gut, daß Dorothee dir so viel Freude bereitet.

Einige Augenblicke schwieg Frau Sternhalter. Dann fuhr sie fort. »Vor einigen Jahren besuchte mich Gabriele wieder einmal. Diesmal brachte sie einen Herrn mit. Er sah gut aus, war sorgfältig gekleidet, wußte sich zu benehmen und hatte eine angenehme Ausdrucksweise. Gabi machte einen überglücklichen Eindruck. Sie sagte: ›Mutti, ich komme, um dir Alfred, meinen Freund, vorzustellen. Wir haben uns im Urlaub kennengelernt, verstehen uns ausgezeichnet und werden demnächst zusammenziehen. Wir haben in Degerloch eine reizende Wohnung gefunden, wunderschön gelegen mit Blick ins Grüne. Beste Einkaufsmöglichkeiten in nächster Nähe. Autobus und Straßenbahn nicht weiter als fünf Minuten entfernt. Außerdem kauft

Fredi sich in Kürze einen Wagen. Dann können wir miteinander hinunter ins Geschäft fahren. Alfred hat eine gute Stelle in einer großen Versicherungsgesellschaft, ganz nahe bei meinem Büro.‹

Wie ein Wasserfall sprudelte es aus ihr heraus. Der junge Mann hatte sie mit keinem Wort unterbrochen. Seine Augen hingen wie verklärt an ihr und voller Bewunderung.

›Du sagst ja gar nichts, Mutti‹, fuhr Gabi fort. ›Freust du dich denn nicht mit uns? Glaube mir, so glücklich wie jetzt war ich noch nie in meinem Leben.‹

Ach Stefanie, was sollte ich meiner Tochter antworten? Sie hatte mich einfach überrumpelt. Schließlich konnte ich mich einigermaßen fassen und fragte: ›Ja, kennt ihr euch denn schon so genau, daß ihr bereits ans Heiraten denkt?‹

Da lachte sie hell heraus. ›Aber Mutti, es hat doch niemand von Heiraten gesprochen. Wir denken gar nicht daran.‹

Ich muß sie wohl ganz entsetzt angeschaut haben. ›Aber hast du nicht eben gesagt, ihr habt bereits eine Wohnung?‹

›Ja gewiß, aber das besagt doch nicht, daß wir heiraten wollen.‹

Gabi sprang auf, legte den Arm um mich und sagte: ›Ach ja, Mutti, ich hatte tatsächlich total vergessen, daß du noch an der alten Denkart deiner Jugendzeit festhalten wirst. Sieh mich nicht so entgeistert an. Das ist doch heute alles ganz anders.‹

Jetzt schien es dem jungen Mann angebracht, auch einmal etwas zu sagen. ›Frau Sternhalter‹, begann er, ›ich könnte mir denken, daß meine Eltern genauso reagieren wie Sie. In Ihrer Jugend war es undenkbar, daß zwei Menschen in einer gemeinsamen Wohnung lebten, ohne verheiratet zu sein. Aber Gabi hat wirklich recht. Die Zeiten haben sich geändert. Man ist heute viel freier. Die Partnerschaft ohne Trauschein setzt sich immer mehr durch. Das schließt aber nicht aus, daß man sich ebenso liebt und einander treu bleibt. Ich begreife, daß Sie sich von uns überrumpelt fühlten, aber bitte, versuchen Sie sich doch mit der bestehenden Tatsache abzufinden. Unser Entschluß ist nun einmal gefaßt.‹

Alfred Häußler hatte ruhig und zuvorkommend gesprochen.

Er machte wirklich keinen unsympathischen Eindruck auf mich. Aber ob meine zur Oberflächlichkeit neigende Tochter, die nun schon einige Freundschaften hinter sich hatte, es mit der Treue so genaunehmen würde? Angst und Unruhe erfüllten mein Herz in nie dagewesener Weise. Ich versuchte, den beiden meine Auffassung klarzumachen. ›Die Ehe ist von Gott eingesetzt. In ihr sollen die Partner miteinander und aneinander reifen, gemeinsam Freud und Leid tragen, sich gegenseitig stützen und ergänzen, eine Familie gründen und für sie leben . . .‹ Was ich auch alles sagte, um sie zu überzeugen und von ihrem Plan abzubringen, sie blieben bei ihrem Entschluß.

›Ist es nicht besser, sich erst einmal auf allen Lebensgebieten kennenzulernen, ehe man sich bindet?, fragte Alfred Häußler. ›Geht es gut, kann man ja immer noch ans Heiraten denken. Klappt es nicht, dann ist es doch viel unkomplizierter, einfach wieder auseinanderzugehen, als all das Drum und Dran einer Scheidung auf sich zu nehmen.‹ Er blickte Gabriele verliebt an. ›Nicht wahr, Gabi, dieser Meinung bist du auch?‹

Sie bejahte es überzeugt. ›Also Ehe auf Probe!‹ erwiderte ich. ›So etwas gibt es doch gar nicht. Das ist nichts anderes als ein Abenteuer, in das man sich einläßt. Klappt es, dann ist es gut. Versteht man sich nicht, läuft man eben wieder auseinander und sucht nach einer neuen Romanze.‹

›Du wirst bitter, Mutti‹, sagte Gabriele, ›und daher ungerecht. ›Viele tausend junge Paare leben heute so zusammen. Kein Mensch findet dabei etwas. Ihr Älteren müßt euch nun einmal umstellen.‹

Ich wagte noch einen letzten Versuch: ›Ich meine, in der Ehe kann man ganz anders miteinander reifen. Man bricht nicht einfach aus, wenn einem dieses oder jenes nicht gefällt. Man gehört einfach zusammen und ist bereit, miteinander auch die Lasten des Lebens zu tragen. Ich kann mir nicht vorstellen, daß dies in einer Ehe auf Probe in derselben Weise möglich ist.‹

›Was du da immer redest, Mutti‹, begehrte Gabriele auf, ›von Ehe auf Probe ist doch nicht die Rede. Wir wollen überhaupt nicht heiraten, und wir zweifeln keinen Augenblick daran, daß wir genauso glücklich leben, als wären wir getraut, vielleicht noch viel glücklicher als manche Eheleute. Meinst du das nicht auch, Fredi?‹

Natürlich stimmte er ihr zu. Als sie sich verabschiedeten, fragte Gabriele: ›Bist du mir jetzt sehr böse, Mutti? Dürfen wir, Alfred und ich, nun nicht mehr zu dir kommen?‹

›Ach Kind‹, antwortete ich und konnte es nicht verhüten, daß Tränen über mein Gesicht liefen, ›du bleibst doch meine Tochter, und ich habe dich nach wie vor lieb. Daß ich über euren Entschluß nicht glücklich bin, das hast du von vornherein gewußt. Ich kann nur hoffen und dafür beten, daß du und dein Freund eines Tages zur Einsicht kommen.‹

Gabriele nahm mich fest in die Arme und sagte: ›Im Grunde genommen möchte ich dich gar nicht anders haben, als du bist, Mutti. Aber hab' bitte Verständnis dafür, daß auch ich mein eigenes Leben gestalten muß.‹

Alfred Häußler sagte: ›Ich glaube, daß Sie und meine Mutter sich gut verstehen würden.‹

Ja, und so leben die beiden schon seit ein paar Jahren ihr eigenes Leben, wie Gabi gesagt hat, und was ich nicht glaubte, bei der sprunghaften und oberflächlichen Veranlagung meiner Tochter annehmen zu können, sie verstehen sich, und Alfred scheint auf Gabi einen guten Einfluß auszuüben. Längere Zeit konnte ich mich nicht entschließen, sie in ihrer gemeinsamen Wohnung zu besuchen. Mir war, als würde ich damit gutheißen, was mir doch zuwider ist, nämlich daß sie unverheiratet zusammenleben. Doch dann wurde mir klar, daß ich dadurch nicht das Geringste ändern würde und es bestimmt richtiger wäre, wenn meine Tochter spürte, daß ich nach wie vor für sie da war und ihr Bestes wollte. Es war noch am Anfang ihres Zusammenlebens. Eines Tages kam ihr Freund ohne sie zu mir.

›Gabi hat am Sonntag, wie Sie wissen, Geburtstag‹, sagte er. ›Auch wenn sie es noch nicht ausgesprochen hat, bin ich doch davon überzeugt, daß es sie traurig macht, Sie nie bei uns zu sehen. Sie würde Ihnen so gern unsere schöne Wohnung und die Einrichtung zeigen. Ich glaube, es wäre die schönste Geburtstagsüberraschung für Gabi, wenn Sie am Nachmittag zu uns kommen würden.‹

›Meinen Sie?‹ fragte ich unsicher zurück. Er bejahte es heftig. ›Und ich persönlich bitte Sie auch herzlich darum. Es würde mich sehr freuen.‹«

»Seid ihr denn bei dem steifen Sie geblieben?« fragte Frau Brunner. »Im Grunde genommen nimmt Herr Häußler doch längst die Stelle deines Schwiegersohns ein.«

»Ich konnte mich nicht dazu aufraffen, ihm das Du anzubieten«, erwiderte Renate. »Vielleicht bin ich engherzig oder kleinlich, vielleicht auch nur schwerfällig. Aber wenn ich mir vorstelle, daß die Freundschaft der beiden eines Tages Knall auf Fall auseinandergehen würde, was bei Gabis sprunghaftem Wesen ja nicht verwunderlich wäre, oder wenn er plötzlich eine andere fände, die ihm besser gefallen würde als sie – keiner muß sich ja dem anderen gegenüber verpflichtet fühlen – dann wäre es mir lieber, unsere gegenseitigen Beziehungen wären nicht so persönlich. Wie denkst du darüber, Stefanie?«

Diese besann sich. Dann erwiderte sie: »Ich weiß nicht recht, Reni, was ich dazu sagen soll. Er nimmt doch nun einmal den Platz im Leben deiner Tochter ein, der allein dem zusteht, der ihr der Nächste ist.«

»Aber ist er es in Wirklichkeit? Gewiß, sie leben wie Eheleute zusammen. Aber es besteht keinerlei Zwang, daß sie beieinander bleiben, wenn sie sich nicht mehr ausstehen können. Ach Steffi, wenn man doch nur immer ganz klar wüßte, was das Rechte ist! Sieh, mir ist, sie könnten den Eindruck gewinnen, als hätte ich meine Grundsätze über den Haufen geworfen und sei inzwischen mit ihrem Zusammenleben einverstanden. So ist es aber keinesfalls. Nach wie vor bin ich der Meinung, es ist gottgewollt, daß zwei Menschen, die die engste Lebensgemeinschaft miteinander eingehen, verheiratet sein sollen. Und ich denke auch, die beiden sollen wissen, daß ich meine Überzeugung nicht geändert habe.«

»Ich glaube, das wissen sie auch so. Laß dich innerlich leiten, Renate. So, wie ich dich kenne, ist es dir ein Anliegen, dich auch in dieser Beziehung führen zu lassen. Bete um innere Klarheit. Du wirst deinen Weg erkennen.«

»Unter keinen Umständen will ich es an der Liebe fehlen lassen«, fuhr Frau Sternhalter fort, »und dadurch an ihnen schuldig werden, auch wenn ich ihre Handlungsweise nicht gutheiße. Im Grunde genommen würde es mir nicht schwerfallen, Alfred Häußler Sohnesrecht einzuräumen. Er ist nicht nur ein sympathischer Mensch, sondern übt auf Gabriele auch einen guten Einfluß aus.

Ich war dann an Gabrieles Geburtstag bei ihnen und freute mich darüber, daß sie sich ein wirklich schönes Heim eingerichtet hatten. Meine früher schlampige Tochter schien in der Tat ihr Hauswesen in Ordnung zu halten. Da ich ja überraschend kam, konnte sie nicht vorher alles auf Hochglanz gebracht haben. Ihre Freude über mein Kommen war groß. ›Das ist mein schönstes Geburtstagsgeschenk‹, sagte sie und zeigte mir voller Stolz, was sie sich schon alles gemeinsam angeschafft hatten. Als ich sie beim Abschied noch alleine hatte, sagte ich: ›An allem könnte ich mich ganz anders freuen, wenn ihr verheiratet wärt.‹ Lachend antwortete sie: ›Kannst du dich wirklich nicht an den Gedanken gewöhnen, Mutti, daß es auch so geht?‹

›Und wenn ihr nun ein Kind bekommen solltet?‹ – ›Was wäre dann?‹ erwiderte sie leichtfertig. ›Aber beruhige dich, wir wollen gar keins.‹

›Ist Alfred auch hierin deiner Meinung?‹ fragte ich.

›Ach, manchmal bekommt er schon solche Anwandlungen‹, sagte sie, ›aber schließlich müßte ich es ja bekommen und nicht er. Nein, nein, mit Kindern hat man nur seine Plage und ist so schrecklich angebunden.‹

Kannst du verstehen, Stefanie, daß ich mich traurig auf den Heimweg machte? Ich begriff meine Tochter einfach nicht.«

Eine Männerstimme ließ die beiden Frauen aufschrecken. Doktor Brunner war es, der gutgelaunt von seiner Wanderung um den See zurückkam. »Ihr müßt ja interessante Probleme erörtern, daß ihr nicht einmal gemerkt habt, daß ich schon vor einigen Minuten zur Bank hier emporgestiegen bin.«

»Komm, setz dich zu uns«, forderte ihn seine Frau auf, ohne seine Frage zu beantworten. »Du wirst müde sein.«

»Schon ein wenig«, gab er zu. »Meine Siebzig lassen sich nicht verleugnen.«

»Ich werde mich jetzt auch auf den Heimweg begeben müssen«, sagte Frau Sternhalter. »So lange wollte ich gar nicht bleiben. Es ist noch eine ganze Strecke bis Tannheim. Und wenn ich nicht pünktlich bin, sorgt sich Theresia.«

»Aber es ist doch selbstverständlich«, meinte Doktor Brunner, »daß wir Sie in unserem Wagen mitnehmen.«

»Und glaube nur nicht«, sagte seine Frau, »daß wir dich gleich loslassen, Renate, nachdem wir uns nach so langer Zeit hier so überraschend getroffen haben. Wie lange bist du noch hier?«

»Noch eine Woche.«

»Nur so kurz? Wie schade! Aber in dieser Zeit könnten wir uns doch jeden Tag treffen und einige schöne Autofahrten miteinander unternehmen. Meinst du nicht auch?« der Arzt bejahte freudig. »Gleich morgen mittag nach dem Essen holen wir Sie ab. Wir wollten ohnehin nach Garmisch-Partenkirchen und außerdem die Klosterkirche Ettal besichtigen. Sind Sie einverstanden, Frau Sternhalter?«

»Mit Freuden! An solche Möglichkeiten habe ich natürlich nicht gedacht.«

Theresia Morlock war nicht wenig erstaunt, als bald darauf ein elegantes Auto vor ihrem Haus hielt. Auch sie hatte Brunners seit Jahren nicht gesehen und freute sich herzlich über diese Begegnung. Gern bat sie das Arztehepaar noch herein. Aber Stefanie lehnte dankend ab. »Wir kommen ja morgen wieder, um Frau Sternhalter zu entführen.«

Nachdem die beiden Frauen das Haus betreten hatten, sagte Theresia zu Renate: »Sie haben einen Eilbrief bekommen, Frau Sternhalter.«

»Einen Eilbrief? Von wem denn?«

»Auf dem Absender ist der Name Ihres Ältesten zu lesen.« Theresia reichte Frau Sternhalter das Schreiben.

»Von Siegfried? Was mag das zu bedeuten haben?« Beunruhigt öffnete sie den Brief und las:

Liebe Mutter!

Ich komme in einer großen Verlegenheit zu Dir. Gislinde ist in der letzten Woche auf der Straße von einem Auto angefahren worden. Glücklicherweise wurde sie nicht lebensgefährlich verletzt. Sie kam ins Kran-

kenhaus. Nachdem ihre Platzwunden genäht worden sind und sie sich von dem Schock einigermaßen erholt hat, wollte sie nach Hause zurückkehren. Der Chefarzt gab dann auch zögernd seine Zustimmung zur Entlassung. Nun ist meine Frau seit gestern wieder daheim, fühlt sich aber, wie Du Dir denken kannst, noch recht elend.
Ich weiß nicht, ob wir Dir mitgeteilt haben, daß wir seit dem letzten Monat ohne Hausgehilfin sind. Es wollte zwischen ihr und Gislinde nicht so recht klappen. Wohl kommt eine Frau aus der Nachbarschaft zweimal in der Woche, um die Wohnung in Ordnung zu bringen. Aber das Kochen kann sie nicht übernehmen, und für Linde ist es noch zu anstrengend. Meine Frage an Dich ist nun, ob Du nicht bereit wärst, für einige Wochen zu uns zu kommen, wenigstens so lange, bis meine Frau soweit hergestellt ist, daß sie den Haushalt wieder übernehmen kann. Wir sind auf der Suche nach einer neuen Hausgehilfin, aber es ist nicht so einfach, die passende zu bekommen. Vielleicht stellt Gislinde zu hohe Ansprüche an sie.
Ich weiß, liebe Mutter, daß Du noch etwas länger in Tannheim bleiben wolltest, und nur ungern durchkreuze ich Deine Pläne. Aber ich sehe im Augenblick keinen anderen Ausweg. Wenn Du keine verneinende Antwort gibst – in einem solchen Fall würde ich Dich bitten, spätestens bis morgen, Donnerstag, abend zu telefonieren, komme ich übermorgen vormittag mit dem Auto, um Dich zu holen.
Grüße Theresia Morlock von mir. Dir selbst alles Gute!
Dein Siegfried.

Frau Sternhalter ließ den Brief in ihrer Hand sinken.

»Hoffentlich haben Sie keine schlechte Nachricht bekommen?« fragte Theresia teilnehmend, die meinte, auf dem Gesicht Renates Bestürzung gesehen zu haben.

Frau Sternhalter antwortete nicht gleich. Dann erwiderte sie: »Schlechte Nachricht? Wie man's nimmt. Eigentlich müßte ich sagen, daß es eine gute ist, denn meine Schwiegertochter ist letzte Woche auf der Straße verunglückt, wurde aber wunderbar bewahrt, so daß sie nach einigen Tagen Krankenhaus-Aufenthalt schon wieder nach Hause entlassen werden konnte.«

»Also Glück im Unglück.«

»Wenn Sie es so nennen wollen! Ich meine, Gott hätte seine Hand über sie gehalten und Schlimmeres verhütet.«

»Dann glauben Sie tatsächlich noch an so etwas wie einen Schutzengel?«

»Unumstößlich, Theresia. Aber nun bittet mich mein Sohn, zu ihm zu kommen, um für einige Zeit den Haushalt zu übernehmen. Sie haben im Augenblick keine Hausgehilfin, und meine Schwiegertochter ist vorerst natürlich außerstande, diese Arbeit zu tun. Siegfried kommt übermorgen mit seinem Wagen, um mich zu holen.«

Theresia Morlock reagierte erschrocken. »Schon übermorgen? Aber Ihre Erholungszeit ist doch noch gar nicht zu Ende – und – und – ich hoffte –« Sie sprach nicht weiter und wandte sich ab.

»Was hofften Sie, Theresia?«

»Ach lassen Sie nur, Frau Sternhalter. Dazu ist nun keine Zeit mehr, und es ist vielleicht gut so. Außerdem kommen morgen ja Dr. Brunner und seine Frau, um Sie zu einer größeren Fahrt abzuholen.« Renate überlegte einen Augenblick, dann sagte sie kurz entschlossen. »Ich werde im Hotel anrufen und sagen, daß ich nicht mitkommen kann.«

»Nein, das dürfen Sie auf keinen Fall«, widersprach Theresia. »Sie haben sich so sehr darauf gefreut, nachdem Sie Brunners unverhofft hier begegnet sind, und auch diese freuen sich darauf, mit Ihnen zusammen zu sein.«

Frau Sternhalter schüttelte entschieden den Kopf. »Nein, Theresia, diesen letzten Tag möchte ich mit Ihnen gemeinsam verleben. Ich meine, wir hätten uns noch einiges zu sagen.« Sie sah, wie Theresia die Lippen zusammenpreßte, wohl um zu vermeiden, daß die Tränen, die ihr heiß in die Augen stiegen, über ihr Gesicht liefen. Was mochte sie bedrücken? Nun war es Renate erst recht klar, daß sie sich morgen für sie Zeit nehmen mußte.

Frau Brunner war natürlich enttäuscht, als sie den telefonischen Anruf bekam. »Aber nein, Renate, das tust du uns nicht an! Wir hatten uns so sehr auf das Zusammensein mit dir gefreut und schon einige schöne Pläne gemacht.«

»Bitte versteh mich, Stefanie«, antwortete Frau Sternhalter. Sie versuchte anzudeuten, daß sie Theresia gegenüber, die ihr sehr bedrückt vorkomme, verpflichtet sei. »Sie ist immer so niedergeschlagen.«

»Nun, dann will ich dich auch nicht zu überreden versuchen. Aber wir kommen übermorgen früh, bevor du abreist, noch rasch zu dir, um uns zu verabschieden.«

»Kann ich Ihnen morgen vormittag irgendeine Arbeit im Haus abnehmen, Theresia?« fragte Frau Sternhalter am Abend, bevor sie in ihr Zimmer hinaufging. »Vielleicht finden wir dann im Laufe des Tages noch etwas Zeit füreinander.«

»Sie brauchen mir nicht zu helfen«, erwiderte diese. »Ich kann es schon einrichten.«

Renate machte sich für diese Nacht fertig. Sie schaltete das Licht aus. Die Fenster waren weit geöffnet. Es war ein milder Sommerabend, eine Stunde zwischen Tag und Nacht, in der die Dunkelheit noch nicht hereingebrochen war. Von Tannheim herüber leuchteten die Lichter der Hotels und Pensionen. Die Bewegung des Ferienbetriebs ebbte ab. Nur wenige Autos verkehrten noch auf der Fahrstraße. Wohltuende Stille breitete sich über dem Tal aus. Frau Sternhalter stand am Fenster. Ihr Blick umfaßte die Berge, die noch gut erkennbar in den abendlichen Himmel ragten. Von den höher gelegenen Matten klang auch jetzt noch das Geläute der Kuhglocken. Dort hinten lag der Vilsalpsee, der ihr so lieb und vertraut war. Noch einmal dachte Renate an das unverhoffte Wiedersehen mit dem Arztehepaar. Gerade heute abend hatte sie erwogen, noch eine weitere Woche an ihre Ferientage anzuhängen. Wie würde sie das Zusammensein mit den Freunden nach so langen Jahren genießen! Und nun diese plötzliche Abreise.

Über der gegenüberliegenden Bergkette wurden ein paar Sterne sichtbar. Nach einer Weile trat auch der Mond hinter einer Wolkenwand hervor, die Renate vorher gar nicht aufgefallen war, und warf sein stilles Licht auf das Tal, über dem sich von Minute zu Minute mehr die Nacht ausbreitete.

Frau Sternhalter nahm das liebliche Bild noch einmal in sich auf. Wie wohl sie sich hier oben fühlte! Dann begab sie sich zu Bett. Sie konnte lange nicht einschlafen. Es fiel ihr nicht leicht, von hier zu scheiden. Irgendwie war jeder Tag mit einem festlichen Glanz überzogen gewesen. An sich wäre es ihr nicht schwergefallen, sich auch wieder auf daheim zu freuen. Warum nur dachte sie mit leisem Unbehagen oder gar mit Sorge an ihre Rückkehr? Nein, sie brauchte sich erst gar nicht zu besinnen. Sie hatte einfach Angst, wie es im Hause ihres Sohnes gehen sollte, wie sie mit Gislinde, ihrer Schwiegertochter, zurechtkommen würde. Natürlich konnte sie Siegfried, ihrem Ältesten, keine Absage geben. Sie befand sich an diesem Abend in einem merkwürdigen Zustand. Da war einesteils die Freude darüber, daß er sich an sie, seine Mutter, um Hilfe wandte, daß er ihr zutraute, den Haushalt zu führen. Da war andererseits aber auch der Zweifel, ob sie es seiner verwöhnten Frau rechtmachen könnte. Warum hatte diese nicht ihre eigene Mutter gebeten, zu ihr zu kommen? Siegfrieds Schwiegereltern wohnten in einem wunderschönen Bungalow in nächster Nähe ihrer Tochter.

Frau Sternhalter war von ihnen – wenn sie sich einmal trafen, und das geschah selten genug – immer ein wenig gönnerhaft behandelt worden. Zu einem persönlichen Verhältnis war es nie gekommen. Wäre es nicht das Nächstliegende gewesen, daß Gislindes Mutter sich jetzt um die verunglückte Tochter kümmerte? Nun war sie, Renate, gut genug, das Dienstmädchen zu ersetzen. Bestimmt war es Gislindes Einfluß zu verdanken gewesen, daß Siegfried in den letzten Jahren seine Mutter immer seltener aufgesucht hatte und daß seine Besuche von Mal zu Mal flüchtiger wurden. Die Schwiegermutter fand es wahrscheinlich unter ihrer Würde, den Haushalt der Tochter auch nur für kurze Zeit zu führen. Vielleicht war sie dazu auch gar nicht imstande. Hätte sie nicht ihre eigene Hausgehilfin der Tochter so lange ausleihen können, bis diese wieder soweit hergestellt war, daß sie für ihre Familie wenigstens wieder das Kochen übernehmen konnte? Aber nein, daran wurde nicht gedacht. Ganz selbstverständlich rechnete man damit, daß sie ihren Urlaub abbrach und im Haus des Sohnes die Arbeit übernahm, die seiner Schwiegermutter lästig war. Stand ihr nicht das Recht zu, auch einmal an sich zu denken, nachdem sie dies Jahrzehnte nicht getan hatte? Nein, sie verspürte nicht die geringste Lust, jetzt die Rolle eines Lükkenbüßers zu übernehmen. Wer wollte sie daran hindern, ihrem Sohn morgen eine telefonische Absage zu geben? Er reiste mit seiner Familie jedes Jahr ins Ausland und verbrachte seine Ferien in den teuersten Bade- und Kurorten. Und nun verlangte ausgerechnet er von ihr den sofortigen Abbruch ihres Urlaubs, den sie sich nach so langer Zeit gegönnt hatte . . . Verlangte er es wirklich?

Frau Sternhalter schrak auf. Befremdet über sich selbst, horchte sie in sich hinein. Waren das wirklich ihre eigenen Gedankengänge gewesen? Oder hatte sie bereits im Halbschlaf gelegen, so daß Traum und Denken ineinander übergegangen waren? Wie ein Alpdruck lag es auf ihr. Hatte die Unlust, ihren Urlaub abzubrechen, in ihr solche unfreundliche und wohl auch ungerechte Folgerungen heraufbeschworen? War es recht von ihr, der Schwiegertochter, die sich in einer Notsituation befand, in dieser Art eine Absage geben zu wollen? Die Bitte ihres Sohnes verschaffte ihr eine bisher nie dagewesene Möglichkeit, Gislinde Liebe und Geduld entgegenzubringen. Hatte sie sich nicht schon immer gewünscht, der Frau ihres Sohnes auf irgendeine Weise näherzukommen? Nun ergab sich eine Gelegenheit, und sie fand dazu kein freudiges Ja. Renate schalt sich ichbezogen und lieblos.

Eine ganze Zeit lag sie hellwach in ihrem Bett. Erschrocken über sich selbst und mit Scham erfüllt. Wie gut, daß Siegfried und vor allem seine Frau nichts von ihren Gedanken wußten. Sie würde sich überwinden und das Opfer bringen. Das war es in der Tat für sie, besonders nachdem sie Brunners getroffen und mit ihnen für die nächsten Tage Pläne geschmiedet hatte. Aber mußte die Liebe nicht auch zu Opfern bereit sein? Sie schalt sich selbst: Dramatisiere diese Angelegenheit doch nicht! Was bedeutet der Dienst, den du Siegfried und seiner Frau für ein paar Wochen erweisen wirst, dem gegenüber, was andere Mütter für ihre Kinder tun oder auch umgekehrt? Sie brauchte nur an Fräulein Marquardt zu denken, die in selbstloser Weise für die gelähmte Mutter da war, sie liebevoll und geduldig pflegte, ohne an sich zu denken. Bestimmt ist es ihr schwer genug gefallen, die große Wohnung aufzugeben, und sich mit zwei kleinen Zimmern zu begnügen, damit es möglich wurde, den Rollstuhl ihrer Mutter ins Freie zu befördern. Der körperliche Zustand von Frau Marquardt ließ vermuten, daß sie nach menschlichem Ermessen noch Jahre leben konnte. Noch niemals hatte Renate ihre jüngere Untermieterin unzufrieden oder auch nur launisch gesehen, weil die Pflege und Betreuung der Mutter ihre Zeit und Kraft völlig beanspruchte und sie dadurch zwangsläufig eigene Wünsche zurückstellen mußte.

Nein, es war unrecht von ihr, so sagte sich Renate, auch nur einen Augenblick zu zögern, ihrem Sohn und seiner Familie beizustehen. Sie wollte dankbar sein für die beiden Wochen, die sie hier in Tirol verbringen durfte und gerne mit ihrem Sohn zurückfahren. Der morgige Tag aber gehörte Theresia Morlock. Vielleicht ergab sich zwischen ihnen ein gutes Gespräch, das ihr Aufschluß über deren Kümmernisse gab; denn daß sie irgendwie belastet war, schien außer Zweifel zu sein.

Am andern Tag saßen die beiden Frauen auf der Bank unter der Tannengruppe hinter dem Haus. Renate hatte Theresia einen gemeinsamen Spaziergang vorgeschlagen, weil sie hoffte, daß diese gelöster sprechen konnte, wenn sie sich nicht unbedingt gegenübersaßen. Aber Theresia hatte allerlei Ausflüchte gehabt. Sie müsse mit der Möglichkeit rechnen, daß Fremde nach Zimmern fragen. Auch müsse sie daheim sein, wenn ihr Bruder von der Arbeit zurückkäme. Es wäre unter Umständen möglich, daß heute ein Handwerker käme, den sie schon lange erwarte, um nach einem defekten Heizkörper zu sehen. Schließlich einigte man sich, dieses alles von der Bank aus zu erwarten. Hier konnte man den Weg überblicken.

Frau Sternhalter ging entschlossen auf ihr Ziel los, indem sie fragte: »Was ist die Ursache dafür, daß Sie oft so niedergeschlagen sind, Theresia? Sie waren früher, als wir bei Ihnen unsere Ferien verbrachten, viel froher und gelöster.«

»Ach Frau Sternhalter«, erwiderte Theresia, und ihre Stimme klang gequält, »Sie mögen recht haben. Damals vor fünfundzwanzig Jahren hatte ich noch Hoffnung, daß sich in meinem Dasein vielleicht doch einmal eine Änderung ergeben würde. Aber heute . . .« Sie sprach nicht weiter.

Renate griff die letzten Worte auf. »Was ist heute, Theresia?«

»Ich habe aufgehört zu hoffen, und dies bereits seit Jahren. In mir ist keine Zukunftserwartung mehr.«

»So dürfen Sie nicht sprechen. Denken Sie doch: Mit sechsundfünfzig Jahren hat man, wenn nicht gerade Unvorhergesehenes eintritt, noch einen schönen Teil seines Lebens vor sich. Man wird gebraucht, hat Aufgaben zu erfüllen, kann Pläne machen und . . .«

Fast bitter und nicht ohne spürbare Erregung fiel Theresia ihr ins Wort: »Man wird gebraucht, hat Aufgaben zu erfüllen. Ja, darüber kann ich mich nicht beklagen. Daran habe ich nie Mangel gehabt. Das begann mit meinem zehnten Lebensjahr – und dabei ist es geblieben. Im Gegenteil, es wurde immer mehr. Und keiner hat gefragt, ob ich vielleicht etwas vermissen könnte, ob ich nicht auch ein Recht habe, Ansprüche an das Leben zu stellen.«

Erregt erhob sich Theresia, um ins Haus zu gehen. Welchen Sinn besaß es, das Gespräch fortzusetzen? Frau Sternhalters Entgegnung hatte in ihr eine schmerzhafte Wunde berührt, die immer wieder aufbrach und nie heilen würde.

Renate ließ Theresia nicht los. Nein, diese Stunde durfte nicht ungenutzt vergehen. Mit festem Griff nahm sie die Hand der sich innerlich und äußerlich Sträubenden. Daß sie dies tat, spürte Frau Sternhalter mit wachem Bewußtsein. »Gehen Sie jetzt nicht fort, Theresia«, bat sie. »Ich habe mir vorgenommen, das Tannheimer Tal nicht zu verlassen, bevor ich nicht den Grund Ihrer Kümmernisse erfahren habe. Bitte, weichen Sie mir jetzt nicht aus. Ich weiß wohl, warum Sie mir einen Spaziergang abgelehnt haben. Hier bei Ihrem Haus können Sie allerlei Gründe vorgeben, um sich dem Gespräch zu entziehen. Aber ich lasse Sie jetzt einfach nicht gehen. Mir wird immer deutlicher, daß Gott mich nicht grundlos nach all den Jahren zu Ihnen geführt hat. Wir haben aneinander Aufgaben zu erfüllen.«

Theresia hatte ihren Platz nicht wieder eingenommen, aber sie war auch nicht zurück ins Haus gegangen und hatte Frau Sternhalter ihre Hand nicht entzogen. Sie erwiderte nun, und es klang fast wie Trotz: »Das ist es ja gerade. Wieder sprechen Sie von Gott. Ich muß es Ihnen jetzt einfach einmal unzweideutig sagen: Gott bedeutet mir nichts mehr. Ich habe mich von ihm losgesagt. Besser ausgedrückt: Ich glaube nicht mehr an ihn.«

»Oh, Theresia«, erwiderte Renate mit schmerzlich bewegter Stimme: »Was müssen Sie durchgemacht haben, daß Sie dahin gekommen sind, solches zu behaupten! Ich kann Sie nur tief bedauern.«

»Das ist nicht nötig«, erwiderte Theresia, ließ es dann aber doch zu, daß Renate sie neben sich auf die Bank zog und liebevoll den Arm um ihre Schulter legte.

»Ich weiß, Sie meinen es gut mit mir, und ich muß mich wegen meines ungebührlichen Benehmens Ihnen gegenüber entschuldigen.« Sie entzog sich dem Arm Renates. »Es ist eigenartig«, fuhr sie fort. »Einesteils ist in mir ein heftiges Verlangen, einmal, nur ein einziges Mal einem Menschen sagen zu können, was mich Tag und Nacht quält, selbst wenn ich weiß, daß mir niemand helfen kann! Ich wüßte auch keinen, dem ich mehr vertrauen könnte als Ihnen. Andererseits aber sträubt sich etwas in mir, jemandem Einblick zu geben in das, was ich bisher keinem meiner Geschwister oder sonst einem anderen mitgeteilt habe.«

»Ich bin doch nicht Sonstjemand«, versuchte Frau Sternhalter zu scherzen. »Eigentlich sind wir schon seit langem gute Freunde. Kommen Sie, Theresia, reden Sie sich jetzt einmal alles vom Herzen. Ich verspreche Ihnen, Sie nicht zu unterbrechen.«

»Glücklich und unbeschwert war ich eigentlich nur als ganz kleines Mädchen«, begann Theresia Morlock. »Da lebte noch mein Vater und beschäftigte sich, soweit es seine Zeit erlaubte, wenigstens am Feierabend oder sonntags mit mir. Er war ein stiller, fast wortkarger Mann, aber er besaß Gemüt und war für alles Schöne und Gute aufgeschlossen. Nach seinem Tod fand ich in seinem Gebetbuch einen Zettel. Den habe ich mir aufgehoben und die schönen Gedanken, die darauf standen, auswendig gelernt. Darf ich sie Ihnen sagen, Frau Sternhalter?«

»Aber gern«, erwiderte Renate, froh darüber, daß Theresia jetzt endlich einmal den Anfang gemacht hatte, sie an ihrem Erleben teilnehmen zu lassen.

Fast ein wenig verlegen sprach diese jetzt die Worte, die sie vor Jahren so beeindruckt hatten und die sie wie ein Vermächtnis ihres Vaters betrachtete:

»Versäume niemals eine Gelegenheit,
etwas Schönes zu sehen.
Schönheit ist ein Schriftzug von Gottes Hand,
ein Gruß von ihm,
ein Heiligtum am Wege.
ER begegnet dir in jedem anmutigen Gesicht,
in jedem klaren Himmel, in jeder holden Blume.
Danke Ihm dafür,
dem Urquell alles Schönen.

Ich war schon erwachsen, als Vater uns verließ. Die Sehnsucht nach allem Schönen und Guten hat er aber in mein Kinderherz gepflanzt, als ich noch nicht zur Schule ging. Er tat es, wenn er am Sonntag nach der Kirche mit mir den Wald aufsuchte, mir die ersten Frühlingsblumen zeigte, mich lehrte, auf die Stimmen der Vögel zu lauschen, oder wenn er im Winter mit mir zu den Futterplätzen der Rehe und Hirsche ging und versteckt hinter den Bäumen ihr Tun beobachtete. Mein Vater lehrte mich den Aufgang der Sonne und das Alpenglühen nicht als selbstverständlich zu betrachten, sondern darin immer wieder ein neues Wunder zu sehen.

›Du bist ein alter Spinner‹, schalt dann meine Mutter und schüttelte den Kopf über ihn. ›Was hat das Kind von deinen Träumereien? Als ob es das Alpenglühen nicht noch hundertmal in seinem Leben sehen kann. Mach dich mit deinen Schwärmereien doch nicht lächerlich.‹

Die Mutter war herb und verschlossen. Manchmal habe ich mich in späteren Jahren gefragt, wie es möglich war, daß diese beiden so grundverschiedenen Menschen zusammengekommen sind. Wenn mein Vater dann sah, daß ich über die Art meiner Mutter erschrak und mit den Tränen kämpfen mußte, weil sie mit beinahe roher Hand in das Blumengerank der Schönheit hineingriff, das Worte meines Vaters um mich gesponnen hatten und damit alles zerstörte, dann legte der Vater den Arm um mich und sagte: ›Sei nicht traurig, kleine Resi, die Mutter meint es nicht böse. Sie hat ein gutes Herz, aber kennt von Jugend auf nichts als Pflichterfüllung und ruheloses Schaffen.‹

Der Vater war es auch, der mit mir all das besprach, was ich im Religionsunterricht bei unserem alten, ehrwürdigen Pfarrer lernte, der mich und meine gleichaltrigen Schulkameraden zur Kommunion vorbereitete. Er war es, der am Abend an mein Bett trat und mit mir betete, oft zum Verdruß meiner Mutter, die dann müde und abgearbeitet aus dem Stall kam und fand, ihr Mann könnte jetzt auch noch etwas tun. Der Vater arbeitete im Wald. Er war dem Förster unterstellt. Zu Hause, so empfand ich es schon als kleines Mädchen, war es ihm zu eng und die Mutter in ihrer Art zu laut. Am liebsten hätte er mich mit in den Wald genommen, um mich an all dem, was ihm dort begegnete und was ihn erfreute, teilnehmen zu lassen. Natürlich ging das nicht. Die Mutter hätte dafür auch nie Verständnis gehabt. Schon früh mußte ich ihr kleine Handreichungen tun, etwa die Kühe mit ihr auf die Weide treiben, Löwenzahnblätter für die Kaninchen pflücken, die Hühner füttern und anderes mehr. Ich war ihr bestimmt keine große Hilfe. Aber heute ist mir klar, daß sie glaubte, mir nichts Wichtigeres mitgeben zu können als den Sinn für die Arbeit. Sie kannte keinen anderen Lebensinhalt.

Ich aber hatte viel von der besinnlichen Art meines Vaters geerbt, wollte den Dingen auf den Grund gehen und sehnte mich nach Freude und Schönheit. Als kleines Kind zum Beispiel hatte ich wie alle, die hier leben, jedes Jahr im Sommer die Höhenfeuer auf den Bergen am Herz-Jesu-Tag erlebt, ohne natürlich den Hintergrund zu kennen. Als ich dann aber in die Schule ging, fragte ich den Vater, warum diese Feuer auf den Bergen regelmäßig im Juni angezündet werden, und er nahm sich Zeit, mir Ursprung und Sinn dieser Sitte zu erklären.

›Es sind Gelübdefeuer‹, sagte er. ›Im Jahre 1632 brachen die Schweden in Tirol ein und kamen bis nach Elmen. Schon viele Jahre vorher haben sich die Leute unserer Gegend Notsituationen mitgeteilt, indem sie hoch auf den Bergen Feuer anzündeten, die weit in die Täler hinein leuchteten und davon Kunde brachten, daß man Hilfe benötigte. Damals gab es ja noch kein Telefon und keine anderen Möglichkeiten, solche Nachrichten und Hilferufe schnell zu überbringen. Kreidefeuer nannte man diese Notsignale auf den Bergen. Als dann die Schweden das Land bedrohten, gaben die frommen Tiroler Gott ein Gelübde: Wenn die Feinde vertrieben werden konnten, sollte aus Dankbarkeit das ganze Land dem Herzen Jesu geweiht werden. Jährlich wollten sie dann weit ins Tal leuchtende Feuer auf den Bergen anzünden und die Leute daran erinnern, daß sie Gott Dank schuldig sind. 1809 wurde Tirol aufs neue bedroht und zwar von den Franzosen und den Bayern. Andreas Hofer konnte sie mit seinen Mannen zurückschlagen. Er war es auch, der das Gelübde erneuerte und das Herz-Jesu-Fest wieder stärker in Erinnerung rief. Seitdem leuchten jedes Jahr die Höhenfeuer auf als Mahn- und Dankzeichen.‹«

Theresia machte in ihrem Erzählen eine kleine Pause. Ob sie nach innen lauschte, um die Stimme ihres Vaters zu vernehmen?

»Wie genau Sie das noch wiedergeben können!« wunderte sich Frau Sternhalter. »Auch daß Sie sich noch der Jahreszahlen erinnern. Als wir vor Jahren zum erstenmal bei Ihnen waren und die Höhenfeuer erlebten, kamen die Kinder ganz erschrokken angelaufen: ›Mutti, der Wald brennt ganz hoch oben auf dem Berg!‹ Sie sorgten sich darum, wer wohl das Feuer löschen könne. Dann kamen Sie, Theresia, und haben es ihnen so schön und verständlich erklärt, wie Sie es soeben mir erzählt haben. Ich weiß noch, wie beeindruckt die Kinder waren. Besonders gefiel ihnen, daß von manchen Bergen ein mächtiges Kreuz in die Dunkelheit hineinleuchtete und darunter die Umrisse eines feurigen Herzens zu erkennen waren. Ich höre noch eine meiner Zwillinge ganz ehrfürchtig sagen: ›Das ist das Herz Jesu!‹ Aber entschuldigen Sie, Theresia, ich wollte Sie nicht unterbrechen. Bitte, sprechen Sie weiter.«

»Ich war zehn Jahre alt, als meine zweite Schwester Mariandl geboren wurde. Natürlich freute ich mich über das herzige Kind, das da eines morgens in der alten blauen Wiege lag. Aber mir ist, als habe meine unbeschwerte Kindheit mit diesem Tag ein Ende gehabt.

›Du bist jetzt unsere Große‹, sagte meine Mutter zu mir.

›Du mußt nun für das Kleine sorgen und dich immer um dein Schwesterlein kümmern. Du weißt, ich hab' genug im Stall und auf den Wiesen zu tun!‹ Sie zeigte mir, wie ich Mariandl baden und anziehen und sie füttern mußte. Natürlich liebte ich das kleine Kind, aber zum erstenmal empfand ich auch Eifersucht. Ich mußte etwas überwinden, wenn der Vater von der Arbeit kam und nicht mehr zuerst nach mir Ausschau hielt, sondern das Schwesterlein aus der Wiege und in seinen Arm nahm. Er liebte Kinder so sehr. Nun war ich nicht mehr seine einzige. In seiner feinfühligen Art jedoch vernahm er sehr bald die Regungen meines Herzen. Von da an brachte er mir immer irgend etwas aus dem Wald mit nach Hause: Ein paar bunte Vogelfedern, die er gefunden hatte, ein Sträußchen Walderdbeeren oder einen besonders schön gezeichneten Stein. Es war geradezu erstaunlich, womit er mich immer wieder überraschte. Und so merkte ich bald, daß mein Vater mich noch immer lieb hatte wie vorher, als Mariandl noch nicht auf der Welt war.

Zeit zum Spielen fand ich kaum noch. Immer gab es für mich etwas zu tun. Schrie die Kleine in der Wiege, rief die Mutter: ›Theres, hörst du nicht? Schau nach dem Kind!‹ War die Mutter im Stall oder auf der Wiese zum Grasholen oder beim Heuen, wußte ich ohnehin, daß es meine Pflicht war, nach der Kleinen zu sehen, sie trockenzulegen, ihr die Flasche zu geben, sie zu baden oder zu beruhigen. Erträglich war es, wenn ich die kleine Schwester im Wagen ausfahren konnte. Dann zog ich sie nett an und fuhr mit ihr ins Dorf oder zu Nachbarn, damit Mariandl bewundert wurde.

›Mach keinen Aff aus ihr‹, tadelte mich dann meistens die Mutter. ›Das alte Jäckchen oder Häubchen ist für den Werktag gut genug.‹

Mein einziges Glück war die Schule. Jeden Morgen ging ich mit neuer Freude zu unserem alten Lehrer, der in einem Schulraum alle acht Klassen zu gleicher Zeit zu unterrichten hatte. Weil mir das Lernen leichtfiel und mir Spaß machte, bemühte ich mich, meine Schreib- und Rechenarbeiten so schnell wie möglich fertig zu haben, um mitzubekommen, was der Lehrer in den oberen Klassen unterrichtete, etwa in Geschichte oder

Geographie, in mündlichem Rechnen oder in Deutsch. So eignete ich mir manche Kenntnisse an. Als er eines Tages zu allen Schülern über die Entstehung und Bedeutung des Herz-Jesu-Festes sprach, meldete ich mich und sagte: ›Herr Lehrer, das weiß ich schon lange. Das hat mir alles mein Vater erklärt.‹ Der alte Schulmeister schien sich über meinen Eifer zu freuen und sagte: ›Nun gut, dann komm hier nach vorne und berichte uns, was du weißt.‹ Zu aller Erstaunen konnte ich nicht nur den Ausgangspunkt und die Ursache dieses vom Tiroler Volk gegebenen Gelübdes einwandfrei erklären, sondern ich wußte auch die Jahreszahlen. Ich hatte nämlich meinen Vater so oft gebeten, mir die Geschichte der Herz-Jesu-Feuer zu erzählen, bis sich alles in mir fest eingeprägt hatte.

Die Schule war mir so lieb, daß ich bedauerte, daß sie am Sonntag ausfiel. Auch der regelmäßige Kirchgang an den Feiertagen brachte in mein, mir so eintönig scheinendes Leben eine gewisse Abwechslung. Der Tag meiner Erstkommunion hatte mein Dasein wie mit einem hellen Licht erfüllt. Schien mir dieses Licht während der arbeitsreichen Wochentage erloschen zu sein, dann war es mir, als würde es in der sonntäglichen Messe immer wieder neu entzündet.

Als nach weiteren fünf Jahren meine kleine Schwester Monika ankam, wurde der Kreis meiner Pflichten immer größer. Wohl war ich inzwischen ein Mädchen von vierzehn Jahren, aber ich litt geradezu darunter, daß ich immer weniger Zeit für die Schule und für meine persönlichen Interessen fand.

Eines Tages ließ mich der Lehrer nach Schulschluß im Klassenzimmer zurückbleiben.

›Theresia‹, sagte er in seiner gütigen, väterlichen Art, ›hast du dir schon einmal darüber Gedanken gemacht und mit deinen Eltern besprochen, was jetzt, wenn die Mitschüler deines Jahrgangs entlassen werden, aus dir werden soll?‹

Ich sah ihn erstaunt an und wußte nicht, was diese Frage bedeuten sollte.

›Ich muß daheim bleiben und meiner Mutter bei den Kindern helfen. Sie hat gesagt, daß ich nun den ganzen Haushalt übernehmen muß. Der Vater hat zwei Stuben im ersten Stock hergerichtet. Wir wollen jetzt auch Gäste aufnehmen, und für die muß ich, wenn ich nicht mehr zur Schule gehe, auch noch sorgen.‹

›Das ist jammerschade‹, sagte der Lehrer. ›Du bist eine meiner besten Schülerinnen und gehörst eigentlich in die Oberschule.‹ Ich spürte, wie ich bis unter die Haarwurzeln errötete. Impulsiv ergriff ich die Hand meines Schulmeisters und begann vor lauter Aufregung zu stottern: ›Herr Lehrer, Herr Lehrer, das – das wäre das Allerschönste, was ich mir denken könnte, aber –‹

›Aber?‹ fragte der alte Mann zurück.

›Wir haben doch keine höhere Schule in der Nähe. Ja, wenn es noch in Reutte wäre. Da fährt jeden Morgen ein Lieferwagen über den Gaichtpaß herunter. Der würde mich vielleicht mitnehmen. Aber nach Innsbruck – das ist doch viel zu weit, und ich müßte im Internat wohnen. Dafür haben meine Eltern kein Geld – und wenn sie es hätten, Mutter würde es nie geben. Sie würde sagen, das sei unnötig.‹

Der Lehrer fuhr fort: ›Vielleicht könnte ich dafür sorgen, daß du ein Stipendium bekommst. Für besonders begabte Schüler gibt es Freiplätze. Joseph Kleinert kommt auch nach Innsbruck. Natürlich zahlt sein Vater für ihn.‹ Josi und ich zusammen nach Innsbruck! Mir schwindelte. Es war zu schön, um wahr zu sein!

In den acht Jahren meiner Schulzeit war er mir immer wie ein Bruder vorgekommen. Wie gerne hätte ich einen gehabt. Wir waren gleich alt und tauschten miteinander das Vesperbrot, schrieben voneinander ab, zankten uns auch dann und wann, jedoch waren wir bald wieder bemüht, uns zu vertragen. Seit einiger Zeit aber kam er mir nicht mehr wie ein Bruder vor. Da war etwas ganz Neues in mir aufgebrochen. Kam es uns beiden zum Bewußtsein, als uns einige der größeren Schulkameraden hänselten: ›Ihr seid ein Liebespaar, das sieht man doch von weitem. Schaut, die Resi wird ganz rot!‹ Ich hätte in den Boden sinken mögen, so schämte ich mich.

Josi sagte nichts anderes als: ›Blöde Affen!‹ Aber am nächsten Tag schob er mir einen Zettel zu, auf den er geschrieben hatte: Sie haben recht! Ich wußte zuerst nicht, was er meinte und blickte ihn fragend an. Da schrieb er in aller Seelenruhe auf den Zettel: Ich werde dich heiraten, wenn wir erwachsen sind!

Es war gut, daß die Schulglocke in diesem Augenblick das Ende des Unterrichts verkündete. Ich raffte meine Bücher und Hefte zusammen und rannte wie gehetzt aus der Klasse, die Straße hinunter, den Hügel hinauf. Ich hatte immerhin einen Schulweg von mehr als einer halben Stunde. Nicht weit entfernt von unserem Haus warf ich mich ins hohe Gras und weinte – weinte, als ob mir das Herz brechen wollte. Aber nicht aus Scham oder Kummer, nein, ein nie gekanntes Glück wollte mein Herz sprengen. Ich weinte vor übergroßer Freude. Ich hätte es niemandem erklären können und würde es auch keinem Menschen sagen, nicht einmal meinem Vater, an dem ich doch so innig hing. Dies mußte mein Geheimnis bleiben, ein Geheimnis, das ich wie eine Kostbarkeit in meinem Herzen barg. Keinen Augenblick dachte ich damals daran, daß dieses Versprechen Josis auf dem Zettel niemals in Erfüllung gehen konnte. Joseph Kleinert, der Sohn eines Hotelbesitzers, ich, die Tochter eines Waldarbeiters! Aber Josi hatte mich lieb, das wußte ich mit einemmal. Zärtlichkeiten wurden bei uns zu Hause nicht ausgetauscht. Wohl hatte der Vater manchmal, als ich noch ein kleines Mädchen war, den Arm um mich gelegt und mir über das Haar gestreichelt. Aber Worte der Liebe kannte man bei uns nicht. Vor allem wären sie nie über die Lippen meiner herben Mutter gekommen. Dabei war ich immer ein so liebebedürftiges Kind gewesen. Ich spürte auf einmal, wie sehr ich dies vermißt hatte, daß auch nur ein einziges Mal ein Mensch zu mir sagte: ›Ich hab' dich lieb!‹ Und dann dieses unerwartete Heiratsversprechen. Natürlich mußte ich es als Kinderei ansehen. Aber letztlich sagte es doch nichts anderes aus, als daß Josi mich gern hatte. Von da an schien mir die Schulzeit, die ohnehin schon zu den Höhepunkten meines bisherigen Lebens gehörte, verklärt zu sein.

Josi war nicht mehr mein Bruder. In meiner Jungmädchenschwärmerei sagte ich mir unzählige Male am Tag: ›Ich liebe ihn.‹ Ich lebte wie in einem Glückstaumel. Josi selbst kam nicht mehr auf dieses Thema zurück. Für ihn war die Sache abgemacht. Er würde mich und keine andere heiraten. Aber er ließ mich seine Zuneigung immer wieder einmal wissen. Einmal lag ein appetitliches Schinkenbrötchen auf meinem Platz, ein anderes Mal ein Stück Schokolade. Das alles hatte sich wenige Wochen vor dem Gespräch zugetragen, das der Lehrer mit mir geführt hatte.

Wenn ich mir nun vorstellte, daß seine Pläne Wirklichkeit werden könnten und ich in Innsbruck die höhere Schule besuchen dürfte – und dies zusammen mit Josi Kleinert – nein, es war zu schön, um wahr zu sein! Nie, nie würden meine Eltern, vor allem meine Mutter, dem zustimmen. Und der Vater würde aus Angst, was seiner Ältesten in der Fremde alles zustoßen könnte, kein Ja dazu finden. Ich wußte es genau.

An jenem Tag, an dem der alte Schulmeister mir seine Gedanken mitgeteilt hatte, versuchte ich den Vater allein zu sprechen. Ich fing ihn ab, als er von der Arbeit nach Hause kam. ›Bitte, nimm dir heute abend Zeit für mich, Vater‹, bat ich. ›Der Lehrer hat mit mir gesprochen. Es ist etwas ganz Wichtiges.‹ Alles andere sagte ich ihm mit klopfendem Herzen, als die Mutter noch im Stall zu tun hatte. Er schüttelte den Kopf und sah mich traurig an. ›Resi, es wäre wunderschön, und ich würde es dir von ganzem Herzen gönnen, aber Mutter wird dazu nie ihre Zustimmung geben. Und wenn ich ehrlich sein will, muß ich dir sagen, daß du mir sehr fehlen würdest.‹

In diesem Augenblick kam die Mutter aus dem Stall. Sie zog ihre schweren Schuhe aus, drehte den Wasserhahn auf und wusch sich die Hände. Dann rückte sie den Milchtopf auf dem Herd zurecht und warf einen prüfenden Blick auf den Vater und mich. Irgend etwas schien ihr aufzufallen. ›Was ist mit euch beiden?‹ fragte sie. Keiner von uns antwortete gleich. Mir schlug das Herz bis zum Hals herauf. Die nächsten Augenblicke würden die Entscheidung bringen. Entscheidung? Ach, ich wußte sofort, ehe ich der Mutter eine Erklärung geben konnte, daß ich meinen Traum begraben mußte. Ich war nicht imstande, in der Stube zu bleiben und ging in die Schlafkammer, froh, daß ich mich um die kleine Monika kümmern mußte, die gerade kräftig zu schreien begann.

Nachdem ich sie beruhigt hatte, blieb ich vor der Stubentür stehen und konnte dort jedes Wort verstehen, was die Eltern miteinander sprachen. Der Vater schien der Mutter das Ansinnen des Lehrers mitgeteilt zu haben. Kein Wort sagte er davon, daß er mich nur ungern ziehen lasse, daß ich ihm fehlen würde. Ein unsagbares Gefühl der Dankbarkeit ihm gegenüber erfüllte mein Herz, als ich ihn sagen hörte: ›Meinst du nicht, Maria, wir sollten es der Resi ermöglichen, nach Innsbruck zu gehen? Wenn doch der Schulmeister der Meinung ist, daß sie die Begabung hat, weiterzulernen. Vielleicht kann sie Lehrerin werden.‹

›Du bist und bleibst ein Träumer!‹ antwortete sie ihm in gereiztem Ton. ›Wer soll das denn bezahlen? Du weißt, daß sie dort ins Internat müßte. Dann kosten die Schule und die Bücher auch eine Menge Geld. Meinst du, sie kann dort in ihren verwaschenen Kleidern herumlaufen wie hier? Und dann, willst du mir einmal sagen, wer auf die Kinder aufpassen soll, während ich das Vieh auf die Weide treibe oder im Stall und auf den Wiesen zu tun habe? Meinst du, ich werde mit der Heuernte allein fertig? Mit dir kann ich ja eh kaum rechnen. Und wenn eins der Kinder krank wird? Wer schaut nach ihm? Jetzt, wo ich froh bin, daß die Theres endlich aus der Schule kommt, wirst du ihr solche Flausen in den Kopf setzen? Nein, daraus wird ein für allemal nichts. Laß nur das Mädel hereinkommen. Ich werde ihr diese hirnverrückten Ideen schon austreiben.‹

Nein, ich war daraufhin nicht imstande, in die Stube zu gehen. Mochte die Mutter mich suchen und nach mir rufen. Ich versteckte mich im Stall und lehnte den Kopf an meine Lieblingskuh, die BLANKA. Dort weinte ich bitterlich. Das Leben schien mir sinnlos zu sein. Wozu hatte ich mich in der Schule so angestrengt und die besten Zeugnisse nach Hause gebracht, wenn ich nicht weiterlernen durfte?

Ich sagte dem Lehrer, daß ich mit meinem Vater gesprochen habe, daß er unter Umständen seine Zustimmung geben würde, wenn er auch nicht wisse, woher er das Geld für Schule und Internat nehmen soll. Aber die Mutter gäbe unter keinen Umständen ihre Erlaubnis dazu, daß ich die höhere Schule besuchen dürfe.

Der Schulmeister machte sich an einem der nächsten Sonntage auf den Weg, um meine Eltern zu besuchen. Sonst empfand man den Besuch des Lehrers, der rangmäßig gleich nach dem Pfarrer kam, als eine große Ehre. Meine Mutter aber empfing ihn derartig ablehnend, daß der Vater sich über ihr Verhalten schämte. ›Willst du dem Herrn Lehrer nicht wenigstens einen Stuhl anbieten?‹ fragte er.

Der alte Mann, den der Weg zu uns herauf sichtlich angestrengt hatte, übersah ihre frostige Art, setzte sich und begann zuerst einmal über das Wetter, den Stall und unsere Kühe zu sprechen. Er kannte seine Leute genau. Erst nachdem Mutter eine ganze Weile auf seine Fragen eingegangen war, von dem Kalb berichtet hatte, das mit gelähmten Beinen geboren worden und von ihr nun schon wochenlang täglich massiert worden war und noch einiges andere aus ihrem Arbeitsbereich berichtet hatte, wagte der alte Mann, den eigentlichen Grund seines Kommens zu nennen. Aber sofort schnappte das Tor wieder zu, das sich durch sein geschicktes Fragen einen Spalt weit geöffnet hatte. Mutter blieb unzugänglich, ließ sich auf keines der Argumente ein, die der Lehrer vorbrachte, und machte ihm klar, daß jedes weitere Wort über diese Angelegenheit vergeblich sei. ›Theres wird daheim gebraucht und geht nicht länger zur Schule.‹

Der Vater, der ihr aus Klugheit meistens nicht widersprach, wagte es tatsächlich, sich auf des Lehrers Seite zu stellen. ›Ich meine, wir würden die Arbeit auch ohne Resis Hilfe schaffen. Warum sollen wir dem Mädchen nicht die Möglichkeit bieten, sich weiterzubilden?‹

›Möchtest du mir sagen, wer das bezahlen soll?‹ fragte die Mutter in scharfem Ton.

Er antwortete: ›Du weißt, wir haben einige hundert Schilling erspart für etwaige Notfälle. Die könnten wir dafür verwenden.‹

›Willst du etwa behaupten, daß es sich hier um einen Notfall handelt?‹ schnitt sie ihm das Wort ab.

Ich stand während der ganzen Zeit in der Stube, mit dem Rücken an die Wand gelehnt, verkrampfte meine vor Erregung eiskalt gewordenen Hände ineinander und blickte in einer Mischung von Angst und Hoffnung von einem zum anderen. Der Lehrer versuchte ein Letztes. Er sprach davon, daß er sich in Innsbruck um eine Freistelle bemühen wolle und sagte, daß es ein Jammer sei, wenn ein so begabtes Mädchen wie ich nicht weiter ausgebildet würde. Alles war umsonst. Die Mutter blieb bei ihrem Nein, und schließlich schwieg auch der Vater um des Friedens willen.

›Komm, Kind, begleite mich noch ein Stück‹, sagte der Lehrer zu mir, als er sah, daß all sein Reden vergeblich war. Stumm ging ich neben ihm her. Schließlich blieb er stehen, nahm meine Hand in die seine und sagte: ›Theresia, es tut mir leid um dich. Aber du wirst dich halt fügen müssen. Ich sehe nur einen Weg: Bete fleißig zu unserem Herrgott. Er kann auch heute noch Wunder tun und dir eine Türe öffnen, wo jetzt alles verschlossen zu sein scheint.‹

Langsam stieg ich den Hügel zu unserem Haus wieder hinauf. Ach, am liebsten wäre ich gar nicht mehr heimgegangen. Unter den Tannen sah ich den Vater stehen. Ich wußte, er wartete auf mich. Ich vermochte kein Wort zu sprechen, sah ihn nur in stummer Traurigkeit an, wohl wissend, daß auch er mir nicht helfen konnte, so gern er es gewollt hätte.

Er tat, was er schon lange nicht mehr getan hatte: er legte den Arm um mich, zog mich nah an sich heran und sagte: ›Resi, darfst nicht verzweifeln. Weißt, ich hab' in meinem Leben auch auf manches verzichten und mich überwinden müssen. Du darfst mir glauben, ich hab' mir auch vieles anders vorgestellt. Manchmal war mir's, als sprächen die Bäume im Wald zu mir: Sieh, weil wir im Sturm stehen, erstarken wir und halten stand. Vielleicht verstehst du's jetzt noch nicht ganz, aber einmal kommt der Tag.‹ Ach, der gute Vater! Wie spürte ich, daß er mit mir litt. Um seinetwillen wollte ich tapfer sein.«

Theresia Morlock hielt erschrocken inne, legte die Hand auf den Mund, als wolle sie sich selbst Schweigen gebieten und sagte dann: »O Frau Sternhalter, verzeihen Sie! Ich habe mich total vergessen. Wie konnte ich Ihnen so langatmig erzählen, was Sie doch gar nicht interessieren kann. Ich hatte das überhaupt nicht vor. Die Erinnerung ist einfach über mich gekommen, so daß ich fast nicht mehr gewußt habe, daß Sie hier neben mir sitzen. Mir war's, als rede ich zu mir selber.«

»Bitte, Theresia, sprechen Sie weiter«, bat Renate. »Einmal interessiert mich das alles sehr und dann – ich hatte keine Ahnung, wie lebendig Sie alles schildern können! Man erlebt es direkt mit.«

»Ich war immer die beste Aufsatzschreiberin in der Schule. Der Lehrer ließ mich stets meine Aufsätze vorlesen, und es hat mich gefreut, wenn alle gespannt zuhörten. Aber das ist jetzt doch etwas anderes. Ich langweile Sie bestimmt mit dem Aufzählen von Erlebnissen, die für Sie bedeutungslos sind.«

»Nein, bestimmt nicht. Im Gegenteil, ich meine ein ganz anderes Verständnis für Sie aufbringen zu können, seitdem ich weiß, was Sie durchgemacht haben.«

»Ach«, fuhr Theresia fort und machte eine müde Handbewegung. »Alles Weitere ist schnell gesagt.«

»Bitte, sprechen Sie so weiter, wie Sie es bisher getan haben. Sie ließen mich einen Blick in Ihr Herz tun, und dafür bin ich Ihnen dankbar.«

Theresia Morlock saß eine Weile wie in Gedanken versunken, dann fuhr sie fort: »Ich beendete also meine Schulzeit. Dann übernahm ich den Haushalt, versorgte meine beiden Schwestern und kümmerte mich um die Fremden, die jetzt in unser Haus kamen. Mein Tag war ausgefüllt mit fast pausenloser Arbeit. Während der Heuernte mußte ich natürlich auch draußen helfen.

Ein wenig Abwechslung in mein tägliches Einerlei brachte das Einkaufen der nötigsten Lebensmittel im Dorf. Mutter schrieb mir auf, was ich zu besorgen hatte, und wenn es das Wetter einigermaßen erlaubte, hatte ich die beiden Kinder mitzunehmen, die Kleinste, so lange sie nicht laufen konnte, im Kinderwagen. Bald konnte ich selbständig kochen und sogar unser eigenes Brot backen. Nur selten sagte die Mutter ein anerkennendes Wort: ›Das hast du gut gemacht‹ oder: ›Ich hab' ja gewußt, daß du es schaffst!‹ Sie schien es nicht zu merken, daß ich ihr gegenüber immer verschlossener wurde. Nur der Vater ahnte, daß sich in meinem jungen Herzen Bitterkeit und Groll staute. Durch ein gutes und mutmachendes Wort versuchte er immer wieder, mir zurechtzuhelfen.

Der sonntägliche Kirchgang war selbstverständlich. Manchmal mußte dann Mariandl auf die kleine Monika aufpassen, während Vater oder die Mutter mit mir zur Messe gingen. Immer hielt ich an den Sonntagen Ausschau nach Joseph Kleinert. Er war nun in Innsbruck, besuchte dort die höhere Schule, lebte in einem Internat und kam nur selten nach Hause. Natürlich ging er dann wie alle anderen zur Kirche. Wie erfüllte es mein Herz mit Freude und Genugtuung, wenn ich merkte, daß, genau wie ich nach ihm, er auch nach mir Ausschau hielt.

Irgendwie machten wir es möglich, uns außerhalb der Kirche zu treffen. Gewöhnlich hielt die Mutter noch einen Schwatz mit ein paar bekannten Frauen, und der Vater ging zum Frühschoppen ins Gasthaus. Das war die Zeit, die ich während all der Wochen, in denen Josi abwesend war, sehnlichst herbeisehnte. Die Mutter durfte natürlich nicht sehen, daß wir zusammenstanden oder ein Stück miteinander gingen. Josi erzählte mir von der Schule. Dann brach wieder die Sehnsucht in mir auf, so wie er weiterlernen zu können. Er berichtete von dem fröhlichen Leben im Internat, aber auch von strengen oder gar ungerechten Lehrern. Er sagte, wie er sich immer aufs Heimkommen freue, vor allem aber darauf, mich zu sehen. Er vergesse nicht einen Augenblick, was er mir auf den Zettel geschrieben habe. Und er bleibe dabei: Eine andere als ich käme für ihn nie in Frage.

Solche Worte klangen wie Musik in meinen Ohren, und wenn mein Verstand auch hundertmal nein dazu sagte, ich klammerte mich an diese Hoffnung. Was hatte der Lehrer gesagt? Bete fleißig zum Herrgott, er kann heute noch Wunder tun und verschlossene Türen öffnen. Oh, wie ich betete!

So gingen die nächsten Jahre dahin. In meinem Alltag änderte sich nichts. An Arbeit mangelte es nie. Die Mutter ertrug es nicht, mich auch nur einen Augenblick untätig zu sehen. Gab es einmal eine ruhige Stunde, mußte ich für die Schwestern strikken oder nähen. Höchstens, daß ich einmal zu einem kurzen

Schwatz bei den Fremden stand, die in unserem Haus Zimmer gemietet hatten. Das gehörte schließlich zum Broterwerb.

Manchmal lag ich nachts wach und zergrübelte mir den Kopf darüber, ob denn wirklich nichts anderes auf mich warte als Arbeit und Mühe vom Morgen bis zum Abend. Ich malte mir aus, wie es sein würde, wenn ich aus meinem Alltag ausbrechen und eines Tages auf und davongehen und um Aufnahme in einer Schule bitten würde, um weiterlernen zu können. Natürlich machten sich meine Gedanken immer nach Innsbruck auf den Weg. Doch dann schüttelte ich den Kopf über mich selbst. In keiner Schule würde man mich aufnehmen. Woher sollte ich denn das nötige Geld für die Ausbildung, für Unterkunft und Lebensunterhalt herbekommen? Wie konnte ich auch nur für eine einzige Sekunde dem Gedanken Raum geben, die Eltern zu verlassen, vor allem den Vater, mit dem ich mich je länger desto mehr verbunden fühlte. Schließlich ging es mir ja nicht alleine so. Andere Töchter mußten auch zu Hause bleiben, solange die Eltern sie brauchten oder bis sie sich verheirateten. Obgleich es mir vollkommen klar war, daß meine Mutter sich mit aller Macht weigern würde, mich für Joseph Kleinert freizugeben – ja, sie erwog nicht einmal diese Möglichkeit –, klammerte ich mich doch daran. Er wird eines Tages kommen und mit meinen Eltern sprechen. Er wird sich nicht daran stoßen, daß wir nur ein paar Kühe im Stall und ein kleines, bescheidenes Haus haben. Er hat es mir versprochen. Er liebt mich, und er weiß, daß ihm mein ganzes Herz gehört. Nein, durch nichts und von niemandem, auch nicht von meiner Mutter ließ ich mir diese Zukunftshoffnung rauben. Mußte ich nun schon darauf verzichten, die Schule weiter zu besuchen, von Josi würde ich nicht lassen – und er nicht von mir.

Noch immer konnten wir uns nur heimlich treffen. Eine meiner Schulfreundinnen, die uns beobachtet hatte, sprach mich eines Tages an. ›Theres, das finde ich großartig von Joseph, daß er noch immer zu dir hält wie in der Schulzeit. Aber das würde ich nicht aushalten, mich nur alle paar Wochen, wenn er über den Sonntag nach Hause kommt, heimlich zu treffen, als wäre es ein Unrecht. Ihr geht immer nur ein paar Schritte miteinander, und das dauernd in der Angst, deine Mutter könnte euch sehen. Ihr seid doch jetzt keine Kinder mehr. Deine Eltern können stolz darauf sein, daß ein so fescher Bursche wie der Kleinert Josi dir treu bleibt.‹

Zuerst erschrak ich. Da war es nun klar ausgesprochen, der Standesunterschied stand zwischen uns. Aber Mizzi sprach mir gut zu. ›Mach dir nichts draus, Resi. Du wirst sehen, der Joseph hält zu dir. Und ich helfe euch beiden. Wenn er wieder heimkommt, sagst du deiner Mutter, ich hätte dich zu mir eingeladen, oder wir wollten miteinander zum Vilsalpsee wandern. Irgendwas wird dir schon einfallen. Und dann triffst du dich mit dem Josi und ihr verbringt zumindest den Nachmittag zusammen.‹

›O Mizzi‹, erwiderte ich zwischen Bangen und Hoffen, ›sie wird mir anmerken, daß es nicht wahr ist. Ich bin gar nicht gewöhnt, zu lügen.‹

›Ach komm, sei nicht kindisch! Und außerdem ist's nur eine Notlüge.‹«

Notlüge? Fast hätte Frau Sternhalter Theresia gesagt, daß es so etwas nicht gibt. Daß Lüge Unwahrhaftigkeit und daher nicht recht sei. Aber dann erinnerte sie sich daran, daß sie versprochen hatte, die Erzählende nicht zu unterbrechen – und schließlich berichtete sie ihr nichts als das, was damals geschehen war.

Theresia fuhr fort: »So richteten Josi und ich es ein, daß ich jedesmal, wenn er heimkam, mit ihm zusammentraf. Das waren die Stunden, von denen ich wochenlang zehrte.

Die Mutter wurde mißtrauisch. ›Ich möchte nur wissen, was du immer für eine Fortspringerei hast. Das war doch früher nicht so!‹ Dann schaltete sich der Vater ein. ›Maria, laß ihr doch die Freude, alle paar Wochen am Sonntag nachmittag ins Dorf zu ihren Freundinnen oder auch mal zum Tanz zu gehen. Sie hat ja ohnehin nichts von ihrem jungen Leben.‹

›Das mußt du ihr gerade noch einreden‹, begehrte sie auf. ›Als wenn ihr daheim etwas abgeht.‹

›Schließlich braucht sie auch wie die anderen ein wenig Abwechslung und auch mal eine Freud‹, sagte der Vater.

›Ich will nicht hoffen, daß ein Bursch dahintersteckt‹, mißtraute die Mutter. ›Das käme unter keinen Umständen in Frage.‹

›Sie wird immerhin bald siebzehn Jahre!‹ Der gute Vater nahm wieder meine Partei.

›Und wenn!‹ gab die Mutter gereizt zurück. ›Das hat noch lange Zeit.‹

Dieses Gespräch fand in meinem Beisein statt. Aber ich wurde nicht gehört. Man verhandelte einfach über mich. Am liebsten wäre ich aus der Stube gelaufen und hätte die Tür hinter mir zugeschmettert. Aber um des Vaters willen beherrschte ich mich. Dem Josi aber würde ich alles sagen. Am kommenden Sonntag wollte er wieder nach Hause kommen. Oh, wie ich mich nach ihm sehnte!

Es war ein wunderschöner, warmer Herbsttag. Hand in Hand gingen wir durch den Wald. Ein paarmal begegneten uns Bekannte. Es war uns gleich. Unsere Hände blieben ineinander verschlungen. Sollten sie es doch meiner Mutter zutragen. Länger wollte ich nun nicht mehr schweigen, wenn sie mich zur Rede stellen würde. Schließlich hatten andere Mädchen meines Alters auch einen Freund.

Bevor wir den Wald verließen, legte Josi den Arm um mich und gab mir zum erstenmal einen Kuß. Und dann sagte er: ›Resi, im Frühjahr muß ich auf die Hotelfachschule. Du weißt, daß ich einmal das Hotel übernehmen muß. Vater will natürlich, daß ich eine gute Ausbildung bekomme. Später soll ich nach Wien und für eine Zeit auch nach Paris, um wegen der Fremden mein Französisch zu vervollkommnen. Auch spricht er davon, daß ich noch die internationale Küche und das Hotelwesen in England kennenlernen müsse.‹

Ich starrte ihn mit entsetzten Augen an. ›Aber, aber, Josi‹, stotterte ich schließlich, ›dann kommst du ja für lange Zeit nicht nach Hause?‹

›Damit wirst du dich abfinden müssen. Aber etwas anderes möchte ich dir noch sagen, Resi. Du weißt, daß es mir ernst ist. Ich will dich heiraten, und dann wirst du als meine Frau bei uns im Hotel sein. Dafür ist es nötig, daß du in unserer Branche eine Ausbildung erhältst. Du solltest unbedingt eine Zeitlang ebenfalls eine Hotelfachschule besuchen. Am liebsten natürlich die in Innsbruck. Ich kann jetzt noch nicht mit meinem Vater darüber sprechen, das wirst du verstehen. Er würde mich auslachen und sagen, ich solle erst einmal trocken hinter den Ohren werden. Dann aber – außerdem –‹ Ich merkte, daß er zögerte, weiterzusprechen. Aber ich war feinfühlig und hellhörig genug, um zu wissen, was er meinte. ›Nicht wahr, sag's ruhig, Josi – er würde auch nicht zulassen, daß du so ein armes Mädchen, wie ich es bin, heiratest.‹ Ich merkte, wie ich zu zittern begann. Tränen füllten meine Augen, und ich mußte mich beherrschen, um nicht loszuweinen.

Er mochte meinen Jammer spüren und versuchte mir Mut zu machen. ›Resi, jetzt darfst du nicht gleich verzweifeln. Meinst du nicht, du könntest einmal ganz offen mit deinen Eltern reden und sie fragen, ob sie es nicht doch erlauben würden, daß du die Hotelfachschule besuchst? Mir kommt gerade noch ein anderer Gedanke. Du könntest vielleicht in der nächsten Saison – nein, nicht erst im Sommer, sondern schon jetzt im Winter, wenn hier der Wintersport losgeht – in das Hotel meiner Eltern als Zimmermädchen kommen. Du siehst gut aus, bist geschickt – du würdest mit den Gästen umgehen können. In dieser Zeit kannst du dir verdienen, was du benötigst, wenn du nach Innsbruck kommst. Wir sagen meinem Vater noch nicht, daß wir uns lieben. Du wirst ihm gefallen, und wenn es dann soweit ist, daß wir darüber sprechen können, wird er bestimmt seine Einwilligung geben.‹

›Josi‹, schluchzte ich auf, ›du sagst, wenn es soweit ist! Es wird nie so weit kommen. Meine Mutter erlaubt es nicht, daß ich nach Innsbruck gehe, ebenso wie dein Vater nicht zugeben wird, daß du mich heiratest.‹

›Dich und keine andere!‹ beteuerte Josi aufs neue. ›Ich warte auf dich!‹

Damals fragte ich mich, wie es möglich ist, daß ein Menschenherz zur gleichen Zeit von himmelstürmendem Glück und von abgrundtiefer Traurigkeit erfüllt sein kann. Josi liebte mich, aber diese Liebe kam mir je länger desto hoffnungsloser vor.

Ich hielt es nicht aus, ich mußte mit einem Menschen darüber sprechen. Am nächsten Sonntag besuchte uns eine Verwandte meiner Mutter. Die beiden hatten sich so viel zu erzählen, daß ich unbemerkt das Haus verlassen konnte. Mariandl spielte mit der kleinen Monika bei Nachbarskindern. Dem Vater konnte ich einen Wink geben. Er folgte mir nach wenigen Minuten. Hier auf dieser Bank, auf der wir jetzt sitzen, sagte ich ihm mit fliegendem Atem: ›Der Josi Kleinert hat am vergangenen Sonntag mit mir gesprochen und mich gefragt, ob ich nicht während der Wintersaison und auch im Sommer, wenigstens in der Zeit, in der die meisten Gäste da sind, zu ihnen ins Hotel als Zimmermädchen kommen würde – und später vielleicht auf die Hotelfachschule in Innsbruck.‹ Ich konnte dem Vater nun doch nichts von unserer Liebe sagen. Wir waren es ja nicht gewöhnt, uns gegenseitig ins Herz blicken zu lassen. Mir war es einfach nicht möglich, mein Erleben mit Josi preiszugeben, nicht einmal dem Vater. Später, ja, vielleicht nach ein paar Jahren, nachdem ich in Innsbruck gewesen war. In diesem Augenblick klammerte ich mich mit der ganzen Hoffnung meines Herzens an diese Möglichkeit. ›Nicht wahr, Vater, ich darf gehen? Ihr erlaubt es mir. Ich möchte doch auch etwas lernen und Geld verdienen. Die Rosi und die Bärbel und die Fini, die dürfen alle als Zimmermädchen in die Hotels. Bitte, Vater, sprich mit der Mutter, sie soll mich gehen lassen.‹

Erst jetzt fiel mir auf, wie müde und besorgt der Vater aussah. Er stützte den Kopf in die Hände. Ein tiefer Seufzer entrang sich seiner Brust. Schließlich sah er mich wieder an und sagte: ›O meine Resi, wie gerne würde ich es dir erlauben. Tag für Tag wollte ich Überstunden machen, um dir zu dem nötigen Geld zu verhelfen. Aber sage selbst: Wie soll es hier ohne dich gehen?‹ Er zögerte, weiterzusprechen. Es schien ihm zu schwer zu sein. Schließlich stand er auf, nahm mich an der Hand und schlug vor, gemeinsam ein Stück zu gehen, hinüber in Richtung Wasserfall. Nach ein paar Schritten, als er sicher war, daß uns niemand hören konnte, vertraute er es mir an: ›Die Mutter erwartet wieder ein Kind.‹

Ich war keines Wortes fähig. Mariandl ging nun schon im

ersten Jahr zur Schule. Monika war endlich aus dem Gröbsten heraus, so daß ich mich nicht dauernd um sie kümmern mußte. Ich wurde siebzehn Jahre – und nun noch einmal ein Neugeborenes. Alle Arbeit, die mit diesem Kind zusammenhing, würde wieder auf meine Schultern gelegt werden. Also auch weiterhin keine Zeit für mich selbst, keine Möglichkeit mich weiterzubilden, etwas zu tun, was mich freute. Bis dieses zu erwartende Kind soweit war, daß es mich nicht mehr benötigte, hatte Josi natürlich seine Ausbildung in der Hotelfachschule längst hinter sich gebracht. Also keine Aussicht für mich auf eine Verdienstmöglichkeit im Hotel seines Vaters, und noch viel weniger die Möglichkeit, eine Schule zu besuchen.

Die Eltern hatten nur wenig Bargeld. Was der Vater als Verdienst heimbrachte, wurde im Haushalt und für dringende Anschaffungen benötigt und zum geringsten Teil für Notfälle auf die Sparkasse gebracht. Kein Gedanke daran, daß ich mit siebzehn Jahren ein Taschengeld erhielt. ›Du bekommst von uns, was du an Kleidern und Schuhen brauchst‹, sagte die Mutter in ihrer herben Art, ›und das genügt.‹ Wagte ich dann und wann zu sagen: ›Die Mizzi oder die Fini haben schon wieder ein neues Kleid oder neue Schuhe bekommen‹, dann antwortete sie mir. ›Vergleiche dich nicht immer mit den anderen. Du hast noch stets bekommen, was du nötig hattest.‹

Mutter merkte gar nicht, wie lange ich bereits mein einziges gutes Kleid trug. Hätte der Vater mir nicht dann und wann heimlich ein paar Groschen in die Hand gedrückt, wenn ich am Sonntag ins Dorf oder zur Kirche ging, ich hätte nie über einen eigenen Schilling verfügt. Der Gedanke, einmal Josi Kleinerts Frau zu werden, verblaßte immer mehr, und doch ließ ich ihn nicht los, sondern klammerte mich verzweifelt daran. Und wenn es Jahre dauerte: Aber würde er die Geduld aufbringen, so lange zu warten?

Das Kind wurde geboren: Toni, mein Bruder. Endlich der ersehnte Junge! Wir alle, natürlich auch ich, freuten uns an dem kleinen Kerl. Die Mutter aber schwebte lange Zeit zwischen Tod und Leben. Es war eine sehr schwere Geburt gewesen, von der sie sich viele Wochen nicht erholte. Um den Neugeborenen konnte sie sich überhaupt nicht kümmern. So blieb mir zu allem anderen auch noch die Arbeit im Stall. Ich mußte die Kühe melken, sie versorgen und säubern. Die Mutter besaß nämlich den Ehrgeiz, die gepflegtesten Tiere zu haben. Mir war klar, daß ich es ihr nie gut genug machen würde. Aber wie sollte ich nur mit der vielen Arbeit fertig werden?

Der Vater half mir, so viel er neben seiner anstrengenden Arbeit im Wald dazu imstande war. Oft sah er mich besorgt an. ›Schaffst du es denn überhaupt, Resi?‹ fragte er mehr als einmal. Noch immer mußte die Mutter liegen. Ihr, der Unruhigen, Arbeitsamen fiel das unendlich schwer. Sie war auch keine geduldige Kranke, so sehr ich mich bemühte, es ihr recht zu machen. Tagsüber kam ich nicht dazu, über meine eigene Situation nachzudenken. Die Kinder mußten versorgt werden, das Essen sollte zur rechten Zeit auf dem Tisch stehen. Die Fremden, die ihren Urlaub in unserem Haus zubrachten, mußten bedient und ihre Zimmer in Ordnung gehalten werden. Es war letztlich gut so. Wie hätte ich sonst mit alledem fertig werden sollen, was auf mir lastete? Im Grunde bin ich es nie – bis heute nicht. Vater erweiterte das Haus noch einmal um einige Zimmer. Wir brauchten das Geld dringend, das die Gäste einbrachten.

Immer seltener sahen Josi und ich uns. Dann ging er nach Frankreich, später nach England, und eines Tages war es soweit, wie ich es vorausgesehen hatte. Es kam ein Brief von ihm: ›Liebe Resi! Du darfst mir glauben, daß es mir sehr schwerfällt, Dir diesen Brief zu schreiben. Lange habe ich es mir überlegt, ob ich Dir das antun darf. Aber versuche mich zu verstehen. Es kann zwischen uns nicht länger so weitergehen. Wie Du mir gesagt hast, wird Deine Mutter Dich nicht freigeben. Ich kann mich auf solche Ungewißheit nicht weiterhin einlassen und sehe keinen anderen Weg, als daß wir Schluß miteinander machen . . .‹

Er hat noch mehr geschrieben. Er wollte mich trösten. Aber in mir war etwas zerbrochen. Kein Mensch hätte mich trösten können. Es nützte nichts, daß ich mir sagte, ich hätte dies längst kommen sehen. In mir war alles dunkel und trostlos. Mechanisch tat ich meine Arbeit. Ich war nicht mehr imstande, meiner

Mutter ein gutes Wort zu geben. Daß ich mich um unserer Gäste willen zusammennehmen und freundlich zu ihnen sein mußte, war mir klar. Aber alles andere tat ich lustlos. Deutlich merkte ich, daß in mir etwas erstarrte.

Als ich fünfundzwanzig Jahre alt war, brachten sie unseren Vater tot nach Hause. Er war beim Fällen eines Baumstammes von diesem erschlagen worden. Damals regte sich in mir nach langer Zeit zum ersten Mal ein Gefühl des Mitleids mit meiner Mutter. So hatte ich sie noch nie erlebt wie dort an der Bahre des Vaters. Sie, die immer kühl und abweisend wirkte, verzweifelte beinahe. Ihren wirr und unter Tränen gestammelten Worten entnahm ich, daß sie mehr an ihm gehangen hatte, als sie es jemals zeigte. Damals war Mariandl gerade aus der Schule entlassen worden. Monika war zehn Jahre und Toni acht Jahre alt. In jener Zeit kamen wenig Fremde ins Tannheimer Tal. Es war ja Krieg. Wir mußten noch mehr sparen als bisher. Der Verkauf der Milch unserer Kühe ergab wenigstens etwas Bargeld. Ich schlug der Mutter vor, Mariandl jetzt statt meiner im Haus zu beschäftigen und mich gehen zu lassen, damit ich mir irgendeine Arbeit verschaffte, um durch meinen Verdienst zum Unterhalt der Familie beitragen zu können. Wenn ich ehrlich bin, muß ich gestehen, daß es mir in erster Linie gar nicht darum ging. Ich wollte irgendwie die Fesseln sprengen, zu denen mir mein Alltag geworden war. Ich ertrug die Enge unseres kleinen Hauses nicht mehr, die mir durch den Anbau der Gästezimmer nur noch bedrückender vorkam. Ich wollte einfach nicht länger Hausmagd für alle sein: kochen, waschen, putzen, die Kinder versorgen, der noch immer kränklichen Mutter im Stall und auf den Wiesen zur Seite stehen. Ich versuchte sie davon zu überzeugen, daß Mariandl jetzt groß genug sei, meine Arbeit zu übernehmen. Sie war ebenso alt wie ich damals, als ich aus der Schule entlassen worden war. Ich würde in Reutte oder irgendwo im Lechtal eine Stelle finden. Das war nicht so weit, daß ich nicht alle paar Wochen nach Hause kommen konnte, um nach dem Rechten zu sehen.

Die Mutter ging auf nichts ein. ›Mariandl ist körperlich nicht so stark wie du. Die schafft die Arbeit nicht alleine. In Nesselwängle ist im Gemischtwaren-Laden eine Stelle ausgeschrieben. Dort kann sie Verkäuferin lernen. Wenn sie zuerst auch nur wenig verdient, so ist es für uns doch eine kleine Hilfe. Mit dem Geier Fritz kann sie jeden Morgen herunterfahren und am Abend wieder herauf. Er hat es für mich übernommen, mit dem Besitzer des Ladens zu sprechen. Der ist einverstanden. Mariandl kann am nächsten Ersten dort anfangen.‹

Ich war keines Wortes fähig. Nichts, gar nichts davon hatte die Mutter mit mir besprochen. Alles hatte sie hinter meinem Rücken abgemacht. Sie mochte wohl sehen, wie betroffen ich war und versuchte einzulenken: ›Nimm Vernunft an, Theres. Ich kann ohne dich einfach nicht fertig werden. Du weißt, es geht mir immer noch nicht gut. Mein Herz ist seit Tonis Geburt nicht in Ordnung. Die Arbeit wird mir oft fast zu viel. Dann die Fremden. Es sieht aus, als nähme der Fremdenverkehr langsam wieder zu. Du verstehst es, mit den Leuten umzugehen. Mariandl kann das nicht so wie du. Und dann der Toni. Er ist nun einmal ein wilder Bub. Die beiden Mädel werden mit ihm nicht fertig. Dir folgt er wenigstens einigermaßen. Vielleicht kann ich dich einmal fortlassen, wenn Mariandl die Lehre hinter sich hat. Dann wird sie imstande sein, deine Arbeit hier zu übernehmen.‹

Nun konnte ich nicht länger schweigen. Ich war sehr erregt, als ich die Mutter anschrie: ›So zerstörst du mir mein Leben, meine Jugend, meine Liebe!‹ Erschrocken hielt ich inne. Wie konnte ich der Mutter dies anvertrauen!

Sie stutzte: ›Was sagst du?‹ fragte sie und griff nach ihrem Herzen. ›Deine – Deine – Liebe? Was willst du damit sagen?‹

Nun konnte ich nicht mehr zurück. Laut weinte ich auf. ›Jahrelang hat der Joseph Kleinert auf mich gewartet. Er war fest entschlossen, mich zu heiraten. Aber du hast mich gar nicht angehört, wenn ich versuchte, mit dir darüber zu sprechen. Nun ist es zu spät. Nichts habe ich mehr zu erwarten als pausenlose Schufterei. Nie hast du danach gefragt, ob ich nicht auch Ansprüche an das Leben zu stellen habe. Wie hat der Lehrer dich gebeten, mich auf die höhere Schule gehen zu lassen, um noch etwas zu lernen. Wie gerne wäre ich Lehrerin geworden. Dann wollte der Josi, daß ich ins Hotel seines Vaters käme, um den Beruf von Grund auf zu erlernen und später noch auf die Hotelfachschule nach Innsbruck zu gehen. Es war sein felsenfester Entschluß, mich zu heiraten. Du hast mich nicht ernstgenommen, wenn ich wagte, dich darauf vorzubereiten, daß er mit dir und Vater darüber sprechen wollte.‹

Ich weiß nicht, was ich in meinem Schmerz und aus Enttäuschung meiner Mutter noch alles vorgeworfen hätte. Ich schrie sie an, ich zitterte am ganzen Körper, bis plötzlich ein Wehlaut aus ihrem Munde, der wie das Stöhnen eines verwundeten Tieres klang, mich zur Vernunft brachte. In diesem Augenblick sank die Mutter bewußtlos zu Boden. Keinen Augenblick hatte ich in meiner Empörung, in meinem hemmungslosen Schmerz an ihr krankes Herz gedacht. Jetzt kam ich zur Besinnung. Und wenn ich schon lange nicht mehr gebetet hatte, jetzt flehte ich in meinem Innern: ›Lieber Gott, nur das nicht! Nur das nicht! Laß die Mutter jetzt nicht sterben. Bewahre mich davor, mein ganzes Leben unter der Last zu stehen, an ihrem Tode schuld zu sein.‹

Mit ein paar Schritten war ich bei ihr, kniete neben ihr nieder, bettete ihren Kopf in meinen Schoß, rief die beiden Schwestern, die im Stall bei den Kühen beschäftigt waren, daß sie mir helfen sollten, die Mutter hinauf in ihre Schlafstube zu bringen, sobald sie wieder zu sich gekommen war. Zu allem Verzicht wollte ich bereit sein, wenn nur die Mutter am Leben bliebe.«

Frau Sternhalter griff zutiefst erschüttert nach der Hand, die Theresia in ihrem Schoß hielt. Sie war eiskalt. »Sprechen Sie jetzt nicht weiter«, bat sie. »Es erregt Sie zu sehr!«

Aber diese schüttelte den Kopf. »Warum sollen Sie nicht alles wissen, nachdem ich nun einmal begonnen habe, Ihnen Einblick in mein Leben zu geben.«

Sie fuhr fort: »So blieb ich eben daheim. Mutter mußte wegen ihres Herzens geschont werden. Nie wieder haben wir über Joseph Kleinert gesprochen, auch nicht, als er sich mit der Tochter eines Hotelbesitzers verheiratete. Nach außenhin merkte wohl keiner, wie sehr ich darunter litt. Aber auch der Groll gegen ihn, der mir beinahe wie ein Schutzpanzer meines Herzens vorkam, ließ meine Liebe zu ihm nicht erlöschen, obwohl ich nun wußte, daß sie hoffnungslos war.

Ich blieb also zu Hause, und wie Sie sehen, hat sich daran bis zum heutigen Tag nichts geändert. Ich erfülle meine Pflicht, so gut ich kann. Aber je länger desto mehr geschieht dies freud- und lustlos, wie es wohl nicht anders sein kann bei einem Menschen, der aufgehört hat zu hoffen. Nun erwarte ich nichts anderes mehr als den Tod. Nicht, daß ich ihn unbedingt herbeisehne. Wer stirbt denn schon gern? Jedes Tier hängt an seinem Leben. Aber ich habe mein Herz bewußt abgedrosselt. Ich weiß nicht, ob Sie verstehen, was ich damit sagen will. Ich erlaube ihm nicht mehr, sich nach irgend etwas zu sehnen und auf Unerfüllbares zu warten. Ja, Frau Sternhalter, auch so kann man leben. Aber manchmal frage ich mich doch, ob man solch ein Dasein wirklich Leben nennen kann.

Doch ich will Ihnen zu Ende erzählen. Mariandl wurde eine tüchtige Verkäuferin. Monika bekam nach ihrer Schulentlassung eine Lehrstelle in einer großen Firma in Reutte auf dem Büro. Toni, der erklärte Liebling meiner Mutter, wuchs ebenfalls heran, lernte leicht in der Schule, war aber unglaublich faul und interessenlos. Mutter hätte ihn zweifellos in die höhere Schule geschickt, denn für ihn war ihr nichts zu viel. Sie hatte sich in den Kopf gesetzt, daß aus ihm einmal etwas werden sollte. Aber er enttäuschte sie, indem er nicht lernte. Einmal mußte er sogar eine Klasse wiederholen. Es machte ihm nichts aus. Jeglicher Ehrgeiz und Strebersinn fehlte ihm. Die Mutter aber entschuldigte alles. ›Er ist ja noch so jung! Verstand und Einsicht werden schon noch kommen‹, waren ihre Argumente. Ich wagte nicht, ihr zu widersprechen. Seit jenem Tag, an dem sie durch meine Heftigkeit den schweren Herzanfall bekommen hatte, hütete ich mich, ihr unbeherrscht entgegenzutreten.

Wir lebten sozusagen verträglich nebeneinander her, taten uns nichts Böses, aber auch nichts Liebes an. Nie wieder war davon die Rede, daß ich mir eine Stelle suchen dürfe, wenn Mariandl ausgelernt habe. Jeder betrachtete es als selbstverständlich, daß ich weiter daheim blieb, kochte, putzte, nähte, flickte und die Gäste betreute. Die Gäste waren es, die mir schließlich mein Dasein einigermaßen erträglich werden ließen. Unter ihnen hatten wir etliche sehr wertvolle Menschen. Der Gedankenaustausch mit ihnen bereicherte mich. An dieser Stelle möchte ich auch Ihnen danken, Frau Sternhalter. Als Sie damals vor Jahren mit Ihren Kindern zu uns kamen, bedeutete das für mich mehr, als ich Ihnen sagen kann. Mir war, Sie ahnten etwas von dem, was sich in mir abspielte, auch wenn wir damals nie darüber gesprochen haben. Ich erkannte, wie tapfer sie waren, so allein mit ihren vier lebhaften Kindern. Ich bewunderte Sie, wie Sie immer so gleichbleibend und beherrscht waren und sich Zeit nahmen für Ihre beiden Buben und die zwei Mädchen. Die Wochen, in denen Sie bei uns waren, ließen mich wenigstens für kurze Zeit meinen Kummer vergessen.

Hin und wieder besuchte ich am Sonntag auch den Gottesdienst, aber er bedeutete mir nichts mehr. Er ließ mich innerlich kalt. Ich genügte nur einer mir anerzogenen Pflicht. Als unser alter Pfarrer noch lebte, besuchte er uns von Zeit zu Zeit. Mutters Herzleiden nahm zu. Der Weg ins Dorf strengte sie zu sehr an, so daß sie kaum noch zur Messe gehen konnte. Der Pfarrer, der mich von meiner Kindheit an kannte, sagte bekümmert zu mir: ›Theresia, du läßt dich so selten in der Kirche sehen. Das macht mir Sorgen.‹ Ich achtete ihn sehr. Ihm zuliebe ging ich dann ein paarmal zur Messe. Als nach seinem Tod ein neuer Pfarrer kam, kümmerte der sich nicht darum, ob ich unter der Kanzel saß oder nicht. Nur selten schaute er nach der Mutter.

So verging die Zeit. Mariandl heiratete mit zweiundzwanzig Jahren einen fleißigen Handwerker. Sie bekam vier Kinder und hatte mit diesen und ihrem Haushalt zu tun. Jetzt sind drei ihrer Kinder auch schon bald erwachsen. Sie hat gewiß kein bequemes Leben. Aber es gab Augenblicke, in denen ich sie beneidete. Sie weiß, wofür sie lebt.

Monika hat ein schweres Los. Sie lernte in ihrer Firma in Reutte einen tüchtigen Angestellten kennen. Der wollte sie heiraten. Kurz vor ihrem geplanten Hochzeitstag verunglückten beide auf einer Autofahrt. Er war sofort tot. Sie lag tagelang bewußtlos im Krankenhaus. Als sie zu sich kam, mußte sie erfahren, daß sie querschnittgelähmt war. Sie verlor aus Verzweiflung fast den Verstand, und es dauerte lange, bis sie den Tod ihres Verlobten auch nur einigermaßen überwunden hatte. Nun lebt sie von einer kleinen Rente. Im Haus entfernter Verwandter hat sie in Tannheim eine bescheidene Wohnung bekommen. Lange Zeit war sie schwermütig und verzweifelte fast an ihrem Leben. Zurück nach Hause wollte sie nicht. ›Die Mutter erträgt es nicht, mich untätig herumsitzen zu sehen!‹ behauptete sie. Ihr früherer Chef, der sie und ihren Verlobten sehr geschätzt hatte, vermittelt ihr Schreibarbeit, durch die sie ihr bescheidenes Einkommen ein wenig verbessern kann. Aber sie wird den Gedanken nicht los, daß er ihr Almosen gibt, aus lauter Mitleid über ihr Schicksal. Vielleicht fühlt er sich – natürlich unnötigerweise – irgendwie mitschuldig. Das Unglück geschah, als Monikas Bräutigam auf einer Geschäftsfahrt war und sie ihn begleitete. Mit der Zeit hat sie es gelernt, sich nicht nur in der Wohnung, sondern auch auf der Straße in ihrem Rollstuhl vorwärts zu bewegen. Auch sie erwartet nichts mehr vom Leben. Schon oft hat sie von Selbstmord gesprochen, und ich werde die Angst nicht los, daß es wirklich einmal dahin kommen könnte. Wohl sehe ich nach ihr, wenn ich zum Einkaufen ins Dorf komme, aber helfen kann ich ihr nicht. Womit auch? In mir selbst ist nichts mehr vorhanden, das Monika aufheitern oder ermutigen könnte.

Ach Frau Sternhalter, es kommt mir alles so sinnlos vor. Mit Toni haben wir bisher nichts Erfreuliches erlebt. Aus der Schule entlassen, wußte er lange Zeit nicht, für welchen Beruf er sich entscheiden sollte. Wenn ich mich darüber ärgerte, daß er zu Hause herumlungerte und nicht einmal Lust hatte, der Mutter bei ihrer Arbeit im Stall oder auf den Wiesen zur Hand zu gehen, nahm sie ihn ständig in Schutz: ›Laß ihm Zeit. Er wird eines Tages schon wissen, welcher Beruf für ihn richtig ist!‹ Oft gab sie ihm heimlich Geld, damit er sich etwas leisten konnte, wenn er sonntags mit seinen Freunden zum Schützenfest oder zu anderen Vergnügungen ging. Bitterkeit stieg in mir hoch, wenn ich mich daran erinnerte, daß ich in seinem Alter nicht das geringste Taschengeld bekommen und auf alles hatte verzichten müssen, worüber sich meine Altersgenossinnen freuten.

Toni war noch keine sechzehn Jahre alt, als er bereits einige Male angetrunken nach Hause kam. Ich wußte, daß sich die Mutter um ihn sorgte, aber sie hätte es mir nicht eingestanden. In mir aber empörte sich alles über meinen Bruder, der es mit ansehen konnte, daß sie sich trotz ihres Herzleidens nicht schonte und ihm von ihrem wenigen, beiseite gelegten Geld immer wieder heimlich etwas zusteckte. Eines Tages erklärte er, er wolle Koch werden. Er bekam auch eine Lehrstelle, wurde jedoch nach der Probezeit wegen Unzuverlässigkeit wieder entlassen. Bei seiner zweiten Stelle ging es ihm ähnlich. Endlich bei der dritten klappte es. Er hatte sich in den Kopf gesetzt, Schiffskoch zu werden und schwärmte davon, auf diese Weise die Welt kennenzulernen. Er setzte es durch, daß ihn die Mutter nach Innsbruck auf die Schule schickte. Eine Zeitlang sah es so aus, als habe er sich gefangen. Seine hochfliegenden Pläne brachten ihn sogar dazu, Sprachunterricht zu nehmen. Mindestens Englisch und Französisch wollte er beherrschen, um sich in den verschiedenen Ländern verständigen zu können. Ein paar Jahre gingen dahin. Er bekam eine gute Stelle als Koch in Wien. Daß die Mutter sich nach ihm sehnte und ihn trotz allem, was er ihr schon angetan hatte, vermißte, sagte sie mir nie. Aber sie war glücklich, wenn er dann und wann für ein paar Tage nach Hause kam. Dann spielte er sich als feiner Herr auf und hielt seine ehemaligen Schulkameraden in großtuerischer Weise frei, wenn er mit ihnen die Abende in einem Weinlokal verbrachte. Geld schien er genug zu haben. Doch nie dachte er daran, der Mutter etwas zu geben. Schon nach wenigen Tagen fuhr er in seinem Wagen, den er sich bald angeschafft hatte, wieder fort.

›Bei euch ist es mir zu eng und zu primitiv‹, sagte er. ›Die kleinen Stuben erdrücken mich. Da solltet ihr mal die großartigen Räume in meinem Hotel sehen.‹ Er tat, als sei er persönlich der Besitzer. Nach einem halben Jahr hatte er aber an allem dort etwas auszusetzen. Der Chef taugte nichts, sein Gehalt war nicht ausreichend, man wußte seine Leistungen nicht zu schätzen. Einige Zeit später gab er eine andere Adresse als Arbeitsplatz an. Auf Umwegen erfuhren wir, daß man ihn im Hotel entlassen hatte. Anstatt seine Pflicht zu erfüllen, hatte er sich im Spielkasino herumgetrieben und Schulden über Schulden gemacht. Bald war er auch nicht mehr am zweiten Platz in Wien. Wieder einmal arbeitslos, kam er für einige Wochen nach Hause, gab vor, krank zu sein und vom Arzt dringend Erholung verordnet bekommen zu haben. Wer hätte das prüfen sollen? Die Mutter glaubte ihm, war voller Mitleid und verwöhnte ihn weiter. Von seiner angeblichen Krankheit war nichts zu merken. Bald war es ihm aber wieder zu eng in unserem Haus, und nach einem Gespräch, das ich mit ihm hatte und in dem ich ihm vorwarf, nicht das geringste zur Entlastung der Mutter zu tun, fuhr er wieder zurück nach Wien. Er sagte der Mutter, es sei für ihn eine Kleinigkeit, eine neue Stelle in einem erstklassigen Hotel zu bekommen.

Längere Zeit hörten wir nichts von ihm. Die Mutter sorgte sich unsagbar. Sie konnte nur wenig essen, lag nachts oft schlaflos im Bett und kam am nächsten Morgen übernächtigt aus ihrer Stube. Ein paarmal versuchte ich, sie daraufhin anzusprechen: ›Mutter, ich weiß, wie du dich um Toni quälst. Aber er ist jetzt alt genug, sein Leben selbst in die Hand zu nehmen. Du kannst ihn weder ändern noch in seinem Tun beeinflussen.‹ Dann gab sie entweder keine Antwort, oder sie warf mir vor: ›Du hast noch nie Geduld mit ihm gehabt und immer nur seine Fehler gesehen.‹ Weil ich wieder einen ihrer Herzanfälle befürchtete und sie auf keinen Fall erregen wollte, schwieg ich zu ihren Anschuldigungen. So lebten wir beide, Mutter und Tochter, beieinander, bedrückt und freudlos. Meine Besuche bei Monika, die ich immer wieder in Schwermut antraf, dienten bei meiner eigenen inneren Verfassung nicht dazu, sie aufzurichten. Ich mußte alle Kräfte anwenden, um sie aufzuheitern, was mir aber nur selten gelang.

Eines Tages stand Toni wieder einmal vor der Tür und brachte ein modisch gekleidetes, sehr oberflächlich wirkendes Mädchen mit. Er stellte sie uns als seine Braut vor und sagte, sie seien gekommen, um uns zu ihrer Hochzeit einzuladen. Sie saßen kaum in unserer Wohnstube, als Käti – so hatte er sie uns vorgestellt – sich eine Zigarette anzündete und interessiert um sich blickte.

›Ihr habt es aber schön hier!‹ sagte sie unbefangen. ›Was machst du denn den ganzen Tag?‹ fragte sie mich. Scheinbar betrachtete sie mich bereits als ihre Schwägerin. ›Habt ihr keinen Cognac oder etwas ähnliches im Haus?‹

Toni schien nun doch peinlich berührt zu sein. Erklärend sagte er: ›Sie ist es gewohnt. Sie haben in Wien eine Speisegaststätte – toller Betrieb. Ich bin dort als Koch angestellt, und wir werden, wenn der alte Herr nicht mehr kann, den ganzen Laden übernehmen, nicht wahr, Schatz?‹

Strahlend nickte sie ihm zu.

Wir hatten keinen Cognac, mit dem wir die Braut Tonis erfreuen konnten. Ein Glas Wein, das ich ihr anbot, nannte sie billig und ungenießbar. Nach zwei Stunden verabschiedeten sich die beiden, Toni mit der Begründung, daß er im Geschäft unabkömmlich sei und den Schwiegervater nicht so lange allein lassen könne. Am anderen Tag begegnete Mariandl den beiden in Reutte. Toni gebot ihr Stillschweigen der Mutter und mir gegenüber, weil wir der Meinung seien, sie hätten schon am Tag vorher die Heimfahrt angetreten. Auf uns beide hatte sich eine neue Last gelegt. Das Mädchen, das Toni uns als seine Braut vorgestellt hatte, machte noch einen oberflächlicheren Eindruck als er selbst. Das konnte doch nicht gut gehen!

Einige Wochen später traf eine protzige Heiratsanzeige ein. Wir wurden nun schriftlich zur Hochzeit eingeladen. Die Mutter war ganz aufgeregt. Nie vorher war sie in Wien gewesen. Und dann die Hochzeit ihres einziges Sohnes! Ich hätte am liebsten abgesagt. Doch konnte ich die Mutter nicht alleine reisen lassen. Ich versuchte ihr klarzumachen, daß es für sie viel zu anstrengend sei. Wegen ihres Herzens war sie schon länger nicht einmal ins Dorf zur sonntäglichen Messe oder zu Monika gegangen. Aber sie bestand darauf, nach Wien zu fahren. Ich erklärte ihr, daß alle Gästezimmer belegt seien und ich die Fremden doch nicht unversorgt lassen könne. Auch da wußte sie einen Ausweg. Die Nachbarin würde sicher bereit sein, an zwei Tagen den Gästen das Frühstück zu bereiten und ihnen die Betten zu machen. ›Und wenn du dich weigerst‹, schloß sie das Gespräch, ›fahre ich ohne dich.‹

So reiste ich denn mit ihr nach Wien. Toni holte uns am Bahnhof ab. ›Was, Mutter, in einem solchen Kleid kommst du? Das kannst du dir wegen unserer Gäste nicht leisten. Jeder sieht von weitem, daß du vom Land bist.‹ Vorwurfsvoll wandte er sich an mich: ›Hättest du denn nicht dafür sorgen können, daß Mutter ein neues Kleid bekommt? Soviel Geld werdet ihr doch noch haben.‹

Ich erklärte ihm, daß es Mutters bestes Kleid sei, das sie immer geschont habe und nur bei besonderen Anlässen trage.

›Es ist reine Seide!‹ ergänzte Mutter und sah enttäuscht an ihrem schwarzen Kleid herunter, ihrem allerbesten Stück.

›Wenn ich mich im Augenblick nicht ziemlich verausgabt hätte‹, behauptete Toni, ›würde ich darauf bestehen, daß wir auf der Stelle ein neues Kleid kaufen.‹ Mit einem Blick auf mich fügte er hinzu: ›Du siehst auch nicht viel besser aus als sie.‹ Ich konnte mich nicht enthalten, ihm zu antworten: ›Ich glaube nicht, daß Mutter dein eventuelles Angebot, sie neu einzukleiden, überhaupt annehmen würde. Sie findet ihr Kleid sehr gut und zu einem festlichen Anlaß passend. Was mein Kleid betrifft, so mache ich dir damit bestimmt keine Schande. Außerdem solltest du noch von früher her wissen, daß Geld bei uns immer ein rarer Artikel war.‹ Toni warf mir einen giftigen Blick zu. Die Mutter stieß mich an: ›So streitet doch nicht am heutigen Tag!‹ Sie mußte aber auch erst ihre Enttäuschung unter die Füße bringen, als Toni uns in eine enge Gasse, in der Nähe der Maria-Hilf-Straße brachte und vor einem unansehnlichen Haus auf eine Gaststätte deutete: ›So, da wären wir! Das ist die Speisewirtschaft meines Schwiegervaters.‹

Ein aufdringlicher Geruch von verbranntem Fett machte sich bemerkbar. Einige Stufen führten in dem schmalen Treppenhaus zur Gaststube hinauf, an deren Tür ein Plakat hing: Wegen Familienfeier heute geschlossen. In dem Raum, den wir dann betraten, befanden sich bereits eine Anzahl Hochzeitsgäste, die den Eindruck machten, als hätten sie schon vor der kirchlichen Trauung reichlich Alkohol zu sich genommen. Der Wirt, Kätis Vater, begrüßte uns mit gerötetem Gesicht, legte den Arm vertraulich um meine Mutter und versuchte mir die Wangen zu tätscheln, was ich aber zu verhüten wußte, indem ich ein paar Schritte zurücktrat.

›Wir sagen gleich Du zueinander‹, bestimmte er. ›Wir sind nun doch verwandt.‹

›Komm her, Mizzi‹, rief er seiner Frau zu, ›und begrüße deine Gegenschwiegermutter und Tonis Schwester.‹ Eine stark geschminkte, üppige Frau trat herzu und küßte meine Mutter schallend auf beide Wangen. Ich muß wohl ziemlich reserviert ausgesehen haben, so daß sie es bei mir nicht wagte. Toni kam mit Käti, die ein tief ausgeschnittenes Brautkleid trug, eine Zigarette in der Hand hielt und uns und den übrigen Hochzeitsgästen Sekt reichte.

›Auf das Wohl unseres Brautpaars!‹ rief der Wirt. Lachend und gröhlend hob man die Gläser. In der Stephanskirche, wo die Trauung stattfand, saß Mutter und weinte unaufhörlich.

Ich hörte Käti ihren soeben angetrauten Mann fragen: ›Warum weint deine Mutter bloß die ganze Zeit? Schließlich ist dies doch keine Leichenfeier.‹

›Sie weint, weil sie von unserem Fest so bewegt ist‹, erwiderte er.

Am liebsten hätte ich die Mutter genommen und wäre mit ihr sofort wieder ins Tannheimer Tal gefahren. Aber das mußte nun durchgestanden werden. Beim Festessen aß die Mutter nur wenig. Immer lauter ging es zu, immer gewagter wurden die Tischreden und die einander folgenden Witze, über die alle Anwesenden amüsiert lachten und die Frauen und Mädchen laut kreischten. Am Abend, es war kurz vor zehn Uhr, sagte die Mutter: ›Bring mich heim, Theres. Es wird mir zuviel. Ich halt es nicht länger aus!‹ Sie sah erschreckend bleich und todunglücklich aus. ›Aber Mutter‹, gab ich zu bedenken, ›um diese Zeit können wir nicht mehr nach Hause fahren. Da bekommen wir keinen Anschluß mehr. Erst morgen in aller Frühe wird es möglich sein. Ich will Toni fragen, wo wir über Nacht bleiben können. Dann ziehen wir uns gleich zurück.‹

Er war ärgerlich. ›Was? Jetzt schon? Nun fängt es doch erst an, richtig lustig zu werden. Und es geht die ganze Nacht durch.‹

›Aber du hast dir doch nicht vorgestellt, daß Mutter das durchhält mit ihrem kranken Herzen?‹

›Darüber habe ich mir keine Gedanken gemacht‹, erwiderte er lässig. ›Aber ich will mal mit meiner Schwiegermutter reden. Die wird ohnehin in dieser Nacht nicht zur Ruhe kommen. Sicher erlaubt sie Mutter, daß sie sich in ihr Schlafzimmer legt.‹

Es stellte sich heraus, daß auch diese beiden sich ebensowenig darum gekümmert hatten, wo wir die Nacht zubringen könnten. ›Natürlich kann sie sich in unser Zimmer legen, aber vorbereitet habe ich nichts – bei all der Arbeit, die ich für diesen Tag zu bewältigen hatte. Du mußt wissen‹, erklärte die Frau mir, ›wir haben jeden Mittag an die hundert Gäste zum Essen.‹ Ich bezweifelte, daß ich dies glauben konnte.

Kurz entschlossen bat ich Toni, in einem Hotel in Bahnhofsnähe anzurufen und für Mutter und mich ein Zimmer zu bestellen, damit wir am nächsten Morgen mit dem ersten Zug wieder abreisen könnten.

So geschah es dann auch. Zwar habe ich in jener Nacht keine Minute schlafen können. Auch Mutter wälzte sich unruhig hin und her und bat immer wieder nur eins: ›Bring mich heim, Theres, bring mich nach Hause! Ich habe nicht gewußt, wie schrecklich Wien sei.‹ Ich machte gar nicht den Versuch, ihr zu erklären, daß das, was sie heute erlebt hatte, nicht unbedingt Wien ist. Sie wäre doch nicht zu überzeugen gewesen. In aller Frühe standen wir am nächsten Morgen auf und benutzten die erste Möglichkeit zur Heimfahrt.

Seit diesem Erlebnis welkte die Mutter hin. Als Toni aber nach einem Jahr wieder mit Sack und Pack – es war wenig genug, was er noch besaß – nach Hause zurückkehrte, nahm sie auch dies schweigend hin. Er klagte seine Frau empört an, sie sei mit einem anderen durchgegangen. Der Schwiegervater habe ihm die Tür gewiesen und er werde sich scheiden lassen. Von diesem treulosen Weibsbild und der ganzen übrigen Bande wolle er nichts mehr wissen. Durch das stundenlange Stehen in der Küche des Speiserestaurants habe er sich ein schweres Bandscheibenleiden zugezogen und sei jetzt endgültig fertig mit Wien. Er bleibe jetzt für immer daheim.

Ich stellte ihn am nächsten Abend, nachdem Mutter schon zu Bett gegangen war, zur Rede: ›Toni, wie denkst dur dir das eigentlich? Wovon willst du leben? Du kannst doch in deinem Alter nicht hier herumsitzen und dich von Mutter und mir unterhalten lassen.‹ Er erklärte mir, daß dies Haus ebensogut seine Heimat sei wie die meine. Er werde sich schon irgendwann und irgendwo Arbeit suchen. Aber als kranker Mann habe er ein Recht zu erwarten, daß man ihn daheim aufnehme und verpflege.

Frau Sternhalter, nun bin ich beinahe am Ende meines Berichts. Seitdem ist Toni wieder hier bei mir. Mutter lebte nicht mehr lange. Ich glaube, sie ist an gebrochenem Herzen gestorben, nachdem Toni, von dem sie so große Stücke gehalten hatte, auf der ganzen Linie versagte.

Bevor Mutter uns für immer verließ, beschwor sie mich, auch weiterhin für Toni da zu sein. ›Er ist so wankelmütig, so oberflächlich. Er geht ohne dich zugrunde. Du mußt ihm Halt und Stütze sein. Versprich mir das, Theres, sonst kann ich nicht ruhig sterben.‹ In mir stieg es heiß und bitter auf. Jetzt auf einmal erkannte sie, was ich schon seit Jahren vorausgesagt hatte. Als Toni noch ein Kind war, hatte ich sie gewarnt, ihm jeden Wunsch zu erfüllen und für alles, was er anstellte, eine Entschuldigung zu finden. Immer waren die anderen, nie er selbst schuld. Und nun verlangt sie, daß ich mein Leben, das bis dahin ohnehin schwer genug gewesen war, an ihn kette! Hatte ich nicht schon genug Verzicht geübt?

Flehend und angstvoll waren die Augen der Mutter auf mich gerichtet. Nein, ich konnte ihre letzte Bitte nicht abschlagen. So rang ich mich zu einem neuen Verzicht durch und sagte: ›Ich verspreche dir, Mutter, die Tür unseres Hauses immer für Toni offenzuhalten. Er soll wissen, daß er hier seine Heimat hat. Nur wenn es sein eigener Wunsch ist, fortzugehen, werde ich ihn ziehen lassen. Ich selbst werde ihm nie die Tür weisen.‹

Da wurde die Mutter ruhiger. ›Sei gut zu ihm!‹ Das war eins ihrer letzten Worte.

Seitdem sind fünf Jahre vergangen. Toni ist inzwischen neununddreißig Jahre alt geworden. Mit kurzen Ausnahmen lebt er hier bei mir. Manchmal, wenn er die Enge unseres gemeinsamen Daseins nicht mehr erträgt, verschwindet er, ohne mir zu sagen, wohin er geht, wovon er lebt, und was er treibt. Gewöhnlich kommt er aber nach wenigen Wochen zurück, heruntergekommen und entkräftet. Dann stürzt er sich wie ein hungriger Wolf auf das Essen, das ich ihm vorsetze, schläft Tag und Nacht in tiefer Erschöpfung und tut nachher, als sei nichts gewesen. Ich habe aufgehört, ihn zu fragen, wo er sich herumgetrieben und wovon er gelebt hat. Ich weiß, ich erfahre doch nicht die Wahrheit. Tage und Wochen sitzt er dann zu Hause herum und behauptet, seines Bandscheibenleidens wegen nicht arbeiten zu können. Wenn er dann längere Zeit ohne jeden Groschen ist, sucht er sich irgendwelche Gelegenheitsarbeit als Kellner, als Hausbursche. Dann und wann findet er auch für kurze Zeit aushilfsweise eine Anstellung als Koch. Hat er etwas Geld verdient, so verschwindet er meistens über das Wochenende und kommt angetrunken zu mir zurück. Oft verlangt er auch Geld von mir, aber da bin ich konsequent. Ich halte ihm sein Zimmer in Ordnung, ebenso seine Kleider, wasche seine Wäsche und sorge dafür, daß er täglich genügend zu essen hat. Aber Geld gebe ich ihm nicht. Das würde nur seinen Leichtsinn stärken.

Unsere Kühe habe ich verkauft. Wer sollte sie versorgen? Toni weigerte sich strikt. ›Ich bin kein Stallknecht!‹ erwiderte er, als ich ihm vorschlug, Mutters Arbeit zu übernehmen: den Stall, das Vieh, die Milchwirtschaft. Es wäre für ihn eine Existenzgrundlage gewesen. Hohnlachend lehnte er es ab. ›Wofür habe ich Englisch und Französisch gelernt? Soll ich mich vielleicht mit dem Vieh in diesen Sprachen unterhalten? So mußte ich mich schweren Herzens entschließen, die Tiere abzugeben. Die Wiesen und Hochweiden habe ich verpachtet. Ach, Frau Sternhalter, das hört sich alles so leicht an. Niemand ahnt, was mich dieser Entschluß gekostet hat. Er kam mir wie ein Verrat an meinen Eltern vor, die Jahrzehnte ihres Lebens mit Sorgfalt und Fleiß die Kühe versorgt und die Milchwirtschaft betrieben haben, wie es hier so üblich ist.

Toni hätte, wenn er zu dieser Arbeit bereit gewesen wäre, sich ein neues Leben aufbauen können. Nun verbringt er seine Tage gereizt und in Unzufriedenheit. Das ist ja auch kein Wunder. Seine Wut läßt er manchmal an unseren Haustieren aus, indem er nach meinen zwei Katzen mit Steinen wirft oder unsern Hund mit Füßen tritt. Deswegen hat es zwischen uns schon manchen Zusammenstoß gegeben. Es gibt allerdings auch Tage, an denen überkommt ihn das heulende Elend. Dann sitzt er herum, stiert vor sich hin und jammert, daß sein Leben verpfuscht sei.

Ich frage Sie, Frau Sternhalter, ist es ein Wunder, wenn ich oft niedergeschlagen und freudlos wirke? Mein Leben spielt sich ab zwischen der mich oft sehr belastenden Verpflichtung meinem Bruder gegenüber, die meine sterbende Mutter auf mich gelegt hat, und den Besuchen bei meiner gelähmten, schwermütigen Schwester, von der ich auch immer sehr niedergeschlagen zurückkehre.«

»Sie haben vergessen, Ihre Gäste zu nennen«, wagte Frau Sternhalter einen Einwand. »Der Umgang mit ihnen bringt Ihnen doch, wie Sie mir selbst sagten, manche Freude und Ablenkung, vielleicht auch Anregungen. Ist es nicht so?«

»Doch«, gab Theresia nach einigem Zögern zu. »Aber Sie sind nicht imstande, mir meine Lasten abzunehmen und die bestehende Situation zu ändern. Immer wieder lebe ich in Angst, Tonis unbeherrschtes Benehmen könnte die Gäste vertreiben. Zu wem kann ich sonst auch über all diesen Jammer reden? Die meisten Fremden, die zu mir kommen, sind taktvoll und sprechen mich darauf nicht an. Einigen konnte oder mußte ich schon gewisse erklärende Worte sagen, was mir immer sehr peinlich war. Aber zu keinem habe ich je so offen und uneingeschränkt reden können wie zu Ihnen. Ich danke Ihnen, Frau Sternhalter, daß Sie mir so geduldig zugehört haben.«

Theresia war aufgestanden, und auch Frau Sternhalter erhob sich. Sie ergriff beide Hände der vor ihr Stehenden. Mit bewegter Stimme sagte sie: »O Theresia, wenn ich Ihnen doch helfen könnte!«

»Mir helfen?« entgegnete diese nicht ohne Bitterkeit. »Mir kann niemand helfen. Es ist alles sinnlos. Ein Leben wie ich es führe, lohnt sich nicht.«

Zu gerne hätte Renate ihr ein tröstendes Wort gesagt, etwas, was sie ermutigte und wodurch sie neue Lebenshoffnung schöpfen konnte. Aber sie fühlte sich selbst nach all dem Gehörten wie ausgelaugt. Ihr war klar, daß billiger Trost und fromme Worte hier nicht am Platz waren, sondern das Gegenteil bewirken würden. Außerdem war es spät geworden. Sie mußte gehen und ihre Sachen packen für die Abreise am anderen Tag. Aber es drängte sie, doch noch zu sagen: »Theresia, ich weiß, es bedeutet Ihnen nichts mehr, wenn ich Ihnen verspreche, ich werde für Sie beten. Gott kann auch in Ihrem Leben noch eine Tür auftun. Wenn Sie es doch wieder versuchen wollten, sich mit Ihrer Not an ihn zu wenden!«

»Was sollte das für einen Sinn haben?« fragte Theresia und schüttelte ablehnend den Kopf. »Um eins möchte ich Sie aber bitten, Frau Sternhalter. Kommen Sie wieder. Ihr Hiersein hat mir viel bedeutet. Schon Ihr warmherziges Interesse an meinem Schicksal tat mir wohl, wenn daran auch nie mehr etwas zu ändern ist.«

In großer Traurigkeit ging Renate auf ihr Zimmer. Wie klein kamen ihr die eigenen Kümmernisse vor im Vergleich zu dem, was das Leben Theresias beschwerte.

Aber waren ihre Nöte wirklich so klein? Lag der Unterschied nicht darin, daß sie das Wort kannte und danach lebte: Zuflucht ist bei dem alten Gott und unter den ewigen Armen!

Am anderen Morgen kam Siegfried, Frau Sternhalters Ältester, mit seinem großen Wagen, um die Mutter abzuholen.

»Du siehst prächtig erholt aus«, rief er, als diese aus dem Haus trat, um ihn zu begrüßen. Sie mußte ein wenig lächeln. Ihr Sohn hatte es ja wirklich nicht nötig, ihr Komplimente zu machen. Außerdem entsprach es nicht der Wahrheit. Sie hatte fast die ganze Nacht kein Auge zugetan und war selbst erschrocken, als sie sich heute früh im Spiegel betrachtete. Theresias Lebensbericht hatte sie innerlich aufgewühlt. Immer wieder war die Frage aufgetaucht, wie sie ihr helfen und was sie für sie tun konnte.

Aber nun war ihr Junge da, ihr großer Sohn! Er überragte sie um mehr als Kopfeslänge und sah gut aus, ja richtig elegant.

Inzwischen war auch Theresia aus dem Haus getreten. Mit fragendem Blick trat sie auf Siegfried zu. Nein, wie der sich herausgemacht hatte! Sie hätte ihn nicht erkannt, wenn sie nicht gewußt hätte, daß er kommen würde, um die Mutter zu holen.

»Herr Sternhalter!« sagte sie in freudiger Überraschung. »Wie haben Sie sich verändert! Einen kurzen Augenblick mußte ich mich besinnen, ob Sie es wirklich sind!«

»Sie sahen mich sicher in der Erinnerung. Mutter, wie lange ist es her, daß wir zuletzt unsere Ferien hier zubrachten?«

»Bald fünfundzwanzig Jahre.«

»Nicht zu glauben. Aber Sie, Fräulein Morlock, haben sich kaum verändert. Sie sind noch immer so hübsch und anziehend wie damals.«

»Sie sind ein Schmeichler.«

»Wissen Sie überhaupt, daß ich mich damals in unserem ersten Urlaub in Sie verliebt hatte? Ich muß dreizehn Jahre alt gewesen sein und wagte natürlich nicht, Ihnen das zu sagen. Aber ich nahm mir vor, daß meine zukünftige Frau einmal nichts anderes tragen dürfe als österreichische Dirndl. Sie sahen darin immer so appetitlich aus – hier sagt man fesch, nicht wahr? Direkt zum Anbeißen.«

Theresia errötete, und Frau Sternhalter tadelte ihren Sohn. »Aber Siegfried, du bringst sie ja direkt in Verlegenheit.«

»Sie wird doch noch Spaß verstehen«, lachte er, hakte sich bei der Mutter ein und legte den anderen Arm um Theresias Schulter. »Wo ist das Gepäck, Mutter? Ich nehme an, du bist abfahrbereit?«

»Ich meine, Sie sollten nicht gleich zurückfahren«, sagte Theresia. »Mindestens eine Tasse Kaffee sollten Sie trinken. Er ist sofort zubereitet. Wir besitzen jetzt nämlich auch eine elektrische Kaffeemaschine«, berichtete sie nicht ganz ohne Stolz. »Ein bisserl müssen wir uns den anderen Häusern schon anpassen, wenn wir auch sonst nicht mit ihnen Schritt halten können. Und frischgebackenes Brot ist auch da, mit Butter und Rauchfleisch. Wissen Sie noch, daß Sie das als Bub so gern aßen?«

»O ja, daran erinnere ich mich gut. Aber dazu hätte ich lieber einen Tee oder was noch schöner wäre, ein Bier.«

»Beides können Sie haben. Wenn Sie Ihrer Mutter die beiden Koffer schon ins Auto tragen möchten, dann brauchen Sie nachher nicht allzulange warten.«

»Großartig! Ther – äh, Fräulein Morlock, es fehlt nicht viel, und ich verliebe mich aufs neue in Sie!«

Sie hob drohend den Finger und verschwand in der Küche. Im Wohnzimmer hatte sie bereits den Tisch gedeckt.

»Sauber wie schon damals«, lobte Siegfried, als er wenige Minuten später mit seiner Mutter den Raum betrat. »Sogar ein Strauß Wiesenenzian steht da. Ich erinnere mich, die blühten doch drüben am Hang, ebenso die kleinen rosa Mehlprimeln. Und Trollblumen haben wir auch öfter gefunden. Weißt du noch, Mutter?«

Sie nickte, und Theresia wunderte sich, daß er sich daran noch erinnerte.

»Am unvergeßlichsten ist mir unsere verrückte Bergtour«, fuhr Siegfried fort. »Wissen Sie noch, Fräulein Morlock? Hätten Sie nicht alle solche Todesängste um uns ausgestanden, der Toni und ich hätten bei unserer nächtlichen Rückkehr wohl eine ordentliche Tracht Prügel bekommen. Ist es nicht so?« Er wartete keine Antwort ab und fragte, während er mit großem Appetit zugriff: »Was ist eigentlich aus dem Toni geworden und aus Ihren beiden Schwestern?«

»Das kann Ihnen Ihre Mutter, wenn sie will, erzählen«, gab Theresia ausweichend zur Antwort.

»Wolltest du nicht gleich wieder aufbrechen?« mahnte Frau Sternhalter.

»Du hast recht. Aber weißt du, solch ein gutes Brot gibt es in ganz Stuttgart nicht und ebensowenig einen so saftigen Schinken. Und erst das Bier!« Er tat einen genießerischen Schluck. »Einmalig! Aber – auf geht's! Mit vier Stunden Fahrt müssen wir rechnen, Mutter.« Er streckte Theresia beide Hände entgegen: »Fräulein Morlock, es war mir ein großes Vergnügen! Leben Sie wohl, und bleiben Sie so jugendlich und hübsch, bis ich das nächste Mal zu Ihnen komme.«

»So Gott will, komme ich im nächsten Jahr wieder!« Mit diesen Worten verabschiedete sich Renate von Theresia. Als sie sah, daß deren Augen sich mit Tränen füllten, zog sie ihren Kopf zu sich herunter und küßte sie auf die Wange.

»Danke! Danke für alles.« Mehr brachte Theresia nicht über die Lippen. Lange stand sie da und winkte dem Auto nach. Dann ging sie langsam zurück ins Haus. Ihr kleiner Hund und eins der Kätzchen begleiteten sie – so, als wollten sie sagen: »Sei nicht traurig, wir sind auch noch da!«

Eine ganze Weile sprach Frau Sternhalter nicht. Es war ihr nicht möglich, die Eindrücke, die sie bewegten, ohne weiteres abzuschütteln. Außerdem wußte sie, daß Siegfried Unterhaltungen nicht liebte, wenn er am Steuer saß. Um diese Zeit war der Fremdenverkehr in Österreich und im Allgäu sehr lebhaft. Er mußte seine Aufmerksamkeit auf das Fahren konzentrieren. Aber nach einer Weile wandte er sich höflich an seine Mutter: »Ich bin dir sehr dankbar, daß du kommst und eine Weile den Haushalt übernimmst.«

»Wie geht es Gislinde?«

»Nicht besonders! Es fällt ihr natürlich schwer, still zu liegen. Aber ein paar Wochen wird sie noch Geduld haben müssen.«

Nur wenige Worte wurden auf der Fahrt gewechselt. Als sie Ulm hinter sich hatten, sagte Siegfried: »Ich habe in Geislingen noch etwas geschäftlich zu erledigen. Da können wir eine Rast einlegen. Wir werden in einem mir bekannten guten Gasthaus zu Mittag essen. Dann lasse ich dich für eine Stunde allein, und nachher fahren wir weiter nach Stuttgart. Ich denke, diese Unterbrechung wird dir guttun.«

Während der Fahrt war Siegfried recht aufmerksam seiner Mutter gegenüber.

»Sitzt du bequem?« – »Soll ich das Fenster einen Augenblick öffnen?« – »Möchtest du auf einem der Parkplätze ein wenig auf und ab gehen, um dir Bewegung zu verschaffen?«

Frau Sternhalter genoß sichtlich das Zusammensein mit ihrem Sohn. Wie lange war es her, daß sie ihn so für sich allein gehabt hatte? »Was machen die Buben?« fragte sie.

»Es geht ihnen beiden gut. Sie freuen sich, daß du kommst.«

Der Verkehr wurde stärker, als sie sich Geislingen näherten. Das Gespräch verstummte ganz.

Dann saßen sich Mutter und Sohn im Gasthaus gegenüber. Sie waren fast allein in einem hübsch eingerichteten Nebenzimmer. Die wenigen noch vorhandenen Gäste beendeten bald ihre Mahlzeit.

Die Bedienung brachte zwei Speisekarten.

»Bitte, wähle dir aus, was du möchtest«, ermunterte Siegfried seine Mutter, als er sah, daß sie unsicher war und zögerte.

»Du brauchst nicht das Billigste zu wählen. Schau, hier gibt es erlesene Speisen: Rehbraten, Pute, oder willst du lieber ein Eiergericht oder Pilze?«

»Ach Siegfried«, bat sie und errötete vor Verlegenheit wie ein kleines Mädchen, »wähle du für mich. Ich bin es gar nicht gewöhnt, auswärts zu essen und fühle mich unsicher.«

Er lachte: »Gut denn – ja, die Zeiten sind glücklicherweise vorbei, wo wir so sparen mußten. Wenn ich daran denke, wie du es fertigbrachtest, mit so wenig Geld uns alle satt zu machen – und dann die alte Hexe, die Tante!« Er lachte amüsiert. »Weißt du noch?«

»Natürlich weiß ich es noch. Aber du solltest sie auch heute, nachdem sie längst tot ist, nicht so nennen.«

»Ich weiß, du hast es mir streng verboten!« erinnerte er sich und streichelte ihr schmale Hand, die neben ihrem Teller lag. »Ach Mutti, ich freu mich wie ein Junge, daß du jetzt eine Weile bei uns sein wirst. Aber nun laß es dir schmecken. Wir haben nachher noch Zeit, ein wenig miteinander zu plaudern.«

Er hatte Rotwein bestellt und hob ihr sein Glas entgegen: »Auf dein Wohl, Mutti!«

Auch sie war glücklich. Siegfrieds Fröhlichkeit war es zu verdanken, daß die Last, die sich durch Theresias Bericht auf ihr Herz gelegt hatte, sie für eine Weile nicht mehr niederdrückte. Wie genoß sie es, mit ihrem Ältesten zusammenzusein!

Nach dem Essen zündete Siegfried sich eine Zigarette an. »Dich brauche ich ja nicht zu fragen, ob du rauchst?«

Fast entsetzt schüttelte Frau Sternhalter den Kopf. »Kannst du dir das vorstellen? Ich mit einer Zigarette im Mund?«

»Eigentlich nicht!« lachte er. »Aber nun muß ich dir noch einiges sagen, was du wissen solltest, bevor du in unser Haus kommst. Sei nicht enttäuscht, wenn Gislinde« – er suchte nach einem passenden Wort, »wenn sie ein wenig distanziert dir gegenüber ist.«

»War sie das nicht eigentlich schon immer?«

»Hattest du den Eindruck? Nur – jetzt wechselt ihre Laune oft sehr schnell. Der Arzt meint, bei manchen Frauen setzt das Klimakterium schon früher ein als bei anderen.« Prüfend blickte er seine Mutter an. »Sag mal, wir Kinder haben nie etwas von solchen Schwankungen bei dir gemerkt. Und du bist doch auch durch die Wechseljahre gegangen.«

»Ich hatte glücklicherweise nicht viel Zeit, an mich zu denken. Ihr vier Kinder, das Häuschen, die kranke Tante, der Garten. Du weißt ja, Siegfried, die viele Arbeit! Natürlich fühlte ich mich in diesen Jahren auch oft nicht wohl. Aber ich fand je länger desto mehr, daß es gut ist, daran so wenig wie möglich zu denken und sich durch Arbeit davon abzulenken. An der hat es ja nie gefehlt. Daran kannst du dich sicher erinnern.«

Siegfried schaute einen Augenblick nachdenklich vor sich hin. Der leise Seufzer aus seinem Mund entging der Mutter nicht. Dann antwortete er: »Du magst recht haben. Aber wir waren bei Gislinde stehengeblieben. Also, Mutter, nimm es nicht tragisch, wenn sie manchmal gereizt und unansprechbar ist. Wir, die Buben und ich, ziehen uns dann klugerweise zurück, bis sie wieder besserer Laune ist.«

»Aber ich komme ja nicht, um mich je nach ihrer Verfassung zurückzuziehen, sondern um ihr Arbeit anzunehmen und sie zu entlasten. Sie muß mir eben sagen, wie sie es wünscht mit der Wohnung, dem Kochen, der Wäsche und mit anderem.«

»Die Wäsche geben wir außer Haus, und was das Kochen anbelangt, so machst du es so, wie du es gewöhnt bist. Ich weiß, daß das Essen, das du auf den Tisch gebracht hast, immer geschmeckt hat.«

»Nur, daß wir damals oft kaum das Nötige hatten und nicht so aus dem vollen schöpfen konnten. Ich werde mich aber bemühen, Siegfried, deine Frau zufriedenzustellen.«

»Davon bin ich überzeugt, Mutter. Und dann noch eins: Bitte, vermeide es, zu Gislinde von Ralf-Peter zu sprechen.«

Nun war es an Frau Sternhalter zu seufzen. »Ach Siegfried, ich weiß doch schon lange nichts mehr von ihm. Das ist ja mein größter Kummer.«

»Das ist mir bewußt, Mutter. Aber Gisi könnte einmal eine Frage stellen. Bitte, sprich nicht von seinen homosexuellen Beziehungen und – ach, du weißt schon, von allem, womit er uns Schande gemacht hat. Nie habe ich das vor meiner Frau und ihren Eltern erwähnt. Ich müßte mich ja zu Tode schämen. Ich hoffe nur, daß er nie wieder auftaucht.«

»O Siegfried, es vergeht kein Tag, an dem ich nicht für seine Rückkehr bete. Und überhaupt, weißt du denn mit solcher Sicherheit, daß er in homosexuellen Kreisen verkehrt hat?«

»Ja, das weiß ich. Es kann nicht anders sein. Harold Kranzer, sein Freund aus dem Gymnasium, war dafür bekannt und wurde damals deswegen und weil er Drogen nahm aus der Schule gewiesen. Mit ihm war Ralf-Peter ständig zusammen. Als ich ihn einmal ernstlich zur Rede stellte, leugnete er nicht, sondern erklärte mir: ›Ich bin nun einmal so veranlagt. Kann ich etwas dafür?‹ Ich habe damals, es ist ja schon Jahre her, versucht, dir eine Andeutung zu machen, Mutter. Aber du glaubtest es mir nicht.«

Frau Sternhalter antwortete nicht. Ihr legte sich erneut die Last aufs Herz, an der sie seit Jahren so schwer trug wie an keiner anderen. Nur ganz selten gab es einen Augenblick, an dem sie diese Bürde ablegen konnte. Zwar übte sie sich bewußt, darüber still zu werden, doch leicht war dies nicht. Schon vor Jahren, bald nachdem Ralf-Peter verschwunden war, hatte sie ihr Gemeindepfarrer besucht, ein feiner, vertrauenswürdiger Mann. Ralf-Peter war von ihm konfirmiert worden und hatte auch seinen Religionsunterricht im Gymnasium besucht. Später war es natürlich auch ihm zu Ohren gekommen, daß der jüngste Sohn von Frau Sternhalter spurlos verschwunden war.

»Kann ich irgend etwas für Sie tun, Frau Sternhalter?« hatte er Renate gefragt. »Es schneidet mir ins Herz, wenn ich Sie sonntäglich in der Kirche sehe mit Ihrem schmerzerfüllten Gesicht. Bitte sagen Sie mir, wie und wo ich Ihnen helfen kann.«

Weil sie nur stumm den Kopf schüttelte, hatte er gefragt: »Sie wissen also noch immer nicht, wohin Ralf-Peter sich gewandt hat?« Renate hatte auch jetzt nur verneinend den Kopf geschüttelt. Dann war sie an den Schreibtisch gegangen und hatte zum soundsovielten Male den Brief hervorgeholt, den ihr Junge ihr hinterlassen hatte. Dem Pfarrer war der Inhalt nicht neu. Frau Sternhalter war gleich nach Ralf-Peters Verschwinden damit zu ihm gegangen. Sie hatte die winzige Hoffnung, ihr Seelsorger könnte ihr vielleicht einen Weg weisen, den sie nicht kannte, um Ralf-Peter zu finden.

Die Polizei hatte man damals bereits eingeschaltet. Viel unternommen wurde nicht. »Ihr Sohn ist, wie es bisher aussieht, keinem Verbrechen zum Opfer gefallen. Er hat sie, nach seinem Brief zu urteilen, mit einem bestimmten Ziel freiwillig verlassen. Für uns als Polizei ist es unmöglich, ganz Amerika durchzukämmen, um alle ausfindig zu machen, die dort untergetaucht sind.«

Pfarrer Lockwinkel hatte den Brief noch einmal gelesen:

Liebe Mutter!

Forsche nicht nach mir! Ich halte es zu Hause nicht mehr aus. Mit zu Hause meine ich nicht Dich und unser kleines Heim, sondern alle Menschen, mit denen ich es zu tun hatte: die Lehrer, meine Mitschüler, nicht zuletzt Siegfried, der mir nur immer Vorschriften machen will. Ich bin nun einmal anders, als Ihr alle mich haben und sehen wollt. Und ich muß nach meiner eigenen Veranlagung leben. Sorge Dich nicht um mich. Wir, einer meiner Freunde und ich, machen uns auf den Weg nach Amerika. Irgendwie werden wir uns schon durchschlagen. Mein Freund hat drüben entfernte Verwandte. Er ist sicher, daß die uns, jedenfalls fürs erste, aufnehmen und behilflich sein werden, irgendeine Arbeit zu finden . . .

Das war der Inhalt des Briefes, den Ralf-Peter seiner Mutter hinterlassen hatte. Seitdem war kein Lebenszeichen mehr von ihm gekommen. Damals war er knapp zwanzig Jahre alt gewesen. Inzwischen waren darüber sechzehn Jahre hingegangen. Aber was bedeuten sechzehn Jahre für eine Mutter! Er blieb ihr Sohn, ihr jüngstes Kind. Obgleich sie nie mehr eine Nachricht von ihm bekommen hatte, meinte sie zu wissen, daß er noch lebte. Aber wo sollte sie ihn suchen?

»Glauben Sie wirklich«, hatte sie damals in banger Sorge den Pfarrer gefragt, »daß es eine homosexuelle Veranlagung gibt? Ich habe bei meinem Sohn nie etwas Derartiges beobachtet. Und als er erwachsen war, ist mir nie aufgefallen, daß er in solchen Kreisen verkehrte.«

»Ob es eine Veranlagung zur Homosexualität gibt?« hatte Pfarrer Lockwinkel nachdenklich wiederholt? »Frau Sternhalter, es könnte sein, daß ein labiler junger Mensch auf diesem Gebiet anfälliger ist. Ralf-Peter war immer ein etwas weicher Typ, dazu außergewöhnlich hübsch. Vielleicht hat sich bei ihm am meisten von ihren Kindern bemerkbar gemacht, daß er keinen Vater hatte. Ich könnte mir denken, daß er als der Jüngste von Ihnen und seinen Geschwistern immer als das Nesthäkchen behandelt wurde. Für Sie bedeutete er das letzte Vermächtnis Ihres Mannes. Ich bezweifle keinen Augenblick, daß Sie sich bemühten, es an nichts fehlen zu lassen, was Sie in seiner Erziehung für richtig hielten. Aber gewiß ließ man ihm, dem Kleinsten, oft den Willen, wo es besser gewesen wäre, durchzugreifen. Es ist nur eine Vermutung von mir. Ich lasse mich gerne von Ihnen korrigieren. In den Fällen, in denen homosexuelle Männer, vielfach in großer innerer Not zu mir kamen, handelte es sich fast immer um solche, die in jungen Jahren, spätestens in der Pubertätszeit, durch einen anderen verführt worden waren. Veranlagung?« Er wiederholte noch einmal nachdenklich das Wort. »Verstecken wir uns nicht manchmal hinter unserer sogenannten Veranlagung, wenn uns unser Gewissen deutlich sagt, daß wir schuldig geworden sind, etwa durch Jähzorn und Unbeherrschtheit oder andere ungute Eigenschaften? Dann sagen wir meist: So bin ich nun einmal! Ich will über Ihren Ralf-Peter kein Urteil fällen. Wir können jetzt nichts anderes tun, als für ihn beten. Gott kann ihm begegnen und ihm zu stark werden. Im Grunde genommen sind diese Leute ja nur zu bedauern, wenn sie sich auch empört dagegen wehren. Sind sie letztlich nicht krank in ihrem Seelenleben, dazu oft auch sehr einsam, genau wie die Alkohol- oder Rauschgiftsüchtigen?«

An dieses Gespräch mit Pfarrer Lockwinkel dachte Frau

Sternhalter, während sie neben ihrem ältesten Sohn im Auto saß, um nach Stuttgart zu fahren. Wir können nichts anderes tun, als für ihn beten, hatte der Seelsorger damals abschließend gesagt. Und wie sie gebetet hatte und es noch immer tat, Tag für Tag – und auch des Nachts, wenn sie wach lag und ihre Gedanken sich auf den Weg machten, um ihren Jüngsten zu suchen. Ohne dieses Rufen, ja Schreien zu Gott, ohne all die bangen Seufzer, die zu Gebeten wurden, wäre diese qualvolle Ungewißheit um ihren jüngsten Sohn unerträglich gewesen.

Nach einer Weile, in der zwischen Mutter und Sohn kein Wort gewechselt wurde, warf dieser einen fast scheuen Blick zu ihr. Sie hatte die Augen geschlossen und die Hände in ihrem Schoß gefaltet. Sie tat ihm leid.

»Mutter, du bist so still!«

»Ich bete, Siegfried.«

»Habe ich dir mit meinen Worten über Ralf-Peter weh getan? Das war nicht meine Absicht. Ich wäre dir nur dankbar, wenn du dieses dunkle Kapitel vor Gislinde nicht anschneiden würdest. Sie und auch ihre Eltern wissen nur, daß er nach Amerika ausgewandert ist.«

»Wissen wir letztlich mehr?« Frau Sternhalter korrigierte sich sofort: »Doch, wir wissen mehr, nämlich daß er trotz allem von Gott geliebt wird, ganz gleich, wo und wie er ist.«

»Das meinst du, Mutter, zu wissen, und es ist gut, wenn du darin Trost findest. Aber mir bedeutet das nichts.«

»Diese Tatsache bedrückt mich ebensosehr, wie die Ungewißheit über Ralf-Peter.«

»Na hör mal, Mutter, da ist doch wohl ein gewisser Unterschied.«

»Ich wollte dich ebensowenig kränken, Siegfried, wie du mich vorhin. Aber es ist Tatsache.«

»Schon gut, Mutter«, lenkte er ein. »Wir sind da nun einmal anderer Meinung.«

»Es gab eine Zeit, als du noch ein kleiner Junge warst, da hast du wie selbstverständlich deine Hände gefaltet und in kindlich frommer Weise gebetet.«

»Ich bin inzwischen ein Mann geworden, und ich bitte dich,

Mutter, meine Überzeugung zu respektieren, wie ich auch dir die deine lasse. Das weißt du ja schon lange, daß ich nichts mehr von meinem Kinderglauben halte. Doch jetzt sind wir gleich zu Hause. Es wäre mir recht, wenn du Gislinde unbeschwert gegenübertreten könntest. Sie neigt durch ihren Gesundheitszustand zu Depressionen.«

»Ich will mir alle Mühe geben!«

Als das Auto vor Siegfrieds Haus hielt, das in einer ruhig gelegenen Vorortstraße Stuttgarts lag, öffnete sich die Gartentür, und beide Söhne stürmten heraus, um den Vater und die Großmutter zu begrüßen.

»Schon über eine Stunde schauen wir nach euch aus!« berichtete Andreas, der Sechzehnjährige. »Mutti ist schon ganz ungeduldig. Geht nur gleich zu ihr hinein.«

»Willst du nicht wenigstens erst Großmama begrüßen?« ermahnte Siegfried den Jungen. Er tat es ziemlich lässig.

Tilo, zwei Jahre jünger als der Bruder, streckte Frau Sternhalter in sichtlicher Freude die Hand entgegen. »Ich find' es prima, daß du kommst, Omi. Ich hab' dir etwas Großartiges zu erzählen! Gib mir deinen Koffer. Ich trage ihn hinauf in dein Zimmer.«

Gislinde, die Schwiegertochter Renates, lag mit schmollendem Gesicht in ihrem Bett, umhüllt von einem hauchdünnen, spitzenbesetzten fliederfarbenen Nachthemd, das abgestimmt zu sein schien auf die lila Farbe der Daunendecke. Bevor sie Frau Sternhalter begrüßte, wandte sie sich vorwurfsvoll an ihren Mann: »Wo bleibst du denn so lange? Da liege ich nun allein, und kein Mensch kümmert sich um mich.«

»Aber Mutti, Andreas und ich waren doch da und haben immer wieder nach dir gesehen und dich gefragt, ob du einen Wunsch hast.«

Die Mutter ging gar nicht darauf ein.

»Ich dachte, Mama wollte heute zu dir kommen«, sagte Siegfried.

»Sie war auch da und hat mir den Rosenstrauß dort gebracht. Aber der starke Duft stört mich. Du kannst ihn gleich ins Eßzimmer stellen. Mama mußte gleich nach dem Mittagessen wieder fort, weil sie beim Zahnarzt bestellt war. Ich begreife nicht, warum ihr so lange ausgeblieben seid. Du wolltest doch früher zurückkommen.«

»Ich hatte noch eine wichtige Angelegenheit in Geislingen zu regeln.«

Jetzt erst war es Renate möglich, sich bemerkbar zu machen. »Wir haben uns noch gar nicht begrüßt, Gislinde. Wie geht es dir?«

»Leider nicht gut«, erwiderte diese und legte die ringgeschmückte Hand mit den braunrot lackierten Fingernägeln an die Schläfe. »Ich habe heute schreckliche Kopfschmerzen.«

»Soll ich da nicht das Radio abschalten?« fragte ihr Mann, »oder es wenigstens etwas leiser stellen?«

»Nein, laß es, wie es ist! So werde ich doch wenigstens etwas abgelenkt.«

»Wenn es dir recht ist, gehe ich schnell in mein Zimmer und mache mich ein wenig zurecht. Kann ich mir in eurem Bad die Hände waschen?« fragte Renate.

»Du schläfst im Gästezimmer«, erwiderte Gislinde. »Dort ist ein Waschbecken und auch eine Dusche.«

Frau Sternhalter entdeckte schon in der ersten Stunde, daß hier überall die ordnende Hand der Hausfrau fehlte. Wohl waren alle Zimmer erstklassig eingerichtet. Die Küche schien einem der neuesten Kataloge entnommen zu sein. Aber ob es sich um die Garderobe oder das Badezimmer handelte, überall lagen Gebrauchsgegenstände ungeordnet umher. Eine Anzahl schöner, gewiß nicht billiger Sträuße standen im Wohnzimmer, in der Diele und ebenso im Eßraum zum Teil in kostbaren Vasen. Aber allen Blumen fehlte frisches Wasser.

Frau Sternhalter erinnerte sich daran, daß Siegfried als Schuljunge geradezu ein Ordnungsfanatiker gewesen war. Immer wieder hatte er mit den Geschwistern Streit gehabt, wenn diese ihre Spielsachen oder Schulbücher nicht an die dafür bestimmten Plätze einordneten. Sie konnte sich nicht vorstellen, daß ihn die Unordnung in seinem sonst sehr hübschen Haus nicht störte. Gewiß war es darauf zurückzuführen, daß seit einem Monat keine Hausgehilfin da war, und Gislinde konnte sich wegen ihres Unfalls im Augenblick ja nicht um die Wohnung kümmern.

Nun, das würde anders werden in den Wochen ihres Hierseins. Morgen wollte sie zunächst Siegfried bitten, sie in ihr Häuschen zu fahren, damit sie sich noch ein paar Hauskleider und Arbeitsschürzen holen konnte. Als sie ins Tannheimer Tal fuhr, hatte sie nicht mit solchen unvorhergesehenen Geschehnissen gerechnet.

Nach einer Viertelstunde stand sie bereits wieder am Bett der Schwiegertochter.

»Fühlst du dich jetzt wohl genug, Gislinde, um mir einiges über den gewohnten Tagesablauf in eurem Haus zu sagen?« fragte sie.

»Tagesablauf?« wiederholte diese in fast ablehnendem Ton. »Wir stellen kein Programm auf. Die beiden Jungen weckt Siegfried am Morgen, wenn sie zur Schule gehen. Er hat in der Küche inzwischen schon das Kaffeewasser aufgestellt.«

»Seitdem du den Unfall hattest?«

»Wieso? Nein, das macht er schon immer so. Ich bin nicht gewöhnt, früh aufzustehen. Meistens gehen wir sehr spät zu Bett, und ich brauche ausreichend Schlaf. Gegen Morgen schlafe ich am besten. Das wird sich auch nicht ändern, wenn ich wieder hergestellt bin, außer daß dann das jeweilige Mädchen – ich hoffe, in Kürze wieder eine vernünftige Haushaltshilfe zu bekommen – das Frühstück für die drei Männer bereitet. Die letzte war derartig beschränkt, dazu arrogant, daß ich sie 'rausgeschmissen habe.«

»Ab morgen werde ich das Frühstück machen«, sagte Frau Sternhalter. »Danach sind wohl die Zimmer in Ordnung zu bringen, das Bad und die Diele, und was es sonst noch im Hause zu tun gibt. Die beiden Jungen werden mir wohl sagen können, wo ich herumliegende Kleidungsstücke und anderes hinräumen kann, damit ich dich nicht dauernd belästigen muß, so lange du dich so unwohl fühlst. Ich denke –«

Gislinde unterbrach sie. »In den Zimmern hast du nicht viel zu tun, außer Siegfrieds Bett und die der Jungen zu machen. Zweimal in der Woche kommt eine Frau, um das Gröbste zu ordnen, die Fußböden sauberzumachen und Staub zu wischen. Das andere muß eben liegenbleiben, bis ich wieder aufstehen kann oder eine neue Hausgehilfin bekomme.«

»Wenn sich jeder bemüht, seine Sachen gleich an Ort und Stelle aufzuräumen, sollte es gut gehen«, meinte Frau Sternhalter.

»Soll das etwa ein Vorwurf sein, daß du nicht alles so vorfindest, wie du es dir vorgestellt hast?« fragte Gislinde gereizt.

»Aber nein, wie käme ich dazu? Ich finde nur – und so habe ich es immer zu halten versucht, als die Kinder noch alle daheim waren – es erspart viel Zeit und Mühe, wenn sich jeder bemüht, Ordnung zu halten.«

»Ach, du kannst doch dein armseliges Häuschen nicht mit dem unsrigen vergleichen«, fuhr die Schwiegertochter sie an.

Renate antwortete nichts darauf.

Gislinde fuhr fort: »Das Wichtigste ist, du sorgst für ein ordentliches Essen. Siegfried behauptet, du würdest gut kochen und backen. Außerdem könnte ich mir denken, daß im Garten vor dem Haus einiges zu ordnen ist. Den Rasen mähen die beiden Jungen abwechselnd, und wenn Siegfried dazu kommt, tut er es auch manchmal, zu seiner Entspannung, wie er sagt. Aber nach den Blumenrabatten wird man sehen müssen und nach dem Unkraut.«

»Damit will ich gleich morgen beginnen. Ich arbeite gern im Garten. Und was darf ich dir zum Abendessen bringen?« erkundigte sich Renate.

»Im Kühlschrank findest du alles für euch. Ich möchte nichts essen. Wenn Siegfried auf etwas Besonderes Appetit hat, bringt er es aus der Stadt mit. So, und nun benötige ich dringend Ruhe. Ich hoffe, daß du dich bald in unserem Haushalt zurechtfindest. Das anstrengende Reden ermüdet mich sehr.«

»Soll ich dir noch die Kissen aufschütteln?«

»Nein, das ist nicht nötig.« Gislinde legte sich auf die andere Seite und ließ ihre Schwiegermutter auf diese Weise wissen, daß sie das Gespräch für beendet hielt.

Gern hätte diese ihr noch ein gutes Wort gesagt, aber sie empfand deutlich, daß sie jetzt nicht länger erwünscht war. Sie bemühte sich, einen Seufzer zu unterdrücken. Ihre Besorgnis, wie sich die Zeit im Hause ihres Sohnes begeben würde, war nicht unbegründet gewesen.

Renate ging in die Küche, um den Berg unabgewaschenen Geschirrs zu spülen. Man schien nach den Mahlzeiten die gebrauchten Teller, Tassen und Schüsseln einfach in das Abwaschbecken gestellt zu haben, bis die Haushaltshilfe kam und sich darüber hermachte.

Am anderen Tag begann sie im Garten mit der Arbeit. Auch hier war das Fehlen der ordnenden Hand deutlich zu erkennen. Das Unkraut hatte sich breit gemacht. Die herrlichen, vollerblühten Rosen ließen bereits ihre Köpfe hängen. Bei den übrigen Blumensorten war es nicht anders. Schade, es hätte ein schöner Garten sein können! Zwei junge Birken standen links und rechts von einem durch Jasmin- und Fliederbüschen abgeschirmten Sitzplatz, verborgen von der Straßensicht und den Blicken Vorübergehender. Anscheinend hatte man vergessen, die Sitzkissen auf der Bank und den drei Stühlen vor dem letzten Regen ins Haus zu holen. Sie sahen danach aus. Frau Sternhalter würde etliche Tage brauchen, um hier einigermaßen Ordnung zu schaffen. Aber sie freute sich auf diese Arbeit. Der Aufenthalt in frischer Luft wirkte auf sie immer befreiend.

Mit dem Essen schienen Siegfried und seine Söhne zufrieden zu sein. Darüber war sie froh. Nachdem Tilo sich ein paarmal bei Tisch lobend geäußert hatte: »Omi, du kochst prima!« hatte sein Bruder ihm einen bösen Blick zugeworfen, und Tilo konnte einen Schmerzensschrei nicht unterdrücken. »Warum trittst du mich vors Schienbein?«

Andreas war überhaupt sehr reserviert der Großmutter gegenüber. Doch das war schon immer so gewesen. Renate meinte zu spüren, daß Gislinde vor ihren Söhnen daraus kein Hehl machte, daß ihr die einfache Schwiegermutter nichts bedeute. In früheren Jahren hatte sie es mehr verborgen. Man kam ja nicht häufig zusammen. Das war nun anders, weil Gislinde mehr oder weniger auf Renate angewiesen war. Zwar nahm diese sich täglich vor, das gereizte, oft sogar kränkende Wesen der Schwiegertochter nicht tragisch zu nehmen und ihr desto freundlicher zu begegnen, aber es fiel ihr nicht leicht.

Gislinde hatte an allem etwas auszusetzen: »Mutter, es wäre mir recht, wenn du mir den Kaffee am Morgen heiß und nicht bereits abgekühlt bringen würdest.«

»Kochst du immer so fade? Bitte, bringe mir noch Salz und die Pfeffermühle.«

»Sagtest du nicht, Gislinde, daß du einen zu hohen Blutdruck hast?« wagte Frau Sternhalter ihr Bedenken auszusprechen. »Da soll man unter keinen Umständen die Speisen zu stark würzen.«

Darauf ließ die Schwiegertochter das Essen einfach stehen.

»Was, schon wieder Auflauf? Sowas habe ich noch nie gegessen.«

»Aber Siegfried und die Jungen mögen ihn sehr gern.«

»Natürlich, die gehen vor. Ich hatte mir eingebildet, du bist in erster Linie gekommen, um mich zu betreuen.«

»Entschuldige, Gislinde. Ich bin mir nicht bewußt, dich zu vernachlässigen und habe dich schon ein paarmal gebeten, mit mir immer am Vortag den Küchenzettel zu besprechen. Du weißt, ich richte mich gern nach deinen Wünschen.«

»Und ich habe dir ebenfalls schon einige Male gesagt, daß mich das viele Reden zu sehr anstrengt.«

»Dann könntest du mir vielleicht deine Wünsche auf einen Zettel schreiben.«

»Ach, wie bist du umständlich. Du könntest auch etwas mehr Phantasie haben und dir einmal etwas anderes einfallen lassen als ewig Kartoffel, Spätzle, Salate oder Gemüse.«

Renate mußte schlucken. Nein, hier ging es nicht um Gemütsschwankungen eines kranken Menschen, sondern um vorsätzliche Schikane. Aber sie überwand sich.

»Soll ich vielleicht morgen mittag Dampfnudeln machen mit Kompott und davor eine gute Fleischbrühe mit Eierklößchen?«

»Dampfnudeln und Eierklößchen, das ist doch etwas ganz ähnliches. Ich möchte morgen ein gegrilltes Hähnchen.«

»Das wird wohl erst übermorgen möglich sein, aber ich will es heute abend gleich Siegfried sagen, damit er es morgen aus dem Delikatessengeschäft mitbringt.«

Als das Hähnchen am übernächsten Tag appetitlich serviert

wurde, aß Gislinde davon nur ganz wenig und forderte, daß Siegfried ihr am Abend gefüllte Pasteten mitbringe. –

»Mutter, hast du dich nun schon gut in unserem Haushalt eingelebt?« fragte Siegfried nach ein paar Tagen.

»Ich bemühe mich«, erwiderte sie zögernd, »nur –«

»Nur? Sprich doch weiter, Mutter!«

»Es bedrückt mich, daß ich es Gislinde so wenig recht machen kann, was das Essen anbelangt. Ich nehme an, sie hat ihre Unzufriedenheit darüber dir schon mitgeteilt.«

»Das darfst du nicht so schwernehmen, Mutter«, gab er zur Antwort. »Ich habe dir ja schon auf der Herfahrt eine Andeutung gemacht, daß es mit ihr nicht ganz einfach sein wird. Die Buben und ich sind jedenfalls mit deinem Kochen sehr zufrieden.«

Er wich dem fragenden Blick seiner Mutter aus. Sie aber fühlte ihre Befürchtung bestätigt. Ihr Ältester war im Grunde genommen ein einsamer Mann. Wenn er sie in den vorausgegangenen Jahren mit seiner Frau dann und wann besucht hatte, schien er mit ihr glücklich zu sein, oder aber er versuchte zu verbergen, daß es nicht so war.

Renate mußte in diesen Tagen, in denen sie in Siegfrieds Haus war und in sein Ehe- und Familienleben mehr Einblick gewann als bisher, immer wieder darüber nachdenken, daß er durch Fleiß und Ehrgeiz manches erreicht hatte, was ihm erstrebenswert schien. Er lebte in gesicherten Verhältnissen, hatte eine gute Stellung, besaß ein eigenes Haus, hatte eine hübsche, attraktive Frau und zwei Söhne. Aber war er wirklich glücklich? Hatte er sich seine Ehe und Familie nicht anders vorgestellt? War es wirklich so, daß er fast allabendlich auswärts sein mußte, weil er an Sitzungen, Besprechungen und Seminaren teilzunehmen hatte? Ihr, seiner Mutter, kam es manchmal vor, als suche er Gründe, so wenig wie möglich zu Hause zu sein. War das nicht eine Art von Flucht? Wahrscheinlich würde er, wenn Gislinde hergestellt war, mit ihr sooft wie möglich an gesellschaftlichen Verpflichtungen teilnehmen, Partys im eigenen Haus geben, die Oper, das Theater, Konzerte besuchen . . . Sie gönnte ihm von Herzen die notwendige Entspannung und hatte auch

Verständnis dafür, daß er für die starke Beanspruchung im Berufsleben einen Ausgleich brauchte. Aber je tiefer sie Einblick in sein Familienleben gewann, desto mehr empfand sie, daß er durch vieles, was er unternahm, um sich zu zerstreuen, einfach die Augen vor der Wirklichkeit verschloß.

Nie hatte sich Siegfried unzufrieden oder gar ablehnend über seine Frau geäußert. Das hielt er unter seiner Würde. Aber nur zu deutlich spürte Frau Sternhalter es in diesen Tagen, daß zwischen den beiden Eheleuten kein warmer, inniger Ton mehr schwang. Daran war nicht etwa die augenblickliche körperliche Verfassung Gislindes schuld. Im Gegenteil, wäre dieser innige Kontakt vor dem Unglücksfall vorhanden gewesen, Siegfried hätte jetzt erst recht das Bedürfnis gehabt, seiner Frau zur Seite zu stehen und ihr diese für sie sicher schwere Zeit zu erleichtern.

Traurigkeit erfüllte Renates Herz, wenn sie sich daran erinnerte, welch tiefes, unbeschreiblich beglückendes Einvernehmen zwischen ihr und ihrem Mann bestanden hatte, wenn auch zu ihrem großen Schmerz nur während der kurzen Zeit ihrer Ehe. Wie sehr hätte sie Siegfried ein gleiches Erleben gewünscht. Manchmal hatte sie sogar das Empfinden, daß er nicht einmal zu seinen Söhnen das innige Verhältnis hatte, wie es nötig wäre, Andreas glich in seiner Art sehr der Mutter, während Tilo – ja, wem ähnelte er eigentlich? Er sah weder Gislinde noch Siegfried gleich. Schon ein paarmal hatte sie der Gedanke gestreift, ob er nicht eine gewisse Ähnlichkeit mit ihrem Mann, seinem Großvater hatte? Fühlte sie sich deswegen so zu ihm und er unbewußt zu ihr hingezogen?

Gleich am zweiten Abend während ihres Hierseins war er zu ihr ins Zimmer gekommen. »Omi, hast du jetzt etwas Zeit für mich?«

»Natürlich, mein Junge.«

»Ich habe dir doch, als du gestern kamst, gleich gesagt, daß ich dir etwas Großartiges mitteilen würde.«

»Ja, ich erinnere mich und bin darauf schon sehr gespannt«, erklärte sie.

Tilo hatte sich auf dem Teppich niedergelassen und saß dort, nahe bei der Großmutter, die es sich, müde von den Aufgaben des Tages, in einem Sessel bequem gemacht hatte.

»Also paß mal auf«, begann der Junge. »Angefangen hat es eigentlich schon kurz nach meiner Konfirmation im März. Du weißt ja, daß wir einen neuen Pfarrer bekommen haben. Der vorherige, der uns eingesegnet hat, war zwar auch sehr nett und hat sich im Konfirmandenunterricht mit uns viel Mühe gegeben. Aber er war doch schon ziemlich alt. Ich schätze etwas mehr als fünfzig Jahre.«

»Nennst du das alt?«

»Na ja, Omi, nicht gerade steinalt, aber im Vergleich zu dem jetzigen nicht mehr jung. Pfarrer Meinhart ist sicher nicht älter als fünfunddreißig. Das ist immerhin ein Unterschied von zwanzig Jahren. Und das macht sich schon bemerkbar. Meinst du nicht auch?«

»Doch, gewiß!«

»Also sein Vorgänger hat uns sehr ermahnt, auch nach der Konfirmation zu den Gottesdiensten zu kommen und uns zur Gemeinde zu halten, auch wenn wir die einzigen in der Familie wären. Na ja, bei uns ist es so. Außer mir besucht niemand einen Gottesdienst. Die meisten Konfirmanden machten sich darüber lustig.

›Mensch, so blöd! Wir sind froh, wenn der Unterricht endlich aufhört und wir nicht mehr zur Kirche müssen.‹

Ein paar sagten sogar spöttisch: ›Die Berge von unten, das Gasthaus von innen und die Kirche von außen!‹ Ich brauche dir ja nicht zu sagen, Omi, wie sie das meinten.

Als der junge Nachfolger von Pfarrer Kern kam, schrieb er gleich in den ersten Tagen an alle Konfirmanden der letzten drei Jahrgänge einen Brief. Er lud uns zu einem Besprechungsabend ein. Es kamen natürlich längst nicht alle, einige nur aus Neugierde, um den neuen Pfarrer kennenzulernen. Immerhin waren wir etwa fünfzig Jungen und Mädchen. Er sagte, es sei ihm ein Anliegen, dazu beizutragen, daß nicht alles verlorengehe, was Pfarrer Kern versucht habe, uns beizubringen. Er möchte uns junge Menschen sammeln und in unserem Glaubensleben stärken. Wir sahen uns gegenseitig an, und manche kicherten.

Was verstand er darunter? Kurzum, Omi, er lud uns dann ein, einmal im Monat an einem Abend im Gemeindesaal zusammenzukommen. Da wollte er mit uns über biblische Wahrheiten und lebenswichtige Fragen sprechen. Leider kommen zu diesen Abenden längst nicht mehr alle Jungen und Mädchen. Etwa zwanzig sind übriggeblieben. Wenn irgend möglich, gehe ich regelmäßig hin. Ich sage dir, Omi, es ist großartig! Weißt du, vieles – ach, fast alles, was er uns sagt, ist mir neu. Schon im Konfirmandenunterricht ging es mir so. Zum Kindergottesdienst wurde ich ja nie geschickt. Ich war wohl als kleines Kind getauft worden. Aber warum dies meine Eltern taten, ist mir noch heute nicht klar.

Ich habe nun schon ein paarmal im Sonntags-Gottesdienst erlebt, daß ein Kind getauft wurde. Da wurden immer die Eltern und Paten gefragt, ob sie bereit wären, das Kind christlich zu erziehen. Alle haben geantwortet: Ja, mit Gottes Hilfe! Das müssen meine Eltern doch auch versprochen haben. Kannst du verstehen, Omi, warum bei uns nie gebetet wird? Warum wir nie zusammen in einen Gottesdienst gehen? Warum weder Vati noch Mutti mit uns über Dinge sprechen, die in der Bibel stehen? In Vaters Bücherschrank steht eine Bibel, die noch ganz neu ist. Ich habe aber noch nie gesehen, daß einer von ihnen darin gelesen hat.

Manchmal habe ich Mutti gefragt, wenn ich im Konfirmandenunterricht etwas nicht ganz verstanden habe. Wenn ich es tat, sagte sie: ›Seit meiner Konfirmation sind so viele Jahre vergangen. Das habe ich alles längst vergessen.‹«

»Und Vati?« fragte Frau Sternhalter. Noch während sie die Frage stellte, wußte sie bereits, wie die Antwort lauten würde. Hätte sie lieber erst gar nicht gefragt.

»Vati sagt –«, Tilo schien einen Augenblick traurig zu sein, »er will mich nicht hindern, das zu glauben, was ich im Konfirmandenunterricht gehört habe. Er sei aber sicher, daß es auch mir nach einigen Jahren nichts mehr bedeuten würde.«

Renate konnte einen schmerzlichen Seufzer nicht unterdrükken.

»Vati sieht es auch nicht gern, daß ich nach meiner Konfirmation weiter zur Kirche und zu den Jugendabenden unseres neuen Pfarrers ins evangelische Gemeindehaus gehe. Er meint, ich solle mich lieber wie Andreas dem Turnverein oder dem Tennisklub anschließen, um etwas gelenkiger zu werden. Aber ich habe keine Lust dazu. Zum Reiten jedoch gehe ich gern. Wenn ich ein gutes Zeugnis nach Hause bringe, kauft Vater mir vielleicht ein Pferd. Das wäre doch prima!«

»Und das ist das Großartige, was du mir erzählen wolltest?« fragte Frau Sternhalter.

»Nein, Omi, nein! Ich wollte dir sagen, daß ich nun ganz fest zum Jugend-Bibelkreis gehöre und mich entschlossen habe, ein wirklicher Christ zu sein. Wir, einige Jungen und ein paar Mädchen, haben uns eine kleine Bibel angeschafft, das heißt zuerst einmal ein Neues Testament. Das nehmen wir auch mit in die Schule. Einmal in der Woche kommen wir dort zu einem Schülerbibelkreis zusammen. Wir haben uns auch vorgenommen, an jedem Tag wenigstens einem Menschen etwas Gutes zu tun und uns besonders derer anzunehmen, die von anderen schief angesehen oder verachtet werden. Weißt du, so wie Jesus das auch getan hat. In der Schule lachen sie natürlich über uns. Es hat sich bald herumgesprochen, daß wir diesen Bibelkreis gegründet haben. Mich hänseln sie oft in der Klasse. ›Da kommt der fromme Tilo‹, sagen sie und machen sich über mich lustig. Aber stell dir vor, unser Rektor, der ist prima. Jemand hat gesagt, er sei Kirchengemeinderat. Er hat uns erlaubt zu unserem Bibelkreis in einem leerstehenden Klassenzimmer zusammenkommen zu können. Und denk dir, Omi, drei Jungen und zwei Mädchen aus den oberen Klassen haben sich auch dazugetan. Wir lesen immer einige Verse aus dem Neuen Testament und sprechen dann kurz darüber. Zum Schluß betet einer von uns. Das habe ich bisher noch nicht gewagt, jedenfalls nicht vor den anderen. Hier in meinem Zimmer tue ich es. Pfarrer Meinhart hat uns gesagt, wir könnten mit Gott reden, wie mit unserem besten Freund.

Einmal habe ich versucht, darüber mit Andreas zu sprechen. Der Pfarrer hat uns nämlich ermutigt, auch anderen zu sagen, was wir miteinander erleben. Da habe ich gedacht, ich will bei meinem Bruder anfangen, obwohl ich mir denken konnte, daß er mich auslachen würde. Er hat es auch getan.

›Was, Kleiner, du betest?‹ hat er gefragt und schallend gelacht. ›Ist dir nicht klar, daß du ein Selbstgespräch führst? Wer soll dir denn zuhören oder dir gar antworten?‹

Da habe ich ihn gefragt, ob er denn schon alles vergessen habe, was er im Konfirmandenunterricht gelernt hat. Fast drohend ist er an mich herangekommen und hat mich fest am Arm gepackt: ›Sag mal, bist du noch normal?‹ hat er gefragt und mir an den Kopf gegriffen. ›Bei dir piept's wohl da oben?‹

Bei der nächsten Mahlzeit hat er sich über mich lustig gemacht. ›Vati, Mutti, stellt euch vor, unser Kleiner ist fromm geworden. Wundert euch nicht, wenn er euch eines Tages mitteilt, daß er Pfarrer werden will.‹

Mutti hat dann auch gelacht und gesagt: ›Laß ihm dieses neue Hobby, Andreas. Das verliert sich wieder, sobald er ein nettes Mädchen kennenlernt und zur Tanzstunde geht.‹

Ich war schrecklich verlegen und konnte kein Wort erwidern. Vati hat mich dann in Schutz genommen. ›Ich wünsche nicht, daß ihr Tilo verspottet‹, hat er gesagt.

Ich glaube aber nicht, Omi, daß es stimmt, was Mutti behauptet, daß das, was ich bei Pfarrer Meinhart und in unserem Schülerbibelkreis erlebt habe, sich wieder verliert. Irgendwie macht es mich froh und innerlich ruhiger. Dir kann ich es ja sagen, Omi: Ich habe immer schreckliche Angst gehabt, schon als kleiner Junge, wenn ich daran dachte, daß ich einmal sterben muß. Ganz ohne Angst davor bin ich auch heute noch nicht. Aber ich versuche zu tun, was unser Pfarrer sagte, als wir einmal über die Todesangst sprachen. Er meinte, im Grunde genommen hätten alle Menschen Angst vor dem Sterben, auch wenn sie es nicht zugeben. Aber man darf diese Angst im Gebet Gott bringen. Er will sie einem abnehmen. Seit ich das tue, merke ich, wie ich ruhiger geworden bin.

Weißt du, so ganz richtig beten kann ich noch nicht. Es wäre eine feine Sache, wenn Gott einem wirklich antworten würde, so daß man ihn verstehen könnten. Aber das tut er eben nicht. Pfarrer Meinhart sagt, er antwortet durch sein Wort, durch die

Bibel. Bei unserem letzten Jugendabend hat er uns ein Gedicht vorgelesen. Es ist mehr ein Gebet. Ich habe ihn gebeten, es mir abschreiben zu dürfen. Willst du es einmal hören, Omi? Ich habe es mitgebracht.«

»Gern, Tilo. Es interessiert mich sehr.«

Der Junge holte einen zusammengelegten Zettel aus seiner Hosentasche, faltete ihn auseinander und las:

»Deine Antworten sind so leise, Herr, und die Welt ist so laut.
Die Menschen wirbeln im Kreise,
auf Sand sind die Häuser gebaut.
Sie schlingern so sorglos zum Abgrund,
sie johlen und schreien dabei,
aber vielen ist das Herz wund im hektischen Einerlei.
Wie sollen wir in dem Getöse deine Zeichen noch verstehen?
O Herr, ich bitte dich, löse uns elende Menschen zum Sehen.
Deine Antworten, Herr, sind Wunder
und herrliche Wahrheit dazu.
Hilf doch heraus aus dem Plunder,
schenk gnädiglich Einsicht dazu.

Eine Frau hat dieses Gebet geschrieben. Der Pfarrer sagte uns auch ihren Namen. Ich habe ihn mir aufgeschrieben: Christa Meves. Wie findest du das Gebet, Omi?«

Frau Sternhalter dachte einen Augenblick nach. Dann erwiderte sie: »Es ist anders als die sonst üblichen Gebete. Aber es leuchtet mir ein. Es stimmt: Die Menschen schlingern arglos zum Abgrund, sie schreien und johlen und geben sich so selbstsicher. Dabei sind ihre Herzen letztlich zerrissen und wund. Und das ist auch richtig: Deine Antworten, Herr, sind leise. Manchmal, Tilo, müssen wir sogar recht lange warten, bis wir sie vernehmen und merken, daß Gott auf ganz andere Weise zu uns redet, als wir es erwarten. Er spricht durch Krankheit oder durch den Tod eines geliebten Menschen. Das habe ich auch erlebt, als mein Mann nicht mehr aus dem Krieg zurückkehrte und ich als junge Frau mit meinen vier kleinen Kindern allein dastand. Er hat auch zu mir gesprochen, als wir in jener Bombennacht all unser Hab und Gut verloren und völlig mittellos dastanden. Ich verstand ihn, als er mir in der größten Not das

Angebot unserer alten Tante sandte, die uns einlud, zu ihr in ihr Häuschen zu ziehen.«

»Das war doch die, von der Vati erzählt hat, daß sie euch das Leben so schwergemacht hat?«

»Ja, Tilo, und doch war sie ein Werkzeug in Gottes Hand und ich habe durch ihr Angebot die Verheißung, die Stimme Gottes gehört: Ich will dich nicht verlassen noch versäumen! Merke dir das jetzt schon, Tilo: Gottes Antwort ist nicht immer so, wie wir sie erwarten. Aber selbst, wenn er uns Erfahrungen der Not machen läßt, zeigt er sich immer als unser Vater, der für uns sorgt über Bitten und Verstehen.

Ich freue mich sehr, Tilo, daß du mir das alles erzählt hast, und ich bin glücklich darüber, daß du deine Erlebnisse mit eurem Pfarrer und dem Bibelkreis großartig findest. Bleibe dabei, auch wenn du verlacht wirst, und laß dir diese Gewißheit durch nichts und niemand rauben: Wir dürfen und können mit Gott reden, und er antwortet uns, wenn seine Antworten für uns manchmal auch schwer verständlich sind.«

Renate beugte sich zu ihrem Enkel herab und legte ihm beide Hände auf die Schultern. In tiefer Bewegung sagte sie: »Tilo, diese Stunde und das, was du mir erzählt hast, ist eine Antwort Gottes für mich; denn schon lange, ja, seitdem du lebst, habe ich dafür gebetet, daß du einmal ein bewußter Christ, ein Mann nach dem Herzen Gottes werden möchtest. Ich glaube, den Anfang hast du gemacht.«

»Omi, es stimmte also, wenn ich sagte: Ich muß dir etwas Großartiges erzählen. Und daß du nun erleben darfst, wie Gott dein Gebet erhört hat, das finde ich ebenso Klasse. Es wird wohl noch lange dauern, bis es soweit ist, worum du gebetet hast, daß ich ein Mann nach dem Herzen Gottes werde. Aber ich möchte es schon gern. Also hat Pfarrer Meinhart doch recht, wenn er sagt: Das Gebet ist nicht umsonst!«

Die Großmutter antwortete: »Nur muß man, wie schon gesagt, oft lange warten und viel Geduld aufbringen, bis die Antwort Gottes eintritt. Ich bete schon seit vielen Jahren für deine Eltern, Tilo, und natürlich auch für Andreas.«

»Ich auch, Omi«, sagte der Junge lebhaft. »Das wissen sie aber bis jetzt nicht. Du, jetzt haben wir beide ein Geheimnis, nicht wahr? Ein Geheimnis mit Gott.«

Wenn es Frau Sternhalter in den darauffolgenden Tagen manchmal schwerfallen wollte, im Hause Siegfrieds zu sein, weil es ihr trotz aller Mühe, die sie sich gab, nicht gelingen wollte, das Vertrauen ihrer Schwiegertochter zu gewinnen, dann dachte sie an dieses für sie so herzerquickende Gespräch mit ihrem Enkel, und schöpfte wieder neuen Mut.

Als Tilo an einem der nächsten Abende wieder ins Gemeindehaus zur Jugendstunde ging, setzte sich Siegfried für kurze Zeit zu seiner Mutter, die im Arbeitsraum neben der Küche an der Bügelmaschine tätig war. Zuerst hatte sie befürchtet, mit dem Heimbügler nicht zurechtzukommen und etwas falsch zu machen. Doch nun wußte sie damit umzugehen.

»Das geht ja prima«, begann Siegfried anerkennend das Gespräch. »Ich staune, wie schnell du begriffen hast, wie die Sache läuft.«

»Das habe ich Tilo zu verdanken. Er kennt sich mit der Bügelmaschine gut aus und hat es mir beigebracht. Er ist überhaupt ein lieber Junge. Man muß ihn gern haben.«

»Mit Andreas verstehst du dich wohl nicht so gut?«

Frau Sternhalter zögerte, die Frage zu beantworten. Dann sagte sie aber doch: »Er ist sehr zurückhaltend. Es gelang mir bisher nur selten, ein Gespräch mit ihm zu führen. Er ist ja nun auch bald ein junger Mann und hält es vielleicht unter seiner Würde, sich mit seiner einfachen Großmutter zu unterhalten.« Renate lächelte. »Aber ich habe ihn deswegen doch lieb, meinen ältesten Enkel.«

»Ich hoffe nicht, daß er in meiner Abwesenheit unhöflich zu dir ist.«

»Nein, das wäre übertrieben. Heute spricht man ja so viel vom Generationenproblem. Vielleicht macht sich das zwischen ihm und mir bemerkbar. Die jungen Leute meinen vielfach, wir Älteren hätten kein Verständnis für sie und bauten damit Mauern zwischen uns auf, die meines Erachtens oft vermeidbar wären. Jedenfalls möchte ich meinerseits alles tun, um Andreas zu gewinnen.«

»Einen Staatsakt muß man daraus aber nicht machen«, erwiderte Siegfried. »Ich freue mich jedenfalls darüber, daß du mit Tilo gut zurechtkommst.«

»Manchmal meine ich, bei ihm eine gewisse Ähnlichkeit mit deinem Vater zu sehen.«

»Das wäre nicht unmöglich«, lachte Siegfried, »denn er ist ja sein Großvater.«

»Daß ich mich sehr über seinen Eifer freue, mit dem er zur Jugendstunde und zum Schülerbibelkreis geht, wirst du verstehen.«

»Also hat er dir davon erzählt! Nun, ich bin davon nicht so sehr begeistert, will es ihm aber auch nicht verbieten. Tilo ist ein Träumer, oft fast wirklichkeitsfremd. Er ist nicht unbegabt, aber in der Schule fehlt ihm der Eifer, und mir wäre es schon recht, wenn er ebenso ehrgeizig wäre wie Andreas. Ich hoffe, daß seine augenblickliche Schwärmerei für den kirchlichen Jugendkreis und den Bibelklub der Schule nur eine vorübergehende Sache ist.«

»Warum hoffst du das, Siegfried?«

»Ach, Mutter, du kennst doch meine Einstellung. Es hat mich damals, als ich in die Lehre kam, einiges gekostet, mich innerlich freizumachen von dem, was du uns in unserer Kindheit eingetrichtert hast. Verzeih, ich will damit nicht Kritik an dir üben! Du hast es bestimmt gut gemeint, als du uns in den Kindergottesdienst schicktest und später mit uns sonntäglich in die Kirche gingst. Aber eines Tages habe ich es als eine innere Vergewaltigung angesehen, und es gelang mir gar nicht so leicht, mich davon loszumachen.«

»Und daß du es tatest, betrachtest du das als Gewinn für deine Leben?«

»Gewinn, Mutter? Das ist nicht der richtige Ausdruck. Ich habe einfach erkannt, daß deine religiösen Ansichten überholt und veraltet sind. Wenn man mit der Zeit gehen will, wird man durch das Christentum eingeengt und unfrei.«

»Das sehe ich ganz anders, Siegfried. Außerdem glaube ich, daß du dich einem Selbstbetrug hingibst. Du glaubst dich frei von deinem ehemaligen Kinderglauben. Du meinst, dich von ihm losgesagt zu haben. Ach, könnte ich es dir doch so erklären, wie ich es innerlich empfinde. Wenn dein Vater, der ein bewußter Christ war, noch lebte – er wäre imstande, es dir deutlicher und überzeugender klarzumachen. Ich kann es leider nicht in dieser Weise tun. Doch ich möchte dir gern, wenn du mir noch ein paar Minuten zuhören willst, einige Verse sagen, die ich auswendig gelernt habe, nachdem ich sie irgendwo gelesen hatte. Ich habe dabei an dich gedacht und auch an Ralf-Peter.«

Siegfrieds aufgeschlossene Miene veränderte sich. Unruhig blickte er zur Tür. Es würde doch gerade jetzt keiner kommen. Das wäre ihm mehr als peinlich.

»Du nennst Ralf-Peter und mich in einem Atemzug«, sagte er zu seiner Mutter. »Irgendwie kränkt mich das. Habe ich dir je Schande gemacht – so wie er oder auf anderen Gebieten?«

Frau Sternhalter betätigte den Fußhebel der Bügelmaschine nicht mehr und ließ das Wäschestück, das sie in den Händen hielt, in den Schoß sinken.

»Nein, nein!« erwiderte sie überzeugt und bemüht, ihm klarzumachen, daß sie ihn nicht kränken wollte. »Nie hast du mir Schande bereitet, im Gegenteil. Du warst immer strebsam und fleißig und hast es zu etwas gebracht. Aber Siegfried, das ist eben nicht alles. Versuche mich zu verstehen, wenn ich sage, zwischen dir und Ralf-Peter besteht eine Parallele. Er ist weit von Gott entfernt, und du bist es ebenfalls, wenn dir auch kein Mensch etwas Unrechtes nachsagen kann. Und nun erlaube, daß ich dir die drei kurzen Verse sage, die mir im Gedanken an euch, meine beiden Söhne, und ebenso im Gedanken an Gabi, die genau wie ihr meint, ohne Gott auszukommen, so wichtig geworden sind.«

Siegfried warf einen ungeduldigen Blick auf seine Armbanduhr, wollte die Mutter aber nicht verletzen, indem er den Raum verließ. Sie aber begann:

»Es steht in deiner Macht, Gott loszulassen,
doch hindern kannst du nicht, daß ER dich hält.
Es steht in deinem Willen, Gott zu hassen,
und dennoch liebt ER dich, du Kind der Welt.

Du kannst dich gegen Christus frei entscheiden,
auf Golgatha entschied ER sich für dich!
Du kannst sein Wort und seine Kirche meiden,
doch immer suchen Wort und Kirche dich.

Du kannst dir selber deine Wege suchen,
doch hindern kannst du nicht, daß Gott dich führt.
Du kannst Gott leugnen, seiner Allmacht fluchen,
doch hindern kannst du nicht, daß Gott regiert.«

Nachdem Frau Sternhalter diese Worte in großem Ernst gesprochen hatte, erhob sich Siegfried. Er wollte sich darüber ärgern, daß er sich diese Predigt – als solche empfand er die Verse – angehört hatte, aber es gelang ihm nicht. Irgendwie rührte die Sorge der Mutter ihn. Er hatte plötzlich das Bedürfnis, ihr etwas Liebes tun zu müssen. Er legte den Arm um ihre Schulter, küßte sie auf die Wange, was schon lange nicht mehr geschehen war, und sagte: »Ich weiß, du meinst es gut, Mutti. Aber jeder muß seinen eigenen Weg gehen, versteh das doch!«

»Um eines möchte ich doch noch bitten, Siegfried«, fuhr sie fort. »Hindere Tilo nie daran, den Weg zu gehen, den er mit seinem aufgeschlossenen Wesen eingeschlagen hat. Respektiere auch seine Entscheidung, selbst wenn er noch ein Kind ist.«

»Er wird seine Meinung ändern, Mutter, sobald er das wirkliche Leben kennenlernt.«

»Sag das nicht. Es gibt viele kluge und wertvolle Männer und Frauen in der Reichsgottesarbeit, die sich in ihrer Kindheit oder als heranwachsende junge Menschen entschlossen haben, ihr Leben Gott zur Verfügung zu stellen und Nachfolger Christi zu werden. Warum sollte Tilo nicht zu ihnen gehören?«

Kopfschüttelnd blickte Siegfried auf seine um einen Kopf kleinere Mutter herab. Fast mußte er sie bewundern, wie sie in all den Jahren unumstößlich an dem festhielt, was sie einmal als richtig erkannt hatte.«

»Wenn er wirklich bei seinem Entschluß bleiben sollte, will ich Tilo nicht hindern, obwohl ich ihm die inneren Nöte ersparen möchte, die ihm bestimmt begegnen werden. Ich weiß dies aus Erfahrung.«

»Gerade das beweist mir, daß du einmal dem Reich Gottes nicht fern warst, Siegfried. Unterschätze nicht die Macht des Gebets. Daß ich für dich bete, Tag für Tag, das weißt du längst. Erlaube mir zum Schluß noch zu sagen: Ich glaube nicht daran, daß dir dies nichts mehr bedeutet. Nun geh, mein Junge, und schau nach Gislinde. Sie ist sicher schon ungehalten darüber, daß du dich so lange nicht um sie gekümmert hast.«

Frau Sternhalter war vierzehn Tage im Hause ihres Sohnes, als Gislinde zum erstenmal versuchen konnte, das Bett zu verlassen. Das Stehen und Gehen machte ihr noch sichtlich Mühe. Sie lehnte es jedoch ab, sich von ihrer Schwiegermutter stützen zu lassen und tat dies oft in geradezu unhöflicher Weise. Erst wenn Andreas aus der Schule oder Siegfried vom Dienst nach Hause kam, ließ sie sich von einem der beiden helfen.

Gislindes Haltung ihr gegenüber empfand Renate je länger desto verletzender. Manchmal war sie nahe daran, die Schwiegertochter nach dem Grund ihrer Ablehnung zu fragen. Aber was hätte das genützt?

Da waren sicher einige Ursachen, empfand Renate. Vor allem kam ihr die Mutter ihres Mannes zu unbedeutend vor. Das war bereits bei der Hochzeit unübersehbar zum Ausdruck gekommen. Gislindes Mutter war eine attraktive Frau, die ihren kostbaren Schmuck gern zur Schau trug, ihre Haare immer wieder in neuen Frisuren und Farbtönen darstellte und sichtlich auf Wirkung bedacht war. Renate Sternhalter sah dagegen unscheinbar und bescheiden aus. Irgendwie war sie sich im Kreise der Familie, zu der ihr ältester Sohn nun gehörte, schon damals fremd vorgekommen. Das ist bis zum heutigen Tag so geblieben, dachte sie. Wenn sie leise gehofft hatte, daß sich im Verhältnis der Schwiegertochter zu ihr während der Zeit ihres Hierseins etwas ändern würde, weil Gislinde nun mehr oder weniger auf sie angewiesen war, erkannte sie jetzt mit jedem Tag deutlicher, daß dies nicht der Fall war. Im Gegenteil – ihr kam es manchmal so vor, als wenn die Entfremdung zwischen ihnen noch zugenommen hatte. Sie litt darunter und prüfte sich in ihrer gewissenhaften Weise immer wieder, ob sie selbst etwas nicht richtig gemacht hatte, und ob es an ihr lag, daß sie keinen Zugang zu Gislinde fand.

Einer der Hauptgründe war bestimmt ihre Lebenseinstellung. Gislinde lehnte das Christentum ab. Als Renate in diesen Tagen einmal gewagt hatte zu sagen, daß gewiß auch solche Zeiten, wie die Schwiegertochter sie jetzt durch ihren Unfall erlebte, von Gott her einen Sinn hätten, war diese gereizt hochgefahren: »Verschone mich mit deinen frommen Redensarten! Ich habe dich ohnehin im Verdacht, daß du Tilo in seinen augenblicklichen Verrücktheiten noch unterstützt. Du solltest es längst erkannt haben, daß so etwas nicht in unser Haus paßt.«

Renate hatte in tiefer Traurigkeit geschwiegen. Ihr war wieder einmal klargeworden, daß Siegfried neben dieser Frau ein einsamer Mensch war, unabhängig davon, daß auch er sich schon längst vom Glauben losgesagt hatte.

Es war wenige Tage später. Gislindes Mutter machte wieder einmal einen Besuch bei ihrer Tochter. Täglich telefonierten die beiden miteinander. Wenn Siegfrieds Schwiegermutter aber ins Haus kam, hatte Renate immer etwas zu überwinden. Die Frau des Bankdirektors begegnete ihr in einer bewußt verletzenden Art. Über eine gönnerhafte Begrüßung hinaus ergab sich nie ein Gespräch zwischen ihnen. Wenn ich ein Dienstmädchen hätte, dachte Frau Sternhalter, würde ich mich schämen, es so von oben herab zu behandeln. Dabei bin ich doch die Mutter ihres Schwiegersohns. War es zu verwundern, daß die Tochter sich ähnlich benahm?

Neben dem Schlafzimmer der Eheleute befand sich das Eßzimmer, in dem Renate heute bei nur angelehnter Tür saß, um sofort zur Stelle zu sein, wenn Gislinde nach ihr rufen würde. Sie hatte sich wieder dorthin zurückgezogen, nachdem sie Siegfrieds Schwiegermutter die Haustür geöffnet und sie zu ihrer Tochter geführt hatte. Ihr Angebot, einen Kaffee zu kochen, wurde abgelehnt. Gislinde hatte heute keine Lust gehabt, aufzustehen.

Frau Sternhalter setzte sich in den Erker des Eßzimmers und nahm die Flickarbeit wieder zur Hand. Andreas hatte beim Sport seinen Turnanzug zerrissen. Den wollte sie nun wieder instandsetzen. Erst nach einer Weile merkte sie, daß sie vergessen hatte, die Verbindungstür zum Schlafzimmer, in dem Gislinde lag, zu schließen. Ehe sie es tun konnte, vernahm sie einige Worte aus dem Gespräch, das Mutter und Tochter miteinander führten. Als sie Gislinde sagen hörte: »Ich habe so genug von ihr. Sie geht mir direkt auf die Nerven mit ihrer unterwürfigen Art. Sorge dafür, daß Tante Elly für die restliche Zeit kommt«, war ihr sofort klar, daß sie gemeint war. Nein, sie wollte nicht den Lauscher an der Wand spielen.

Kurzentschlossen stand sie auf und verließ das Zimmer, um in der Küche das Abendessen vorzubereiten. Sie benötigte einige Augenblicke, um mit den lieblosen Worten der Schwiegertochter fertig zu werden. Empörung wollte in ihr aufsteigen. So wurde es also ausgelegt, wenn sie sich bemühte, ruhig zu bleiben und jede Auseinandersetzung, zu der es oft Grund genug gab, zu vermeiden. Nein, das hatte sie nicht nötig. Noch heute abend würde sie Siegfried bitten, sich nach jemand anders umzusehen, der seine Frau, die Kinder und den ganzen Haushalt betreute. Doch sie tat es dann nicht. Bis ihr Sohn nach Hause kam, gelang es ihr, ihm ruhig und ohne Bitterkeit zu begegnen. Wie gut, daß man auch während der Arbeit sein Anliegen vor Gott ausbreiten und darüber ruhig werden konnte. ‚War Gislinde mit ihrer Launenhaftigkeit und ihrem unausgeglichenen Wesen letztlich nicht zu bedauern? Benötigte sie nicht erst recht der Fürbitte, aber ebenso auch Siegfried, der im Grunde genommen der Leidtragende war?

Zwei Tage später wurde sie ungewollt Zeuge einer Auseinandersetzung zwischen Siegfried und seiner Frau. Zwar konnte sie nicht verstehen, um was es ging, aber sie ahnte, daß die Schwiegertochter ihrem Mann nahelegte, sie fortzuschicken. Mit gerötetem Gesicht verließ Siegfried das Zimmer, in dem der Wortwechsel stattgefunden hatte. Aber es verging noch einmal ein Tag, ehe er mit ihr, der Mutter, sprach. Es war ihm sichtlich peinlich, ihr Gislindes Forderung vorzutragen.

»Mutter, ich –«, er suchte nach Worten, die sie davon überzeugen sollten, daß es um nichts anderes ginge, als um die Sorge, ihre Arbeit in seinem Haus könnte ihre Kräfte übersteigen.

»Ich fürchte, Gislinde wird noch nicht so schnell wieder hergestellt sein, wie wir es erwartet haben. Für dich aber ist es unzumutbar, noch länger unseren Haushalt zu führen. Meine Schwiegermutter hat nun Gislindes Patentante gefragt, ob sie nicht für einige Wochen kommen und dich ablösen würde. Sie hat sich dazu bereit erklärt. Somit könntest du übermorgen wieder in dein Häuschen zurück.«

Siegfried blickte seine Mutter fast schuldbewußt an. »Mir selbst tut es natürlich sehr leid, wenn du gehst. Du wirst mir fehlen, glaube mir. Aber –«

»Schon gut«, unterbrach ihn Frau Sternhalter. »Gislinde wird sich gewiß freuen, ihre Patentante hier zu haben, und ich freue mich ebenfalls, wieder nach Hause zu kommen. Dann hat ja alles seine Richtigkeit. Mach dir keine Sorgen!«

»Ich habe dir viel zu danken, Mutter. Womit kann ich dir eine Freude bereiten?«

»Ich habe alles, was ich brauche. Und Überfluß benötige ich nicht.«

»Ich fahre dich übermorgen mit dem Wagen hinauf. Vorher sollst du in der Stadt die notwendigen Einkäufe machen, auf meine Kosten natürlich, damit deine Speisekammer und dein Kühlschrank wieder gefüllt sind. Du warst jetzt längere Zeit nicht zu Hause und wirst manches benötigen.«

»Danke, mein Junge, du weißt, meine Ansprüche sind bescheiden.«

Als Tilo erfuhr, daß die Großmutter das Haus verlassen würde, stürmte er zu ihr: »Omi, warum gehst du fort? Mama ist doch noch gar nicht ganz gesund. Wer soll denn für uns kochen und das Haus in Ordnung halten und – und – wem kann ich dann alles erzählen, von der Jugendgruppe und dem Schüler-Bibelkreis? Und was ist mit unserem Geheimnis, Omi?«

»Das bleibt bestehen, Tilo«, versprach Frau Sternhalter dem Jungen. »Jeden Abend wollen wir beide daran denken. Du hier zu Hause und ich bei mir daheim. Und dann bittest du deinen Vater, daß er dir erlaubt, mich immer wieder einmal zu besuchen. Wir müssen unsere Erfahrungen doch miteinander austauschen. Meinst du nicht auch?«

»Ja, Omi, das müssen wir, und darauf freue ich mich!« erwiderte Tilo.

Sichtlich beglückt über ihre Rückkehr wurde Frau Sternhalter von ihren Mitbewohnern, den beiden Frauen Marquardt, begrüßt. Siegfried, der die Mutter nach Hause gefahren hatte, empfand es beschämend, daß Gislinde kein Wort des Dankes für ihre Hilfe und ihren willigen Einsatz gefunden hatte. Irgendwie fühlte er sich schuldig, zumindest für das Verhalten seiner Frau. Bevor er sich verabschiedete, sagte er: »Mutter, es tut mir leid, wenn es bei uns nicht so war, wie du es hättest erwarten können und wie es hätte sein sollen. Bitte, nimm es mir ab, manches geschah nicht nach meinem Willen – ich –«

Er sprach nicht weiter, und Frau Sternhalter schätzte es an ihm, daß er nicht abfällig von seiner Frau sprechen wollte. »Laß es gut sein, Siegfried«, unterbrach sie ihn. »Glaube mir, vieles geschieht nicht aus bösem Willen, sondern nur aus Mangel an Erkenntnis.«

»Danke, Mutter!« erwiderte er. »Es ist edel von dir, niemand anklagen zu wollen. Übrigens hat Tilo mich inständig gebeten, ihm zu erlauben, dich öfters besuchen zu dürfen. Es sei wegen einem Geheimnis«, sagte er mir, »aber Näheres wollte er nicht verraten.«

»Dringe nicht in ihn«, bat die Mutter. »Wenn du mir immer wieder einmal Tilo schickst, machst du mir damit eine große Freude.«

Als Frau Sternhalter ihren Sohn zum Auto begleitete, sprang ihr Kätzchen mit großen Sätzen zu ihr und schmiegte sich schnurrend an ihre Füße. »Schau, es heißt mich willkommen«, erklärte Renate ihrem Sohn.

»Ich bin froh«, erwiderte dieser, »daß du von all deinen Hausgenossen so herzlich begrüßt wirst, sogar von deiner Katze. So muß ich mir doch keine Gedanken machen, daß du hier einsam und verlassen wärst.«

Renate blickte Siegfried mit frohem Gesicht an. »Das war ich nie, auch nicht, als meine beiden Frauen Marquardt noch nicht bei mir wohnten.«

Er verstand sie und fuhr nachdenklich davon.

Frau Sternhalter war froh, wieder zu Hause zu sein. Sollten wirklich nur knapp fünf Wochen vergangen sein, seitdem sie ins Tannheimer Tal gefahren war? Der Gedanke an ihren Aufenthalt bei Theresia Morlock ließ Schuldgefühle in ihr aufsteigen. Als sie diese verließ, war es ihr fester Entschluß gewesen, ihr so schnell wie möglich zu schreiben. Daß Theresia ihr so vertrauensvoll Einblick in ihr Leben gewährt hatte, rief in Renate eine innere Verpflichtung wach. Es drängte sie, der einsamen, tapferen Frau in Tirol klarzumachen, daß sie ihre notvollen Probleme kannte und verstand. Noch mehr war es ihr aber ein Anliegen, ihr irgendwie zu helfen, damit sie mit ihrem Schicksal fertig werden konnte und die Hoffnung nicht sinken ließ. Ihr war auch klar, daß man einen solchen Brief nicht wie einen mehr oder weniger belanglosen Gruß aufsetzen konnte. Dazu gehörte einfach mehr, vor allem Zeit, Einfühlungsvermögen und Herzenswärme. Auf keinen Fall durfte dieser Brief Phrasen oder fromme Redensarten enthalten. Darum benötigte sie dazu einige stille Stunden, in denen sie sich Theresia ganz zuwenden und sich mit den Erlebnissen ihres Alltags auseinandersetzen konnte.

In den Wochen bei Siegfried und Gislinde hatte sich keine solche Zeit gefunden. Die spürbare Unzufriedenheit und Launenhaftigkeit der Schwiegertochter hatte sie selbst von Tag zu Tag mehr belastet. Sie litt darunter, weil es ihr nicht gelang, Gislinde davon zu überzeugen, daß sie ihr mit Liebe begegnen und ihre Wünsche erfüllen wollte. Statt dessen ließ Siegfrieds Frau sie ihren Unmut von Tag zu Tag mehr spüren, so daß sie am Abend oft recht verzagt und niedergeschlagen war. Hinzu kam, daß die viele Arbeit ihre Kräfte manchmal fast überstieg und sie abends totmüde ins Bett sank. Meist lag sie dann noch stundenlang wach, weil Kummer und Traurigkeit über ihr erfolgloses Hiersein – so kam es ihr jedenfalls vor – sie nicht schlafen ließen. Wäre nicht Siegfried gewesen, der sie immer wieder durch ein gutes Wort ermutigte, weil er wohl fühlte, ohne daß sie darüber sprach, wie die Mutter unter seiner Frau litt – es wäre alles noch viel schwerer gewesen. Und da war Tilo, dieser freundliche und für alles Gute zugänglicher Junge! Keiner ahnte, wie seine aufgeschlossene Art ihr über die Schatten jener Tage hinweggeholfen hatte.

Jetzt mußte sie zunächst aber ihre Wäsche waschen. Nach Tannheim hatte sie genügend Leibwäsche mitgenommen. Bei ihrer Schwiegertochter wollte sie die Waschmaschine jedoch nicht benutzen. Auch war ihre kleine Wohnung wieder auf Hochglanz zu bringen. Zwar hatte in ihren Räumen niemand Unordnung verursacht, aber wenn fünf Wochen lang nicht Staub gewischt worden war, merkte man dies doch. Im Garten gab es auch allerlei zu tun. Wohl hatte Fräulein Marquardt sich bemüht, dem Unkraut an den Wegen und auf den Beeten zu Leibe zu gehen, aber die Pflege der Mutter und ihr eigener Haushalt forderten auch Zeit und Kraft.

»Wir sind so froh, daß Sie wieder da sind«, sagte die Gelähmte und streckte Frau Sternhalter beide Hände entgegen. »Sie haben uns sehr gefehlt!«

Ihre Tochter fügte hinzu: »Nicht wahr, den heutigen Abend schenken Sie uns. Mutter und ich haben uns schon so sehr nach einem gemütlichen Zusammensein mit Ihnen gesehnt. Aber nun möchte ich Sie zuerst fragen, ob Sie so freundlich wären, für eine Weile nach meiner Mutter zu sehen, während ich mit dem Bus in die Stadt fahre. Ich habe einige dringende Besorgungen zu machen. Während Sie fort waren, habe ich nur das Nötigste in dem Laden an der Ecke einkaufen können. Ich konnte Mutter nicht so lange allein lassen. Wenn Sie nur hin und her zu ihr hineinschauen würden, dann wäre ich Ihnen sehr dankbar.«

»Ach ja«, bat die Gelähmte, »setzen Sie sich doch ein wenig zu mir! Ich bin so ungern allein.«

O mein Garten, meine Wohnung, mein Brief an Theresia! dachte Renate.

»Mutter, Frau Sternhalter war jetzt fünf Wochen nicht zu Hause«, erinnerte Fräulein Marquardt. »Ich könnte mir denken, daß sie einiges zu tun hat.«

Als Renate aber die bittend auf sie gerichteten Augen der alten Frau sah, brachte sie es nicht fertig, ihren Wunsch zurückzuweisen. »Ich komme nachher zu Ihnen«, versprach sie. »Vorher möchte ich nur die Wäsche in die Waschmaschine legen.«

Auch in der folgenden Woche fand Frau Sternhalter keine Zeit, an Theresia zu schreiben. Dieses Versäumnis begann sie bereits zu belasten. Dann kam ein telefonischer Anruf von Gabrieles Freund, Alfred Häußler. Beinahe zehn Wochen waren vergangen, seitdem sie die beiden gesehen hatte. Bevor sie ins Tannheimer Tal gefahren war, hatten die jungen Leute ihren Urlaub in der Schweiz in der Nähe Interlakens zugebracht. Gabriele wollte einmal Ferien in einem internationalen Kurort machen und schwärmte schon lange vorher davon, sich inmitten modisch gekleideter Damen und Herren auf der Kurpromenade zu den Klängen der Kurkapelle zu bewegen. Auch ins Spielkasino wollten sie und an allerlei Vergnügungen teilnehmen. Natürlich mußte dazu auch die nötige Garderobe angeschafft werden. Frau Sternhalter hatte sich über Gabrieles Freund gewundert, der sich mit all ihren Wünschen einverstanden erklärte. Nun ja, Gabriele verdiente selber auch gut.

Alfred Häußler hatte angerufen. »Mutter, bitte, könntest du in den nächsten Tagen einmal zu uns kommen?«

Renate wunderte sich nicht wenig über seine Anrede. Bisher hatte sie sich nicht entschließen können, ihm das Du anzubieten. »Ist etwas Besonderes?« fragte sie.

»Ja, nein – Gabi liegt zu Bett.«

»Ist sie krank, oder ist etwas passiert?«

»Nein, nicht unbedingt. Am besten ist es, du kommst her. Dann können wir über alles sprechen.«

Eigenartig, dachte Frau Sternhalter. Was sollte das bedeuten? Sie ist nicht unbedingt krank. Nun, etwas Bedenkliches ist es wohl nicht, sonst hätte Herr Häußler sie gebeten, sofort und nicht erst in ein paar Tagen zu kommen. Sie hatte dann aber doch keine Ruhe und fuhr schon am anderen Tag nach Stuttgart hinunter.

Strahlend öffnete ihr Alfred die Tür. »Mutter, wie schön, daß du heute schon kommst.«

»Ich war doch ein wenig beunruhigt wegen Gabriele.«

»Dazu ist kein Grund«, erwiderte er. Dann legte er in erstaunlicher Vertrautheit den Arm um sie und zog sie nahe an sich heran. »Mutter, ich bin ganz durcheinander vor lauter Freude. Wir erwarten ein Kind.«

»Eigentlich ist es ja nicht verwunderlich«, erwiderte Renate, »nachdem ihr zusammenlebt, als seid ihr verheiratet.«

Aus dem Schlafzimmer ertönte Gabrieles Stimme. »Mama, wie schön, daß du kommst. Aber nun unterhaltet euch doch nicht vor der Wohnung, sondern kommt herein.«

»Ist dir nicht gut, daß du im Bett liegst?«

»Ich hab' ihr schon erzählt, daß wir ein Kind bekommen«, sprudelte Alfred in übergroßer Freude heraus.

»Das kann ich mir denken, daß du den Mund nicht halten konntest«, schmollte Gabriele. »Mutter, so ist er immer. Ich wundere mich, daß er nicht durchs ganze Haus gelaufen ist, an jeder Glastür geklingelt und die Neuigkeit verkündet hat.«

»Und du selbst?« fragte Frau Sternhalter die Tochter. »Freust du dich nicht auch?«

»Wir wollten doch kein Kind«, erwiderte die Tochter, ohne auf Renates Frage einzugehen.

»Und jetzt wird geheiratet«, verkündete Alfred Häußler.

»Das wollten wir auch nicht«, trotzte Gabriele. »Alles ist unprogrammäßig gegangen! Das Kind macht uns einen Strich durch alle unsere Pläne.«

»Du wirst dich nicht wundern, daß ich mich darüber freue, Gabi.«

»Ach Mama!«

Alfred ergriff wieder das Wort. »Mutter, ich will nun einfach, daß unser Sohn –«

»Du weißt ja noch gar nicht, ob es ein Junge ist«, korrigierte ihn Gabriele. »Und seit wann sagst du Mutti und du? Daß Mama dir das Du angeboten hat, hast du mir überhaupt noch nicht gesagt.«

Der Gescholtene errötete wie ein Schuljunge. »Verzeih!« er wandte sich an Frau Sternhalter. »Ich dachte, nun – wo du Großmutter wirst –«

»Laß es gut sein, Alfred. Bleiben wir beim Du. Ich kann dir

nicht sagen, wie froh ich bin, daß ihr euch entschlossen habt, nun zu heiraten.«

»Ich werde überhaupt nicht gefragt«, maulte Gabriele weiter. »Ich habe mich doch noch gar nicht entschlossen.«

Frau Sternhalter blickte von einem zum andern. Alfred aber fuhr fort: »Das tun wir unserem Kind nicht an, daß es nicht in eine richtige Familie hineingeboren wird. Ich kann mir auch schlecht vorstellen, daß es in der Kirche heißt: Der Sohn oder meinetwegen die Tochter von Alfred Häußler und Gabriele Sternhalter wird nun zur Taufe gebracht.«

»Nun redest du auch schon vom Taufen! Siehst du, Mutti, so ist er. Ich werde überhaupt nicht gehört.«

»Sie ist immer eine kleine Kratzbürste, das weißt du ja«, sagte lachend der angehende junge Vater zu Renate. »Doch ich bin überzeugt, daß sie in ihrem Innern längst damit einig ist.«

»Aber warum liegst du im Bett?« fragte Frau Sternhalter die Tochter. »Schwangerschaft ist normalerweise keine Krankheit.«

Nun erklärte wieder Alfred eifrig, die Situation sei so, daß Gabi auf ärztlichen Rat hin unbedingt in den ersten Monaten liegen müsse, damit es zu keiner Fehlgeburt käme. Ich habe mir nun einige Tage unbezahlten Urlaub genommen, weil wir doch gerade erst von unserer Ferienreise in die Schweiz zurückgekommen sind. Aber jetzt muß ich schließlich wieder daran denken, etwas zu verdienen. Erstens benötigt Gabi eine gute Pflege, und dann muß ja auch etwas für unser Kind zurückgelegt werden. Lange Rede, kurzer Sinn! Mutter, wir wollten dich fragen, ob du nicht bereit wärst, wenigstens für einige Wochen zu uns zu kommen, Gabi zu betreuen und unsern Haushalt zu führen. Ich bin sicher, daß meine Mutter nach einiger Zeit bereit wäre, dich abzulösen. Du müßtest ohnehin am Abend mit dem Bus hinauffahren. Dann und wann könnte ich dich auch mit meinem Wagen heimbringen. Wir haben ja leider kein Gastzimmer, das wir dir anbieten könnten.«

Frau Sternhalter versuchte den Seufzer, der aus ihrem Herzen emporstieg, zu unterdrücken. Kaum war sie von ihren Aufgaben bei Siegfried und Gislinde befreit und hatte noch nicht einmal ihre Wäsche wieder im Schrank und ihre Wohnung gerichtet, da wurde sie bereits wieder gefordert. Gefordert? Ihrer gewissenhaften Art gemäß korrigierte sie ihre Gedanken. Nein, fordern taten sie nicht, weder Alfred noch Gabi. Letztere hatte sich überhaupt noch nicht zu dessen Frage geäußert. Renate aber spürte das Vertrauen, das der Schwiegersohn – so nannte sie ihn bereits in ihrem Herzen – ihr entgegenbrachte. Durfte sie ihn enttäuschen? Und wieder glaubte sie eine Gegenfrage in sich zu vernehmen. »Betest du nicht jeden Morgen, daß Gott dir an diesem neuen Tag den Menschen in den Weg führen möge, dem du einen Dienst erweisen, den du aufrichten, trösten oder sonstwie helfen könntest?«

Obgleich sie sich nach den anstrengenden Wochen bei Gislinde noch recht müde fühlte, war es ihr unmöglich abzusagen. So antwortete sie: »Wenn ich an den Samstagen und Sonntagen, an denen du, Alfred, ja keinen Dienst hast, zu Hause bleiben kann und jeweils am Spätnachmittag wieder zu mir herauffahren könnte, dann würde ich mich gern bereit erklären, zu euch zu kommen. Du, Alfred, würdest das Essen zubereitet finden, wenn du Feierabend hast und kannst dann mit Gabi die Abendmahlzeit einnehmen, während ich mich auf den Heimweg begebe. Soviel ich weiß, liegt der Busfahrplan günstig, sowohl am Morgen wie am Abend.«

»Das würdest du tun, Mutti?« fragte Gabriele beglückt. »Ich fürchtete schon, ich müßte all die Stunden, in denen Alfred nicht zu Hause ist, hier alleine liegen. O Mama, ich bin dir so dankbar!«

Es war lange her, daß die Tochter so herzlich warm zu ihrer Mutter geredet hatte.

Auch Alfred dankte für die Zusage.

»Du mußt wissen«, sagte er, »mein Vater kommt zur Kur in ein Sanatorium. Sein Herz ist nicht in Ordnung. Täglich kann er mit dem Termin rechnen, aber es kann sich auch noch hinziehen. Wenn er abgereist ist, will meine Mutter dich ablösen. Ich habe bereits mit ihr gesprochen.«

Daß Alfred Häußler auch im Hauswesen nicht ungeschickt war, zeigte sich, als er nach diesem Gespräch in die Küche ging und in kürzester Zeit einen guten Kaffee bereitet hatte und ihr schönstes Kaffeeservice ins Wohnzimmer trug.

»Das Gebäck habe ich in einer guten Konditorei in der Nachbarschaft gekauft«, erzählte er Frau Sternhalter. »Ich hatte so eine Ahnung, daß du schon heute kommen würdest.« Zu Gabriele gewandt, fuhr er fort: »Jetzt helfe ich dir in den Morgenrock und führe dich ins Wohnzimmer. Du kannst dort ebensogut auf der Couch liegen und mit uns Kaffee trinken.«

So saßen sie einträchtig beieinander. Die beiden jungen Leute waren hocherfreut über die Bereitschaft der Mutter, zu ihnen zu kommen. Gabriele, die zuerst voller Widerspruch gewesen war, wurde sichtlich aufgeschlossen und froh. »Mutti, das ist das zweite Mal, daß wir hier in unserer Wohnung so gemütlich beisammensitzen. Kommt es daher, daß Alfred dir gesagt hat, daß wir heiraten?«

»Diese Nachricht trägt jedenfalls sehr zu meiner Freude bei«, erklärte die Mutter.

In diesem Augenblick klingelte es an der Glastür. Alfred ging, um zu öffnen. Sie hörten einen freudigen Ausruf: »Du bist's, Mutter? Wie schön, jetzt kannst du gleich auch Frau Sternhalter, Gabis Mutter, kennenlernen.«

Er führte den überraschenden Besuch herein. Vom ersten Augenblick ihres Zusammentreffens an fanden die beiden Frauen Gefallen aneinander.

»Ich mußte doch rasch nach dir schauen, Gabriele«, sagte Frau Häußler. »Dein Zustand macht mir schon einige Sorgen.« Sie begrüßte die angehende Schwiegertochter herzlich und wandte sich an Frau Sternhalter: »Ich habe sechs Kinder gehabt, aber bei keinem gab es solche Komplikationen. Ob es daher kommt, daß die Hektik unserer Zeit die Menschen mehr aufreibt, als es früher der Fall war? Sie sind einfach nicht mehr so widerstandsfähig.«

»Ich habe Frau Sternhalter bereits gesagt, daß wir heiraten werden«, ließ –Alfred jetzt seine Mutter wissen.

Die beiden Mütter tauschten einen Blick stillen Einvernehmens. Der junge Mann aber fuhr temperamentvoll fort: »Und ich glaube, daß ich mich nicht geirrt habe, wenn ich behauptete, daß ihr beide euch gut verstehen würdet. Frau Sternhalter nennt sich nämlich auch christlich.«

»Sich christlich nennen, genügt nicht«, erwiderte seine Mutter. »Du weißt, Alfred, daß ich dies euch Kindern oft gesagt habe. Christ sein ist mehr.«

Da reichte Renate ihr spontan die Hand. »Ihr Sohn scheint recht gehabt zu haben, daß wir beide uns gut verstehen. Ich stehe auf demselben Boden wie Sie.«

Frau Häußler wollte ihren Mann nicht gern solange allein lassen. Darum verabschiedete sie sich bald. Renate aber war voller Dankbarkeit. Nun kannte sie Gislindes Mutter schon fast zwanzig Jahre, doch noch nie hatte sie auch nur im entferntesten einen solchen Gleichklang mit ihr empfunden wie in der kurzen Stunde mit Gabrieles zukünftiger Schwiegermutter.

Auch wenn diese neue Aufgabe ihr Vorhaben durchkreuzte und sie die notwendigen Arbeiten in ihrer Wohnung und im Garten zurückstellen mußte, freute sich Renate doch über die Tage des Zusammenseins mit ihrer Tochter. Das um so mehr, weil sie in den vergangenen Jahren immer mehr das Empfinden hatte, Gabriele hätte sich von ihr zurückgezogen.

Wenn sie mit der Hausarbeit fertig war und das Essen vorbereitet hatte, saß Renate in den folgenden Tagen mit einer Näharbeit oder einem Strickzeug bei ihrer Tochter. Diese genoß es sichtlich, die Mutter einmal ganz für sich zu haben. Renate erzählte ihr von der Zeit, in der sie ihre Kinder erwartet und wie sehr sie sich jedesmal danach gesehnt hatte, sich von ihrem Mann ein wenig umsorgt zu wissen. »Aber ich mußte all die Monate, in denen ich deine Geschwister und dich erwartete, mit den Ängsten und Sorgen allein sein und mich durchkämpfen, denn dein Vater war ja im Krieg. Jedesmal, wenn er nach einem kurzen Urlaub wieder zurück an die Front mußte, erwartete ich erneut ein Kind. Die Zeit war oft nicht leicht, weil wir jede Nacht mit einem Fliegerangriff rechnen mußten.

Wie ganz anders darfst du es nun erleben, Gabi. Es ist herzerquickend zu sehen, wie Alfred sich auf euer Kind freut, und wie er dich liebevoll umsorgt und auf dich Rücksicht nimmt.«

»Ja, er ist sehr gut zu mir«, gab Gabriele zu. Nachdenklich

fuhr sie fort: »Es muß damals für dich sehr schwer gewesen sein, Mama.«

»Wenn ich nicht gewußt hätte, daß ich trotz allem nicht allein und verlassen bin, hätte ich es kaum ertragen. Aber ich war überzeugt davon, daß es wahr ist, wenn Gott sagt: Ich will dich nicht verlassen noch versäumen! Ich wußte ja auch, daß Vati täglich für mich und euch Kinder betete.«

Darauf erwiderte Gabriele nichts.

Nach einer Weile fragte sie: »Sag mal, Mutti, hat eigentlich Ralf-Peter in all den Jahren nie wieder etwas von sich hören lassen?«

»Nein, er hat nie geschrieben. Ich weiß nichts von ihm.«

»Das stelle ich mir schrecklich vor, Mama. Da erwartet man ein Kind, nimmt seinetwegenn all das Lästige und Unangenehme auf sich, was eine Schwangerschaft mit sich bringt, und muß dann später erleben, daß das Kind einen verläßt, sich nicht mehr um das Elternhaus oder in deinem Fall um die Mutter kümmert. Alles, was man für sein Kind getan hat, ist vergeblich.«

»Nichts ist vergeblich, was aus Liebe geschieht.«

»Ach Mama, das sind Illusionen. Das redest du dir ein. Du siehst doch, Ralf-Peter kümmert sich nicht um dich. Er hat dich vergessen.«

»Das glaube ich nicht. Wer weiß denn, was er inzwischen durchgemacht hat, in welche Hände und unter welche verderbliche Einflüsse er geraten ist? Irgendwie habe ich das Gefühl, fast möchte ich sagen, die Gewißheit, daß er eines Tages zurückkehrt. Er muß es doch spüren, daß ihn meine Liebe noch heute umgibt. Liebe ist immer stärker, stärker als alle anderen Einflüsse und Mächte.«

»Ich könnte nicht so denken wie du.«

»Erinnerst du dich an die Geschichte vom Verlorenen Sohn, die Jesus erzählt hat?«

Gabriele dachte einen Augenblick nach. »Ja, ich denke schon. Der hat doch auch sein Vaterhaus verlassen und sein Hab und Gut mit Freunden versoffen. Als er nichts mehr hatte, verließen sie ihn alle, und er ging vor die Hunde. Oder war es nicht so, daß er am Schweinetrog landete?«

»Ja, genauso war es. Und als er nicht mehr aus noch ein wußte, sagte er sich: Ich will mich aufmachen, und zu meinem Vater gehen. Und er machte sich wirklich auf den Weg, zerlumpt, verlaust, heruntergekommen und vielleicht verseucht durch allerlei Krankheiten. Und dann steht da in der Bibel ein wunderbares Wort, Gabi: Ehe denn der Sohn den Vater sah, entdeckte dieser ihn. Er hatte nämlich jeden Tag nach ihm ausgeschaut. Als er ihn in der Ferne auf der Landstraße wahrnahm, eilte er ihm entgegen, schloß ihn in seine Arme, küßte ihn und bereitete ihm ein großes Willkommensfest.

Sieh, Gabi, Tag für Tag schicke ich unserem Jüngsten, unserem Ralf-Peter meine Liebe entgegen, meine Gebete. Ich bin überzeugt, irgendwie werden sie ihn erreichen. Irgend etwas in mir sagt mir: Er kommt wieder heim. Dann will ich ihm entgegeneilen und ihn an mein Herz nehmen, und wenn er noch so verkommen und tief gesunken wäre.«

»O Mama!« Über Gabrieles Gesicht liefen Tränen. Verlegen wischte sie mit ihrem Taschentuch die Spuren der Ergriffenheit ab und tat, als müsse sie sich dieser weichen Regung schämen.

»Ich weiß nicht, was das ist: Seit ich das Kind erwarte, werde ich direkt sentimental. So blöd!«

Frau Sternhalter aber wußte, hier ging es nicht um Sentimentalität. Im Grunde genommen mußte ja auch Gabi dahin kommen, sich auf den Heimweg zu machen. Was aber konnte sie besseres tun, als weiter dafür zu leben, zu glauben und zu warten.

Als Renate am nächsten Wochenende von Alfred nach Hause gebracht wurde, nahm sie sich fest vor, den Sonntag nachmittag zum Schreiben zu benutzen. In letzter Zeit hatten sich immer mehr Briefschulden angesammelt. Vor allem sollte Theresia Morlock endlich eine Nachricht bekommen. Sie fühlte sich beinahe beschämt, als sie von dieser einen Brief in ihrem Briefkasten vorfand. Jetzt war Theresia ihr zuvorgekommen.

Frau Sternhalter nahm nicht eine der vorgenommenen Arbeiten in Angriff, sondern setzte sich zuerst in ihr Wohnzimmer, öffnete den Brief und las:

Meine liebe mütterliche Freundin!
Ist es vermessen, wenn ich Sie so nenne? Mein Herz drängt mich dazu, denn Sie haben sich mir in den Tagen Ihres Hierseins in der Tat als eine solche gezeigt. Daß ich mich schon vor Jahren, als Sie mit Ihren Kindern bei uns waren, zu Ihnen hingezogen fühlte, brauche ich Ihnen nicht zu sagen. Jetzt war es noch ganz anders. Ich möchte fast sagen, viel mehr. Mit Ihrem feinen Einfühlungsvermögen haben Sie gespürt, wie es um mich steht. Sie haben mir so geduldig zugehört, als ich mein Leben mit all seinen Nöten und Enttäuschungen vor Ihnen ausbreitete, was nie vorher bei irgendeinem Menschen geschehen war. Zwar hat sich in meinem Alltag nichts geändert, aber irgendwie kam ich mir nun nicht mehr so grenzenlos alleine vor. Es ging von Ihnen eine – ich möchte fast sagen: geheimnisvolle Kraft aus, eine Ruhe, ein Friede, die mir unendlich wohl taten. Dem Alter entsprechend könnten Sie natürlich nicht meine Mutter, sondern eher meine Schwester sein. Aber gerade das, was Sie mir ohne viele Worte gaben, habe ich immer bei meiner eigenen Mutter vermißt. Sie wissen, in meinem Herzen hatte sich jahrelang Bitterkeit gegen sie aufgestapelt. Ich war überzeugt, daß sie mir mit ihrem Starrsinn mein Lebensglück zerstört hatte. Heute weiß ich, daß sie ja selbst in ihrem arbeitserfüllten Dasein nichts anderes kannte als Pflicht, ohne je Rücksicht nehmen zu können auf eigene Wünsche und Bedürfnisse. Sie stand so stark in der Knechtschaft ihres Alltags, daß es ihr nicht einmal wirklich zu Bewußtsein kam, welch prächtigen Lebensgefährten sie an meinem Vater hatte. So gingen beide mehr oder weniger einsam nebeneinander her.
In mir aber hat sich durch Ihren Einfluß, liebe Frau Sternhalter, in letzter Zeit die Bitterkeit gegen meine Mutter in Erbarmen und Mitleid gewandelt, und dafür bin ich froh. Zwar kann ich auch jetzt noch kein volles Ja zu meinem Lebensweg finden, weil in mir immer noch die Frage aufsteigt: Warum mußte alles so kommen?
Aber als ich darüber nachdachte, was Sie in Ihrem Leben durchlitten haben, wie Sie als blutjunge Frau in einer so unsagbar schweren Zeit mit Ihren Kindern ganz auf sich allein gestellt und auch völlig mittellos waren, da sagte ich mir, daß Ihr Schicksal bestimmt nicht leicht war. Wie tapfer haben Sie sich durchgeschlagen. Und jetzt, wo Sie an Ihren Kindern Halt und Stütze haben sollten, stehen Sie wieder alleine da. Ich bewundere Sie!

Bei mir ist alles beim alten. Ich habe noch einige nette Gäste im Haus, auch liegen bereits Anmeldungen für den Herbst und vor allem für den Winter vor. Je länger desto mehr lockt der viele Schnee Fremde zum Skisport. Wenn da die Hotels und Pensionen ausgebucht sind, nimmt man auch mit einer einfachen Unterkunft vorlieb. Auf diese Weise ist wenigstens meine Existenz gesichert, wenn ich mir auch keinen Luxus leisten kann. Aber das ist ja auch nicht nötig.
Mit Toni ist es immer dasselbe. Oft überfällt mich eine furchtbare Angst, daß er noch völlig dem Alkohol verfällt. Aber ich habe der Mutter versprochen, ihn nicht im Stich zu lassen und stehe zu meinem Wort. Ich habe ihm vorgeschlagen – Sie werden darüber lächeln –, mir am Sonntag abend Unterricht in Französisch oder Englisch zu geben, weil immer mehr Ausländer zu uns ins Tannheimer Tal kommen. Ich tat es nicht, weil ich Toni die dafür nötige Ausdauer und Fähigkeiten zutraue, sondern ich wollte damit sein Selbstvertrauen wieder wecken, das ihm verlorengegangen ist. Andererseits hoffe ich auch, ihn mehr an zu Hause zu binden, denn noch immer vagabundiert er tagelang herum und kommt dann meistens betrunken zurück. Aber ich will Ihnen nichts vorjammern, liebe Frau Sternhalter. Es tut so gut, zu einem Menschen über das sprechen zu können, was einen bewegt. Daß Sie zuhören können, das habe ich wohltuend erlebt.
Ob Sie noch immer im Haus Ihres Sohnes Siegfried und bei seiner Frau sind? Bevor Sie abreisten, haben Sie mir versprochen, bald von sich hören zu lassen. Obgleich ich mir denken kann, daß Sie stark in Anspruch genommen sind, mache ich mir ein wenig Sorgen um Sie. Es wird doch nicht Krankheit oder sonst etwas Unliebsames die Ursache Ihres Schweigens sein? Bitte, schicken Sie mir wenigstens eine Karte, damit ich weiß, wie es Ihnen geht.
Seit Jahren habe ich keinen so langen Brief mehr geschrieben, aber es ließ mir jetzt keine Ruhe mehr.
Ich grüße Sie ganz herzlich!
Ihre Theresia.

Sinnend blickte Frau Sternhalter auf den Brief in ihrer Hand. Klar und regelmäßig reihte sich Buchstabe an Buchstabe und füllte die Seiten. Wie Theresia sich ausdrücken konnte! Wirklich, es war ein Jammer, daß ihr Wunsch, mehr zu lernen, nie in Erfüllung gegangen war. Ihre überdurchschnittliche Begabung hätte ihr manchen Weg ebnen können. Aber es war sinnlos, Verlorenem und nie Wiederkehrendem nachzutrauern.

Nun aber sollte Theresia auch nicht einen Tag länger auf ihren Brief warten müssen.

Renate setzte sich hin und schrieb:

Liebe Theresia!

Ihr Brief hat in mir große Freude ausgelöst, aber auch ein unübersehbares Schuldgefühl. Seit Tagen will ich Ihnen schreiben. Ich hatte es fest vor, gleich nach meiner Rückkehr aus dem Tannheimer Tal. Aber es war sehr schwer, bei all der Arbeit, die auf mich wartete, eine ruhige Stunde zu finden. Zuerst war ich bei meiner verunglückten Schwiegertochter Gislinde, Siegfrieds Frau. Jeder Tag war randvoll ausgefüllt mit ihrer Betreuung, mit Haus- und Gartenarbeit. Siegfried äußerte sich immer wieder besorgt und befürchtete, daß es mir zu viel werden könnte. Aber meine Kraft reichte aus, wenn ich auch oft sehr müde und verausgabt war.

Große Freude hatte ich an Tilo, Siegfrieds jüngstem Sohn. Die Gespräche mit ihm waren herzerquickend. Nach zwei Wochen löste mich Gislindes Patentante ab. Ich gebe zu, daß ich sehr froh war, in mein kleines Haus zu meinen beiden, mir lieb gewordenen Hausgenossen, der alten, gelähmten Dame und ihrer Tochter, zurückkehren zu können. Meinem Garten sah ich an, daß er vernachlässigt worden war, und auch in meiner Wohnung gab es viel zu tun.

Aber da wartete bereits wieder eine neue Aufgabe auf mich. Alfred Häußler, der Freund meiner Tochter Gabriele, mit dem zusammen sie schon seit Monaten eine Wohnung hat, bat mich, zu ihnen zu kommen. Er eröffnete mir, daß Gabi ein Kind erwarte. Er war darüber außer sich vor Freude und nahm eine ungeheure Last von mir, als er sagte, nun seien sie fest entschlossen, zu heiraten. Gabriele geht es leider nicht gut. Sie muß nach Aussagen des Frauenarztes in den ersten Monaten ihrer Schwangerschaft liegen, damit sie keine Frühgeburt bekommt. Was damit auf mich zukam, können Sie sich denken. Mein zukünftiger Schwiegersohn bat mich, von Montag bis Freitag abends bei meiner Tochter zu bleiben, damit er unbesorgt ins Geschäft gehen kann. So führe ich nun auch dort den Haushalt und glaube, daß ich mich dieser neuen Aufgabe nicht entziehen darf, zumal ich an jedem Morgen Gott bitte, er möge mir zeigen, wo er für mich einen Auftrag hat.

Alles das ließ mich nicht dazu kommen, Ihnen zu schreiben. Aber nun gehört mein erster freier Sonntag nachmittag Ihnen.
Haben Sie Dank für Ihren lieben Brief. Es war mir beim Lesen gerade so, als säßen wir miteinander auf der Bank unter den Tannen. Wie gerne möchte ich Ihnen eine mütterliche Freundin sein. Darum nehmen Sie es mir gewiß ab, wenn ich Ihnen einige herzlich gemeinte Ratschläge gebe. Ich habe mich sehr gefreut, daß Sie den Versuch wagen, einen besseren Kontakt zu Toni zu finden. Warum sollten die Französisch- oder Englischstunden nicht Brücken schlagen zwischen Ihnen beiden. Daß Sie Ihre Pflicht an ihm in großer Treue erfüllen, weiß ich. Ich habe Sie noch nie anders gekannt als pflichtgetreu bis ins Kleinste, auch als Ihre Mutter noch lebte und die beiden Schwestern im Haus waren. Aus lauter Pflichtgefühl haben Sie Ihre eigenen Interessen zurückgestellt, wenn oft auch mit wehem Herzen. Aber, liebe Theresia, Pflichterfüllung kann noch eine Steigerung erleben. Sie wird geadelt durch Liebe. Ich weiß, was Sie mir jetzt unter Umständen antworten: Genügt es nicht, daß ich um meiner Geschwister und vor allem um des Bruders willen auf die Erfüllung meiner Wünsche, ja sogar auf das Glück an der Seite eines Mannes, der mir alles bedeutete, verzichtete?
Ich spreche hier von einer anderen Liebe, Theresia. Die Welt braucht Menschen, die in der Kraft Christi das Abenteuer riskieren, ihr zu zeigen, daß die Liebe mächtiger ist als alles andere. Bemühen Sie sich, Toni diese Liebe entgegenzubringen, obwohl er Sie schon oft bitter enttäuscht hat. Ich weiß, das Wort von der Kraft Christi, die allein dazu befähigt, bedeutet Ihnen noch immer nichts – oder doch? Sie haben mir gesagt, daß Sie den Glauben an Gott und Menschen verloren haben und darum auch nichts mehr von Ihrer eigenen Zukunft erwarten. Ich erbitte in meinen Gebeten für Sie, daß Sie wieder glauben lernen, die ersten Glaubensschritte wagen wie ein kleines Kind, das Laufen lernt. Glauben aber lernt man nicht auf einmal und auch nicht ein für allemal.
An jenem Tag, als Sie mir Einblick in Ihr Leben gewährten, sagten Sie unter anderem: Ich benötige die Gäste, um meiner Existenz willen, aber sie sind nicht imstande, mir meine Last abzunehmen. Könnten Sie nicht auch beginnen, selbst Ihre Gäste, die Fremden, die in Ihr Haus kommen, mit den Augen der Liebe zu sehen? Dann werden Sie sich noch ganz anderer Aufgaben an ihnen bewußt, und Sie werden sie nicht nur um der Einnahmen willen in Ihrem Hause aufnehmen, sondern

weil Sie an ihnen einen Auftrag der Liebe zu erfüllen haben. Seien Sie überzeugt, auch unter ihnen sind welche, die Lasten tragen.
Liebe Theresia, ich wünschte so sehr, daß Sie trotz allem wieder von Herzen froh werden können. Gott kann es geben.
Ich grüße Sie herzlich!
Ihre Renate Sternhalter.

Der Hotelbesitzer Joseph Kleinert stand vor dem Eingangsportal seines Hauses, über dem auf beiden Seiten Fahnen verschiedener Nationen, aus denen sich augenblicklich Gäste bei ihm aufhielten, im Winde wehten. Er ehrte diese, geschäftstüchtig wie er war, indem er die Fahnen ihres Landes aufsteckte. Im Augenblick waren es die aus Frankreich, England, der Schweiz, Dänemark und Deutschland.

Das Hotel lag auf halber Höhe eines der vorgelagerten Hügel, deren Ausläufer das Tal einsäumten. Hinter diesen erhoben sich, durch Taleinschnitte voneinander getrennt, Berge, deren Höhen schon jetzt Anfang September mit Schnee bedeckt waren. Auf den Wiesen reckten die ersten Herbstzeitlosen ihre Köpfe aus dem noch immer saftig grünen Gras. Das Haus Kleinert erfreute sich eines vorzüglichen Rufes. Die Betreuung der Gäste in gut eingerichteten Zimmern und geschmackvollen Aufenthaltsräumen, aber auch die von einem erfahrenen Koch geführte Küche trugen dazu bei. Ausgesuchtes Personal bediente die Gäste, und Joseph Kleinert war sich bewußt, daß sein Hotel eines der führenden Häuser im Tannheimer Tal war.

Dennoch machte er einen bekümmerten Eindruck. Als er bei drei verschiedenen Anlässen im Lauf des Tages an dieselbe Sache erinnert wurde, berührte das eine wunde Stelle in seinem Leben. Der Postbote hatte einen Brief von seiner Schwester Stefanie, der Arztfrau aus dem Schwarzwald gebracht, in dem sie ihm von sich und ihrem Mann berichtete, sich nach seinem und seiner Tochter Ergehen erkundigte, aber auch eindringlich die Frage stellte, wie lange er eigentlich noch allein zu bleiben gedenke. »Ein Haus wie das Deine benötigt dringend eine frauliche Hand. Ich weiß, daß Dir Marlies sehr umsichtig zur Seite steht, aber dauernd kann sie doch nicht bei Dir bleiben, zumal sie sich im vergangenen Jahr verlobt hat und die Hochzeit bestimmt näher rückt. Sicher hast Du Dir darüber längst Gedanken gemacht, wie es dann weitergehen soll. Bei unserem letzten Besuch hast Du von einer Hausdame gesprochen, die Du einstellen wolltest. Ob das wirklich das Richtige ist?«

Joseph Kleinert war sich dessen bewußt, daß seine Schwester, die Stefanie, es mit ihm herzlich gut meinte. Aber die Entscheidung für seine Zukunft mußte er selbst treffen. Die konnte ihm niemand, auch nicht seine ehrlich um ihn besorgte Schwester, abnehmen.

Das zweitemal hatte ein vor einer Stunde angereister Gast, ein Fabrikant aus Berlin, der mit seiner Frau zum neunten Mal hierherkam, Herrn Kleinert daran erinnert, daß bei allen Vorzügen, die das Hotel aufzuweisen habe, doch etwas Wesentliches fehlte. Mit einem gewollt verliebt wirkenden Blick auf seine Frau, hatte er hinzugefügt: »Natürlich das Allerwesentlichste!« Als der wohlbeleibte Herr sich aus seinem Mercedes geschält hatte, war er mit ausgestreckten Händen auf den Hotelier zugegangen und hatte in seiner jovialen Art ausgerufen: »Mein lieber Herr Kleinert, jroße Freude, Sie wieder zu sehen! Konnte es kaum erwarten! Hoffe, daß Sie und Ihr Fräulein Tochter sich wohlbefinden und Sie inzwischen Ihr Junggesellendasein aufjejeben haben.«

Als der so Angesprochene kein Zeichen der Zustimmung gab, fuhr der temperamentvolle Berliner fort: »Sie wollen doch nicht sajen, daß Sie noch immer Solo sind? Hatte sehr jehofft, die attraktive, wasserstoffblonde Dame mittleren Alters, die bei unserem letzten Hiersein ebenfalls Ihr Jast jewesen ist, hätte sich Ihre Junst erworben. Sie schien doch sehr darauf aus zu sein, die Seele des Hauses hier zu werden. Konnte sie mir auch jut als Frau Hotelbesitzer Kleinert vorstellen.«

Es war gut, daß in diesem Augenblick der Hausdiener kam und sich der Koffer der Neuankömmlinge bemächtigte.

»Zimmer vierzehn, erster Stock«, ordnete Herr Kleinert an, nachdem er endlich zu Wort gekommen war und die angereisten Gäste begrüßen konnte.

»Ein Jlück, Zimmer vierzehn«, flötete die Frau des Berliners.

»Hätten Sie uns dreizehn jejeben, wir wären sofort wieder abjefahren, nich, Egon?«

»Aber gnädige Frau werden doch nicht abergläubisch sein?« erwiderte Herr Kleinert. »Ihr Zimmernachbar, Doktor Pickert, der auch schon des öfteren unser Gast war, verlangt jedesmal Zimmer dreizehn, weil es ein sonniges Eckzimmer mit besonders schöner Aussicht ist.«

»Worauf wir nicht in erster Linie Jewicht lejen«, betonte der Fabrikant. »Sie wissen, jute Küche, jute Betten, das ist uns die Hauptsache. Also nun: Auf in den Kampf!«

Joseph Kleinert verbeugte sich höflich und blieb weiter vor dem Hotel stehen. Ja, und das drittemal, das war doch wohl das Ausschlaggebende gewesen. Kurz vor dem Mittagessen war sein Schwiegersohn, Studienrat Marschall, ganz unverhofft vorgefahren, stürmisch und überglücklich von Marlies, seiner Braut, begrüßt. »Liebster, du verstehst einen zu überraschen! Warum hast du nicht geschrieben oder angerufen?«

»Ich muß unverhofft an einer Tagung in Kempten teilnehmen und habe die Gelegenheit wahrgenommen, einen Abstecher hierher zu machen. Hast du wohl etwas Zeit für mich?« wandte er sich an seinen Schwiegervater. »Ich denke, wir sollten heute zu einem Entschluß betreffs unseres Hochzeitstages kommen.«

Der Studienrat war Deutscher und unterrichtete an einem Gymnasium in Bayern.

»Ich lasse für uns drei im Nebenzimmer decken.« Marlies eilte in die Küche, um ihre Anordnungen zu geben. Und dann hatten sie dort die Mittagsmahlzeit eingenommen, Joseph Kleinert jedoch nur mit geringem Appetit. Nun war es also soweit. Wie gerne hätte er diese Unterredung noch hinausgeschoben. Er sah die bittend auf sich gerichteten Augen seiner Tochter. Schließlich ergriff sie das Wort, nachdem die beiden Männer zuerst einmal über alles andere, nur nicht über den vorhin genannten Grund gesprochen hatten.

»Vater, ich weiß, du würdest unseren Hochzeitstag am liebsten noch um etliche Monate hinausschieben. Aber wir dürfen Bernd jetzt wirklich nicht länger hinhalten. Schon vor einem halben Jahr hat er dich gebeten, den Termin festzusetzen. Ich verstehe es ja, du möchtest unser Fest nicht gerne in einer Zeit stattfinden lassen, in der das ganze Haus mit Gästen besetzt ist. Aber letztlich sind das doch nur wenige Tage nach Weihnachten.«

Bittend legte sie die Hand auf den Arm des Vaters. »Ganz gleich, zu welcher Jahreszeit – es wird dir immer schwerfallen, mich herzugeben! Aber einmal muß es doch sein, und Bernd wartet doch so sehr auf mich.«

Sie blickte von einem zum anderen – den beiden Menschen, die ihrem Herzen so nahestanden. Nur zu gut wußte sie, wie sehr der Vater sie brauchte. Aber letztlich gehörte sie jetzt zu ihrem zukünftigen Ehemann.

Man einigte sich auf die letzte Woche im Oktoker, und der Studienrat fuhr wenig später nach Kempten, kaum daß er Zeit gefunden hatte, sich seiner Braut zu widmen.

Marlies, die nach seiner Abfahrt mit der Büroangestellten des Hauses eine Besprechung geführt hatte, blickte immer wieder besorgt durchs Fenster auf ihren Vater, der nun schon geraume Zeit vor dem Haus stand, die Hände auf dem Rücken verschränkt, wie es seine Art war, wenn ihn etwas umtrieb. Der Tochter fiel auf, daß er sehr bedrückt aussah.

Nach einer Weile ging sie zu ihm hinaus, schob ihren Arm unter den seinen und fragte: »Vati, wollen wir nicht noch für eine Stunde hinauf zum Birkenplätzchen? Jetzt hätten wir gerade noch Zeit, bevor die Gästegruppe der Fünfzig-Jahr-Feier kommt. Den Mädchen habe ich Anweisungen gegeben wegen des Tischdeckens und der Dekoration, das Reh wird bereits gebraten. Also können wir uns die kleine Schnaufpause wirklich leisten.«

Joseph Kleinert nickte seiner Tochter zu. »Ja, laß uns gehen. Ich muß die Zeit ausnutzen, so lange ich dich noch habe.«

Hand in Hand stiegen Vater und Tochter ein Stück empor. Hier hatte Herr Kleinert anläßlich der Geburt eines jeden seiner Kinder eine Birke gepflanzt. Zwei Söhne und eine Tochter waren ihm geschenkt worden. Ein Sohn war als Kleinkind gestorben.

Die beiden ließen sich dort auf einer Bank nieder. Von hier aus hatte man einen herrlichen Weitblick ins Tal, hinüber zum See und natürlich auf die gigantisch wirkende Bergkette.

Marlies schmiegte sich an ihren Vater. »Du bist so still, so nachdenklich«, begann sie das Gespräch. »Ich weiß die Ursache. Du brauchst sie mir nicht zu nennen. Aber Vati, so sehr ich Mutter ein gutes Andenken bewahren möchte – nie wird mir eine andere Frau sie ersetzen können –, so wenig kann ich mir vorstellen, daß du auch weiterhin allein bleibst. Ich wollte dich nicht drängen, wieder zu heiraten, wenn ich bei dir bliebe. Aber du weißt, daß dies nicht möglich ist. Ich gehöre nun einmal zu Bernd. Außerdem bin ich ja nur deine Tochter.« Sie versuchte zu lächeln, obgleich ihr das Herz weh tat, wenn sie daran dachte, wie schwer es dem Vater fiel, sie ziehen zu lassen.

»Du sagst ›nur‹«, nahm er ihren Gedankengang auf. »Dabei hast du mir seit dem Tod deiner Mutter zur Seite gestanden wie eine erfahrene Gastwirtsfrau, umsichtig und überlegend. Du hast es verstanden, mit den Angestellten umzugehen, warst bei den Gästen geachtet und beliebt und bist um mein Wohl besorgt, wie es deine Mutter nicht besser gekonnt hätte. Ich weiß wirklich nicht, wie ich ohne dich fertig werden soll.«

»Du mußt einfach wieder heiraten«, erwiderte Marlies spontan. »Vati, ich habe mich immer wieder, wenn wir Damen deines Alters als Gast im Hotel hatten – Witwen, unverheiratete oder geschiedene Frauen, gefragt, ob diese oder jene wohl zu dir passen würde. Es waren auch einige dabei, die ich mir an deiner Seite vorstellen konnte. Bisher habe ich nie so konkret mit dir darüber gesprochen. Aber nun, da der Tag meiner Hochzeit so nahe ist, muß ich es dir doch einmal sagen. Bitte, Vater, tu es mir zuliebe. Wie könnte ich von hier fortgehen, ohne mich um dein Wohlergehen zu sorgen?«

Joseph Kleinert streichelte die Hand seiner Tochter, die seinem Herzen so nahestand. Dabei konnte er ein Lächeln nicht verbergen. »Dir zuliebe?« wiederholte er. »Was denkst du wohl, was eine von mir Umworbene sagen würde, wenn ich ihr zumuten wollte: Heiraten Sie mich meiner Tochter zuliebe.«

»Ach Vati!« schmollte Marlies. »Du weißt doch, wie ich es meine!«

»Natürlich verstehe ich dich«, lenkte er ein. »Aber glaube mir, die meisten solcher alleinstehenden Frauen in meinem Alter erhoffen immer noch eine Liebesheirat, wenn man sicher auch aus Vernunftsgründen bereit wäre, mit mir in den Stand der Ehe zu treten. Nein, darauf möchte ich verzichten.«

»Und wüßtest du wirklich keine, Vati, die du aus Liebe heiraten könntest?«

Herr Kleinert antwortete eine Weile nicht.

Fragend blickte ihn seine Tochter an. »Du schweigst?«

»Ach Marlies«, fast gequält klang seine Stimme. »Wenn du mich so direkt fragst! Aber warum soll ich es dir nicht erzählen? Ich meine, jetzt, wo du in wenigen Wochen selbst eine junge Frau wirst und den Mann, den du liebst, heiratest, kann ich es dir anvertrauen.«

»Du machst mich neugierig, Vater.«

»Nicht einmal deiner Mutter habe ich es gesagt.«

»Wenn es dir schwerfällt, darüber zu reden, mußt du es nicht tun.«

Nach einigen Augenblicken begann Herr Kleinert: »Ich war noch ein Schuljunge, als ich eine meiner Klassenkameradinnen liebte. Zuerst war es wohl nichts anderes als eine kindliche Schwärmerei. Theresia imponierte mir einfach. Sie war eine der begabtesten Schülerinnen, dazu fleißig und strebsam. Unser guter, alter Lehrer wünschte es sehr, sie zu fördern. Er meinte es durchsetzen zu können, daß sie eine höhere Schule besuchte und ging zu ihren Eltern, um mit ihnen alles zu besprechen. Der Vater war zugänglich gewesen, doch die Mutter war und blieb unansprechbar. Resi hatte noch zwei jüngere Schwestern, und als sie beinahe siebzehn Jahre alt war, erwartete ihre Mutter noch einmal ein Kind. Sie behauptete, Theresia nicht entbehren zu können. Sie brauchte sie bei der Betreuung der Geschwister, besonders des neugeborenen Kindes, wie bei der Versorgung der wenigen Gäste, die sie in ihrem kleinen, aber schön gelegenen Haus aufnehmen konnten. Außerdem hatte sie im Haushalt, im Stall, bei der Heuernte und wer weiß wo noch zu helfen. Ich hatte inzwischen erkannt, daß es sich bei mir nicht nur um ein Verliebtsein handelte. Resi war in der Tat meine erste, große

Liebe. Ich meinte, es erzwingen zu müssen, daß sie von daheim fort und auf die Hotelfachschule ging. Als ich erkannte, daß ihre Mutter sie unter keinen Umständen gehen lassen würde, schlug ich ihr vor, wenigstens während einer Saison zu uns ins Hotel zu kommen. Auf diese Weise hätte sie alle im Hause vorkommenden Arbeiten kennengelernt. Ich war überzeugt, wenn mein Vater erst erkannte, welch geschicktes und begabtes und auch hübsches Mädchen sie war, müßte es ihm nicht schwerfallen, einer Eheschließung mit ihr zuzustimmen. Ich zweifelte keinen Augenblick daran, daß sie ausgezeichnet mit den Gästen umgehen und alles in tadelloser Ordnung halten würde. Ihre schulischen Fähigkeiten ließen mich nicht daran zweifeln, daß sie sich auch im Büro, in der Korrespondenz und darüber hinaus die notwendigen Kenntnisse aneignen würde. Aber ihre Mutter ließ sie nicht gehen. In den ersten Jahren nach der Schulentlassung trafen wir uns heimlich. Nur mit List konnte Theresia ihre Mutter dahin bringen, ihr sonntags nachmittags für ein oder zwei Stunden Ausgang zu genehmigen. Hätte der Vater, der sehr an seiner ältesten Tochter hing, nicht immer wieder ein gutes Wort für sie eingelegt – es wäre nie zu einem Treffen gekommen. Wie oft habe ich eindringlich mit ihr geredet. Ich wußte, sie erwiderte meine Liebe, aber sie wagte nicht, sich der gestrengen Mutter zu widersetzen. Mir war klar, daß mein Vater sich für mich eine andere Partie wünschte: Eine Frau mit Geld sollte ich heiraten. Ich kam zur Ausbildung nach Innsbruck, zum Praktikum nach Frankreich und England. Es brach der Krieg aus, der Fremdenverkehr ließ sehr nach. Nun, auch das ging vorbei. Als mein Vater kränklich wurde, verlangte er meine Rückkehr nach Hause, aber gleichzeitig auch, daß ich baldmöglichst heiratete, damit er mir den Betrieb übergeben konnte. Je länger desto mehr wurde mir klar, wie aussichtslos meine Liebe zu Theresia Morlock war.«

»Theresia Morlock?« Marlies wiederholte den Namen. »Ich habe nie etwas von ihr gehört, Vater. Wohnt sie nicht mehr im Tannheimer Tal? Sicher ist sie längst verheiratet und trägt jetzt einen anderen Namen.«

Herr Kleinert antwortete: »Nein, sie ist ledig geblieben. Der unerwartete Tod ihres Vaters – er war Waldarbeiter – schnitt ihr erst recht jede Möglichkeit ab, etwas zu lernen. Nun behauptete die Mutter, sie schon gar nicht mehr entbehren zu können. Ihre beiden Schwestern und ebenso der Nachkömmling, ihr einziger Bruder, durften einen Beruf erlernen. Sie aber mußte zu Hause bleiben, zumal die Mutter ein Herzleiden bekam, an dem sie dann auch starb. Viele Jahre sind vergangen, seitdem ich mit Theresia gesprochen habe. In der Kirche, die ich in jener Zeit noch regelmäßig besuchte, sah ich sie nur ganz selten. Sie ging mir bewußt aus dem Wege. Mir schien, als habe sie sich auch vom Dorfleben zurückgezogen. Ich glaube, es hat ihr fast das Herz gebrochen, daß es für uns keinen gemeinsamen Weg gab. Sie liebte mich sehr.

Kurzum, dein Großvater verlangte, daß ich mich nach einer passenden Frau umsah. Ich lernte deine Mutter kennen, Marlies. Ihr Vater besaß, wie du weißt, ebenfalls ein Hotel. Ich sah keinen anderen Weg, als Resi zu schreiben, daß ich nicht länger auf sie warten könne.

Deine Mutter war eine liebenswerte Frau. Jedoch ließ ihr Gesundheitszustand es nicht zu, daß sie sich viel um den Hotelbetrieb kümmerte. Die Geburten haben sie viel Kraft gekostet. Wir lebten in einer harmonischen Ehe. Da kam plötzlich die schlimme Krankheit, und nun ist Mutti schon mehr als drei Jahre tot.

Natürlich hat mich in dieser Zeit der Gedanke manchmal bewegt, ob ich nicht wieder heiraten soll. Mir ist klar, ein Haus wie das unsere braucht dringend eine umsichtige Frauenhand. Du bist mir in diesen Jahren treu zur Seite gestanden. Mehr als du tatest, konntest du gar nicht leisten.

Auch ich habe immer wieder erwogen, ob diese oder jene der Damen, die als Gast bei uns waren, geeignet wäre, den Platz auszufüllen, den einmal deine Mutter eingenommen hat. Aber für keine von ihnen konnte ich mich entscheiden. An wohlgemeinten Ratschlägen hat es auch nicht gefehlt. Erst heute wollte der Fabrikant aus Berlin mir wieder eine Dame in Erinnerung rufen, die er bei uns kennengelernt hat und die ihm passend schien. Aber ich kann nicht, Marlies. Glaube mir, unwiderruflich steht es immer wieder vor mir, daß ich Theresia Morlock vor bald vierzig Jahren die Ehe versprochen habe.«

»So liebst du sie heute noch, Vater?«

»Nach dem Tod deiner Mutter ist alles, was damals war, wieder in mir aufgestanden.«

»So frage sie doch, Vater – nur – nur –«, Marlies suchte nach Worten. »Macht es dir nichts aus, daß sie nichts anderes als die Tochter eines Waldarbeiters ist?«

Joseph Kleinert antwortete nicht sogleich. Dann schüttelte er den Kopf. »Nein, das wäre kein Hinderungsgrund. Glaube mir, Marlies, längst bin ich dahin gekommen, den Menschen nicht nach seinem Rang und Titel oder nach seinem Vermögen zu beurteilen. Wie wenig oft hinter aller zur Schau getragenen Pracht in Wirklichkeit steht, das lernt man in unserem Beruf schnell. Manch einer, der ein Großmaul ist und mit seinem Besitz protzt, ist innerlich hohl und leer. Andere wiederum, die bescheiden im Hintergrund bleiben und sich durch nichts hervortun, lernt man als sehr wertvolle Menschen kennen.

Es ist noch nicht lange her, da sah ich Theresia Morlock von weitem auf der Straße. Sie schob den Rollstuhl, in dem ihre querschnittgelähmte Schwester saß. Kurz vor ihrer Hochzeit verunglückte diese bei einem Verkehrsunfall mit ihrem Verlobten. Er war sofort tot, während sie nie wieder auf ihren Füßen stehen kann. So hat man es mir erzählt. Theresia muß mich auf der Straße gesehen haben. Sie bog mit ihrer Schwester um die nächste Straßenecke, weil sie einer Begegnung mit mir ausweichen wollte – wie ich vermute. Wie gesagt, ich habe sie jahrelang nicht gesprochen, und ich bezweifle, daß sie sich heute noch entschließen könnte, mich zu heiraten. Sie ist inzwischen eine stattliche, gutaussehende Frau geworden. Als ich ihr begegnete, war sie zwar einfach, aber geschmackvoll gekleidet. Vielleicht ist sie nie darüber hinweggekommen, daß ich nicht auf sie wartete, wie ich es ihr versprochen hatte. Aber hätte ich damals anders handeln können, als mich meinem Vater zu fügen? Und ich war ja auch nicht unglücklich mit deiner Mutter.«

»Warst du mit ihr glücklich, Vater?«

»Ich habe dir gesagt, sie ist eine liebenswerte Frau gewesen.«

Wieder saßen Vater und Tochter eine Weile schweigend beisammen. Beide bewegten sie die gleichen Gedanken in ihrem Innern.

Dann ergriff Marlies die Hände des Vaters. »Geh zu Theresia Morlock, sprich mit ihr, Vater! Frage sie, ob sie deine Frau werden will. Ich verspreche dir, immer freundlich zu ihr zu sein. Vielleicht wird doch noch alles gut.«

Joseph Kleinert schüttelte den Kopf. »Marlies, ich fürchte, es ist vorbei. Es müßte seltsam zugehen, wenn ich mich je noch für eine andere Frau entscheiden könnte.«

»Aber ich würde wenigstens den Versuch wagen, Vater.«

»Es kommt mir alles so bedeutungslos vor. Noch ein paar Jahre, und ich werde, wenn ich es erleben darf, sechzig Jahre. Was hat alles Sich-Plagen und Organisieren letztlich für einen Sinn gehabt? In den ersten Jahren unserer Ehe, nachdem mein Vater mir den Hotelbetrieb übergeben hatte, mußte ich alle meine Kraft einsetzen, um ihn nach dem Krieg erst wieder anzukurbeln. Dann starb mein Vater. Ihr Kinder wurdet geboren. Eure Mutter kränkelte immer mehr. Es kam der schreckliche Tag, an dem der Arzt mir sagte, daß ihr nicht mehr zu helfen sei. Ich versuchte alles, scheute weder Mühe noch Geldausgabe. Sie kam in verschiedene Sanatorien. Wir suchten die berühmtesten Ärzte auf. Es war erfolglos.

Ach Marlies, kannst du verstehen, daß ich mir manchmal wie ein Heuchler vorkam, wenn ich morgens durch das Haus ging, lächelnd – wie es schien, bestens gelaunt – hier eine Verbeugung machte, dort eine Dame mit Handkuß begrüßte, über das Wetter plauderte, Neuankömmlingen einige liebenswürdige Worte schenkte, die Angestellten zur Arbeit und Eile trieb – und in mir sah es so düster aus, daß ich am liebsten keinen Menschen gesehen hätte. Aber unser Beruf verlangt eben Liebenswürdigkeit, die fast bis zur Heuchelei geht.«

»Aber Vati, so darfst du es doch nicht sehen!« wandte die Tochter erschrocken ein. »Es gibt auch vieles Erfreuliche in deinem Beruf.«

Joseph Kleinert winkte müde ab.

»Und dann starb unsere Mutti. Kannst du dich erinnern, daß

sie mich in den letzten sechs Wochen ihres Lebens immer wieder bat, mit ihr ein Stück durch die Wiesen zu gehen – da, wo der Weg nicht so ansteigt, bis hin zu dem großen hölzernen Kreuz, von dem aus man das ganze Tal überblicken kann? Oft war es mir beinahe eine Last. Ich hatte immer so viel zu tun. Darum wollte es mir manchmal wie Zeitverschwendung vorkommen. Ein- oder zweimal habe ich auch dich gebeten, sie zu begleiten.«

»Ja, ich erinnere mich.«

»Ich werde nie vergessen, was sie mir sagte, als wir beim letzten Mal diesen Platz unter den hohen Tannen aufsuchten und dort auf der Bank saßen. Mit ihrer schmalen, blassen Hand deutete sie auf das Kreuz und sagte: ›Das ist das einzige, was bleibt, Joseph; und dies ist der Ort, wo wir alles, was wir im Leben versäumt oder falsch gemacht haben, ablegen können.‹

Ich wollte sie von diesen Gedankengängen befreien und erwiderte: ›Was solltest du wohl versäumt oder falsch gemacht haben?‹

Aber sie ließ sich nicht ablenken: ›Wenn man erst so weit gekommen ist wie ich‹, sagte sie, ›wenn einem alles, was man festgehalten hat und was einem lebensnotwendig schien, aus den Händen fällt, dann erkennt man manches, woran man früher nicht gedacht oder was man bewußt übersehen hat. Nichts bleibt als das, was am Kreuz für uns geschehen ist.‹ Marlies, seitdem gehen mir die Worte deiner Mutter nicht mehr aus dem Sinn. Ich beginne langsam, meinen Alltag mit anderen Augen anzusehen, und manches, was mein Beruf von mir verlangt, ödet mich jetzt direkt an. Diese Schleppenträgerei und Speichelleckerei!«

Marlies' Augen waren fast entsetzt auf ihren Vater gerichtet. »So hast du noch nie gesprochen, Vati. Was ist nur mit dir? Resignierst du, weil ich bald das Haus verlasse? Oder hast du Schwermutsanwandlungen? Und dann deine plötzliche Neigung zum – zum – ich weiß nicht, wie ich es nennen soll – zum Religiösen! Du bist doch noch nie fromm gewesen. Nun ja, als Kinder gingen Sebastian und ich zum kirchlichen Unterricht, zur Kommunion, später zur Firmung. Aber dann war es aus. Du und Mutti, ihr gingt ja auch nicht mehr zur Messe. Und jetzt auf einmal – ich verstehe das alles nicht, Vater.«

»Ich mußte dir dies alles einmal sagen, Marlies. Die Worte vom Kreuz, die deine Mutter gesprochen hat, bevor sie starb, lassen mich nicht mehr los. Mein ganzes Dasein kommt mir je länger desto mehr sinnlos vor. Wir leben davon, daß uns reiche Leute ihr Geld geben und wir sie dafür etliche Wochen versorgen und verwöhnen. Wie aber wird es sein, wenn auch mir einmal alles aus den Händen fällt?«

»Vater, was redest du da? Du erschreckst mich. Das klingt ja geradeso, als habest du Todesahnungen.«

Herr Kleinert ging auf ihren Einwand nicht ein. Er fuhr fort: »Dein Bruder weiß als Arzt in einem Kindersanatorium wenigstens, wofür er lebt. Er tut jedenfalls etwas Sinnvolles. Aber ich –?«

»Ist es etwa nicht sinnvoll, wenn du Menschen, die aus den verrußten und lärmerfüllten Großstädten zu uns kommen, hier in unserer schönen, stillen Bergwelt die Möglichkeit gibst, sich zu erholen? So jedenfalls habe ich es bisher angesehen.« Sie blickte auf ihre Armbanduhr. »Vati, wir sind länger hier geblieben als gewollt. Vergiß nicht, heute abend findet noch die Fünfzig-Jahr-Feier bei uns statt.«

Sie erhob sich. »Tu mir den Gefallen und geh so bald wie möglich zu Theresia Morlock. Es wäre mir eine so große Beruhigung.«

Der Vater antwortete nicht. Als er sich jedoch anschickte, mit Marlies zum Hotel hinunterzugehen, fiel ihr auf, was sie bisher nicht gesehen hatte: Er war sehr gealtert.

Theresia Morlock stand vor ihrem Haus und blickte ihren Geburtstagsgästen entgegen, die durch den hohen Schnee vom Tal her den Weg zu ihr hinaufstapften. Sie waren von Reutte mit dem Autobus gekommen. Zwar waren die Fahrstraßen vom Schnee geräumt, aber Tobias Karotscheck, Theresias Schwager, verzichtete möglichst darauf, im Winter sein Auto zu benutzen. Immer wieder gab es vereiste Stellen. Er wollte sich und seine Familie vor jedem noch so geringen Unfall bewahren. In dieser

Jahreszeit hätten sie sonst davon abgesehen, auf den Berg zu kommen. Aber da nun einmal Theresias Geburtstag im November lag, gehörte es sich schließlich. Die drei älteren Kinder, nun auch schon bald erwachsen, trugen ihre Ski herauf. Sie versprachen sich bei diesen Witterungsverhältnissen ein besonderes Vergnügen. Kati, die elfjährige Jüngste konnte an der Hand der Mutter nur mühsam die Höhe ersteigen. Immer wieder mußte Marianne, die Schwester Theresias, mit dem nach Luft ringenden Kind stehenbleiben. Das Mädchen schien nicht gesund zu sein.

Die drei Söhne waren zuerst oben angelangt. Dann folgte der Vater. Alle gratulierten Theresia herzlich. Sie wartete vor ihrem Haus, bis auch die Schwester mit ihrer Tochter oben angelangt war.

Aufatmend blieb Frau Karotscheck stehen und ließ ihre Blicke rings herum schweifen. »O Resi, nirgends ist es schöner als hier oben!« sagte sie. »Und diese reine, gesunde Luft!« Sie beugte sich zu dem schmächtigen, für ihr Alter zu kleinen Mädchen herab: »Hier oben solltest du leben können, Kati. Da würdest du bald rote Bäckchen haben und auch Appetit bekommen.«

Das Kind warf der Mutter einen angsterfüllten Blick zu und schüttelte wortlos, aber energisch den Kopf. Herr Karotscheck gab seiner Frau einen Wink: »Fang doch nicht jetzt schon wieder davon an. Du verdirbst dem Kind den ganzen Nachmittag!«

»Kommt nur gleich herein. Der Kaffee ist fertig«, sagte in diesem Augenblick Theresia. »Ich konnte mir ja ausrechnen, wie lange ihr brauchen würdet, bis ihr hier oben seid.«

»Du bist uns nicht böse, Tante Resi, wenn wir gleich nach dem Kaffee die Skier anschnallen? Wir möchten die Gelegenheit und das gute Wetter ausnutzen.«

»Dafür habe ich volles Verständnis!« Man sah, zwischen Theresia und den Angekommenen bestand ein gutes Verhältnis. Längst waren die Spannungen vergessen, die vor Jahren bestanden hatten, als Marianne eine Lehre als Verkäuferin machen durfte, während Theresia zu Hause bleiben und die Hausarbeit mit der Versorgung der kleinen Geschwister übernehmen mußte. Auch wenn es jetzt immer wieder einmal Augenblicke gab, in denen Theresia Morlock unter dem Verzicht litt, der über ihrem ganzen Leben stand, war sie doch mit der Zeit innerlich ruhiger geworden. Sie mußte zugeben, daß sie das besonders Frau Sternhalter zu verdanken hatte, die ihr inzwischen regelmäßig schrieb.

Mit den Jahren war Theresia für die Geschwister eine Art Mutter geworden. Es war selbstverständlich, daß man seine Kümmernisse zu ihr trug, sei es durchs Telefon, brieflich oder anläßlich der allerdings seltenen Besuche bei ihr hier oben. Ohne es je geplant zu haben, hielt Theresia die Familie irgendwie zusammen. Kam es ihr einmal zu Bewußtsein, streifte sie höchstens der Gedanke, der eine gewisse Resignation nicht entbehrte: So bin ich wenigstens für etwas nütze!

Die drei Neffen hatten schnell eine Tasse Kaffee heruntergestürzt, kauten noch an dem letzten Stück Kuchen, als sie bereits vor dem Haus ihre Skier anschnallten.

»Ihr wißt, wir erwarten euch unten in Tannheim an der Bushaltestelle«, rief der Vater ihnen noch nach. Dann stoben sie davon.

Nach einer Weile klopfte es an die Stubentür. Ein kleines Mädchen aus dem Nachbarhaus steckte den Kopf herein. Es mochte jünger sein als Kati Karotscheck, war aber größer und kräftiger als diese. »Ist Kati da?« fragte das Kind. »Darf sie ein wenig zu mir herüberkommen, zum Spielen?« Die beiden Mädchen kannten sich von früheren Besuchen.

»Geh doch mit ihr«, ermunterte frau Karotscheck ihre Tochter. »Hier wird es doch langweilig für dich. Drüben könnt ihr schön miteinander spielen.«

Fragend blickte die Kleine auf ihren Vater. »Aber ihr geht nicht ohne mich heim?«

»Aber nein«, erwiderte dieser. »Ganz gewiß nicht.«

»Auf Ehrenwort?«

»Auf Ehrenwort!«

Jetzt erst entschloß sich das Mädchen, mit ins Nachbarhaus zu gehen.

»Sie sieht nicht gut aus«, stellte Theresia fest, als sich die Haustür hinter den Kindern geschlossen hatte.

»Es geht ihr auch nicht besonders gut«, erwiderte ihre Schwester. »Seitdem sie damals an Scharlach erkrankte, kann sie sich einfach nicht erholen. Der Arzt meint, sie sollte in einer höheren Lage in guter Luft leben, viel Milch trinken und möglichst aus dem Stadtbetrieb heraus. Nun ist ja Reutte wahrlich keine Großstadt, aber wenn man an den Autoverkehr in der Hauptstraße denkt! Ich möchte nicht wagen, Kati dort während der Saison allein über die Straße gehen zu lassen! Zu allem Unglück wohnen wir noch immer im Industriegebiet. Auch wenn die Werke im Vergleich zu wirklichen Großstädten längst nicht soviel Abgase von sich geben und der Lärm nicht übermäßig stark ist – der Arzt behauptet einfach, in dieser Umgebung könnte Kati nicht gedeihen. Ich habe ernstlich erwogen, ob wir unser Mädel für die nächsten Jahre nicht zu dir heraufgeben sollen. Hier, in der völlig staubfreien, gesunden Luft, könnte sie sicher wieder zu Kräften kommen. Aber Tobias will davon absolut nichts wissen.«

»Daraus wird nichts!« Nun ergriff auch Herr Karotscheck das Wort. »Du weißt, Theresia, daß ich nichts gegen dich habe. Keinem anderen würde ich mehr vertrauen als dir. Aber ich weiß, unsere Kati würde vor Heimweh eingehen. Sie ist derart sensibel und familienabhängig. Die würde hier noch viel kränker werden, als sie schon ist. Wir müssen um des Kindes willen einen anderen Weg finden.«

»Nun, wenn du schon soviel sagst, dann laß die Resi auch gleich wissen, was du vorhast.«

Fragend blickte Theresia von einem zum anderen. »Ihr macht mich neugierig.«

»Das ist alles noch längst nicht spruchreif«, wehrte der Schwager ab. »Aber warum sollst du es nicht wissen? Vielleicht hörst du einmal von einer solchen Möglichkeit.« Nach einer kurzen Pause fuhr er fort: »Um unserer Kati willen habe ich mich entschlossen, mein Handwerk aufzugeben und irgendwo auf dem Land oder in den Bergen einen kleinen Hof zu pachten. Es soll ja Leute geben, die es vorziehen, in der Stadt zu leben. Sie meinen, da fliegen ihnen die gebratenen Tauben in den Mund, und das Geld finden sie dort auf der Straße. Wenn ich irgendwo einen kleinen Hof mit zwei, drei Kühen im Stall, ein wenig Ackerland oder Wiesen bekommen könnte, würde ich mein Geschäft aufgeben. Alles tät ich, damit das Mädel wieder zu seiner Gesundheit käme.« Tobias Karotscheck erhob sich nach diesen Worten und ging zur Tür.

»Ich will nach dem Kind schauen, sonst meint es wirklich, wir sind abgefahren, ohne es mitzunehmen.«

Kopfschüttelnd blickte seine Frau ihm nach. »Ich sorge mich gewiß um Katis Gesundheitszustand«, sagte sie. »Aber Tobias' Gehabe ist manchmal schon etwas übertrieben. Wie ein rohes Ei behandelt er das Mädchen. Er bleibt völlig unansprechbar, wenn ich ihm den Vorschlag mache, Kati wenigstens für einige Monate zu dir heraufzugeben.«

Theresia dachte, ohne es jedoch auszusprechen: Zumindest könntest du mich ja fragen, ob es mir recht wäre. Da schlich sich das alte Gefühl wieder an sie heran, das nicht einer gewissen Bitterkeit entbehrte: So war es immer, und so ist es heute noch. Ihr alle betrachtet es als selbstverständlich, daß ich für euch da bin, wenn es gilt, gewisse Probleme durchzustehen, einzuspringen, wenn ihr nicht mehr weiter wißt. So hatte es schon immer die Mutter getan: Die Theresia ist dafür da. Die Resi wird es schon meistern. Nun machte es Mariandl genauso. Mit keinem Wort fragte sie: Bist du damit einverstanden, daß wir dir das Kind bringen? Dachte denn keiner daran, daß sie inzwischen sechsundfünfzig Jahre alt war. Nach alledem, was sie erlebt hatte, fühlte sie sich oft noch viel älter, abgearbeitet und müde. Daß auch sie einmal Ferien machen müßte, kam niemand in den Sinn. Nun sollte sie zu allem anderen auch noch die Verantwortung für dieses kränkliche Kind übernehmen.

Und dann Toni! Dachte Marianne nicht daran, daß sich Kati vor ihm erschrecken oder sogar fürchten könnte, wenn er, wie es doch so oft geschah, betrunken nach Hause kam und sie, Theresia, ihm oft sehr energisch entgegentreten mußte?

Ihre Gedankengänge mochten auf Marianne übergesprungen sein. Sie fragte: »Was ist überhaupt mit Toni? Hat er Arbeit, oder sitzt er wieder bei dir herum und trinkt sich voll?«

»So ist es!« antwortete Theresia resigniert.

»Ist er heute gar nicht daheim?«

»Nein!«

»Und er hat auch nicht an deinen Geburtstag gedacht?«

Theresia machte eine müde Handbewegung. »Wo denkst du hin? Das tut er schon seit Jahren nicht mehr. Manchmal habe ich den Eindruck, er verblödet mit der Zeit durch den Alkohol.«

»Das ist ja schrecklich!«

»Ja, Mariandl, und wenn wir nun schon auf Toni zu sprechen kommen, muß ich dir doch sagen, daß ich es fast nicht verantworten könnte, eure Kati zu mir zu nehmen. Sie würde mit ansehen müssen, wie ihr Onkel sich im betrunkenen Zustand benimmt. Ich könnte es nicht verhüten, daß sie Szenen miterlebt, die nicht zu umgehen sind, wenn Toni sich unmöglich benimmt.«

Marianne sah einen Augenblick schweigend vor sich nieder. Dann sagte sie: »Entschuldige, Resi! Daran habe ich gar nicht gedacht. Du schienst mir einfach der einzige Ausweg in bezug auf Kati zu sein. Solange ich mich erinnern kann, warst immer du es, zu der man mit seinen Nöten kommen konnte. Es gab einfach nichts, was du nicht versuchtest, zurechtzubiegen. Aber an den Ärger und die Schwierigkeiten, die du nun schon seit Jahren mit Toni, diesem Taugenichts, durchmachst, haben wir alle zu wenig gedacht. Dazu kümmerst du dich Jahr um Jahr um die gelähmte Monika neben all deiner Arbeit mit den Gästen hier im Haus. Ich schäme mich wirklich, daß wir das alles so selbstverständlich hinnehmen, ohne dir je einmal wirklich dafür gedankt zu haben.«

»Nun hör aber auf!« wehrte sich Theresia in großer Verlegenheit. Sie wünschte nicht, daß die Schwester ihre Tränen sah, die ihr bei deren letzten Worten in die Augen getreten waren. So lenkte sie das Gespräch in andere Bahnen. »Ist es wirklich Tobias' ernste Absicht, seinen Beruf aufzugeben und mit euch aufs Land zu ziehen?«

»Sobald sich ein kleineres, geeignetes Anwesen findet.«

»Das wird nicht ganz einfach sein. Jedenfalls weiß ich niemand in unserer Umgebung, der daran denkt, sein Anwesen zu verkaufen.«

»Tobias wird nie zustimmen, daß wir Kati fortgeben. Er hängt zu sehr an dem Kind.«

In diesem Augenblick vernahm man erregte Männerstimmen vor dem Haus. Theresia sichtlich besorgt, hob den Kopf und warf einen Blick durchs Fenster. Dann sprang sie auf: »Um alles in der Welt – das scheint der Toni zu sein! Er ist wieder total betrunken.« Sie eilte zur Haustür. Ihre Schwester folgte ihr. Wenige Schritte vor dem Eingang standen sich Tobias und sein Schwager gegenüber. Der letztere war kaum imstande, auf seinen Füßen zu stehen. Mit glasigen Augen stierte er Mariannes Mann an. Dann erhob er seine Stimme: »Ach, der Herr Karotscheck läßt sich auch wieder einmal blicken. Hat ganz schön lang gedauert, daß du dich um deine Schwägerin gekümmert hast.«

»Wir haben wenigstens daran gedacht, daß sie heute Geburtstag hat, während du es anscheinend vergessen hast.«

»Geburtstag?« lallte der Betrunkene. »Davon weiß ich nichts. Sie hätte mir das ja auch sagen und ein Festessen auf den Tisch stellen können. Aber sie läßt mich überhaupt an nichts teilnehmen, die Resi. Ich hätte ihr unter Umständen einen Blumenstrauß gepflückt.«

»Du Dussel!« schrie der empörte Schwager. »Wahrscheinlich einen aus Eiszapfen. Daß du dich überhaupt nicht schämst, in solch einem Zustand nach Hause zu kommen, du pflichtvergessener Lump!«

Toni wollte mit erhobener Faust auf seinen Schwager losgehen, bekam das Übergewicht und stürzte in den Schnee, in dem er recht tief versank.

Kati, die der Vater aus dem Nachbarhaus geholt hatte, war mit weit aufgerissenen Augen Zeuge dieser erregten Auseinandersetzung gewesen und voller Angst zur Mutter geflüchtet. Als sie sah, daß der Onkel den Vater schlagen wollte, schrie sie laut auf: »Mutter, komm, laß uns heimgehen!« Zu Tobias Karotscheck gewandt, bat sie: »Vater, Vater, komm!«

Toni war nicht imstande, sich selbst zu erheben. Er bot einen kläglichen Anblick, wie er da lag. Theresia war mit ein paar Schritten bei ihm, beugte sich nieder, um ihm beim Aufstehen behilflich zu sein, aber es gelang ihr nicht. So wandte sie sich an den Schwager: »So hilf mir doch, Tobias!«

»Verrecken sollte man ihn lassen, den elenden Kerl«, murmelte dieser in seinen Bart, bückte sich dann aber doch, um dem Betrunkenen auf die Beine zu helfen.

»Laß mich los!« schrie dieser wütend. »Rühr' mich nicht an! Die Resi hat es noch immer allein fertiggebracht, mir aufzuhelfen.«

»Man könnte heulen, wenn es nicht zum Lachen wäre!« erwiderte der Schwager, führte dann aber doch Toni zusammen mit Theresia in die warme Stube, wo dieser sich auf die Eckbank fallen ließ und sofort einschlief.

»Es ist wohl am besten, wenn wir jetzt gehen«, sagte Tobias zu seiner Schwägerin.

»Es tut mir leid um euch«, erwiderte Theresia, »nachdem ihr den beschwerlichen Weg unternommen habt und zu mir gekommen seid.«

»Es muß dir nicht um uns leid tun. Du kannst einen erbarmen, daß du dich nun all die Jahre mit deinem versoffenen Bruder abschinden mußt.«

»Es ist meine Pflicht«, erwiderte sie. Sonst nichts.

Theresia stand noch eine Weile vor der Haustür und blickte ihren Geburtstagsgästen nach. Der plötzliche Abschied belastete sie, hatte sie sich doch so gefreut auf den Besuch. Fröstelnd zog sie das Tuch um sich, das sie um ihre Schultern gelegt hatte.

Dann ging sie, um Toni eine Wärmflasche ins Bett zu legen. Er mußte zuerst einmal seinen Rausch ausschlafen, und das würde eine Weile dauern. Wenn sie ihn nur schon im ersten Stock hätte! Hier in der Wohnstube konnte sie ihn auf keinen Fall lassen. Die ersten Gäste würden bald vom Skilaufen zurückkommen und hielten sich dann zunächst gern unten am warmen Kachelofen auf.

Als Kati zwischen ihren Eltern talabwärts ging, schwiegen zunächst alle drei. Plötzlich hob das Kind den Kopf zur Mutter empor und wandte sich dann bestürzt an den Vater: »Sie weint! Warum weint die Mutter?« Weder diese noch ihr Mann antworteten zunächst. Dann aber sagte Marianne schluchzend: »Wir sind in all den Jahren an Resi schuldig geworden. Wenn ich nur daran denke, was sie allein mit dem Toni durchmacht.«

»Und du wolltest ihr auch noch die Kati zumuten! Ist dir nie der Gedanke gekommen, wie das Kind unter solchen Einflüssen leiden würde? Es war vorhin schon kreidebleich und zitterte am ganzen Leib, als der Toni auf mich losging! Nein, dann soll Kati lieber, solange es nicht anders geht, in der Stadt bleiben. Da hat sie wenigstens diesen brutalen Säufer nicht vor Augen. Eins ist gewiß: Ich werde nicht ruhen, bis sie Milch von unseren eigenen Kühen trinken und barfuß im Gras vor dem Haus herumspringen kann. Schon als Kind war es mein größter Wunsch, auf dem Land zu leben. Leider hat man mich gezwungen, das Schlosserhandwerk zu lernen. Froh bin ich dabei nie gewesen.«

»Dauert es noch lange, bis wir aufs Land ziehen?« fragte Kati den Vater und blickte erwartungsvoll zu ihm empor.

»Wann das sein wird, weiß ich noch nicht, aber daß es einmal sein wird, daran glaube ich sicher. Das verspreche ich dir, Kati!«

Nachdem die Gäste sich in ihre Zimmer zurückgezogen hatten, saß Theresia Morlock noch allein in ihrer Wohnstube. Toni schnarchte in seinem Zimmer so laut, daß sie es hier unten hören konnte. Er würde bestimmt bis gegen Mittag des anderen Tages nicht mehr in Erscheinung treten. Und dann würde er herrisch sein Frühstück fordern.

Theresia vermochte einen Seufzer nicht zu unterdrücken. O Gott, wie lange noch? dachte sie. Wann werde ich diese Last ablegen können? Plötzlich erinnerte sie sich daran, daß Frau Sternhalter einmal eine ihrer Schwestern, die damals heranwachsende junge Mädchen waren, in freundlicher Weise daran erinnert hatte, daß man den Namen Gottes nicht aussprechen dürfe, es sei denn, daß man in ernsthafter Weise zu ihm rede, also bete! Eigenartig, daß ihr dies jetzt ins Gedächtnis kam. Nein, ein Gebet war das soeben nicht gewesen, eher ein qualvoller Seufzer. Aber hatte Frau Sternhalter nicht einmal zu ihr gesagt: »Auch Seufzer dringen an das Ohr Gottes und können zu Gebeten werden?«

Theresia erhob sich und holte Zündhölzer. Vor ihr stand eine wunderschöne Honigkerze aus wohlriechendem Wachs. Frau Sternhalter hatte sie ihr zum Geburtstag gesandt und sie gebeten, diese an jedem Abend eine Weile anzuzünden, wenn sie in dem zu Ende gehenden Tag irgendeine Freude, mag sie auch noch so klein gewesen sein, erlebt hat. Dann wird sie nicht so oft angezündet werden, dachte Theresia, als sie den Brief gelesen hatte. Wieviele Tage ihres Lebens waren völlig freudlos vergangen, so meinte sie wenigstens. Noch immer nahmen Bitterkeit und Pessimismus einen großen Raum in ihrem Innern ein. Doch nun kam es beinahe wie ein Zwang über sie. Hatte sie nicht gerade heute Grund, die Kerze anzuzünden, die Frau Sternhalter ein Freudenlicht genannt hatte? Schon allein, daß sie an ihren Geburtstag gedacht und ihr das Licht geschickt hatte! Dann waren Mariandl und ihr Mann mit den Kindern zu ihr herauf gestiegen, trotz des hohen Schnees! Auch ihre Gäste hatten sie erfreut. Blumen waren um diese Jahreszeit in Tannheim ein rarer Artikel. Aber von irgendwoher hatten sie einen wunderschönen Strauß gebracht. Einige Gäste, die schon seit Jahren zu ihr kamen, hatten sich das Datum ihres Geburtstags gemerkt. Genug Gründe, das Freudenlicht anzuzünden. Theresia wunderte sich über sich selbst. Sie stellte eine völlig neue Gemütsregung in sich fest. Aus einer Schachtel, in der sie alle Briefe von Frau Sternhalter aufhob, entnahm sie einige Blätter. Wie lieb ihr die klare, gleichmäßige Handschrift der mütterlichen Freundin bereits geworden war! Sie blätterte in den Briefbogen, las hier eine Stelle, die sie sich angestrichen hatte, und dort ein Wort, das ihr besonders eindrucksvoll schien. Da stand zum Beispiel: »Für unser Leben ist nur eins wichtig, daß es ganz fest in der Hand unseres Gottes ruht und von ihm geführt und gestaltet wird.«

Beim ersten Lesen hatte ihr dieses Wort nicht viel oder gar nichts zu sagen gehabt. Meinte sie doch, von Gott nichts mehr wissen zu wollen nach all den Enttäuschungen, die sie erlebt hatte. Aber dann dachte sie an das Leben der Frau, die ihr diesen Ausspruch geschrieben hatte. War ihr Dasein weniger belastet gewesen als das ihre? Was muß sie als junge Witwe durchlebt und gelitten haben! Hinzu kamen später die mancherlei Sorgen um ihre größer werdenden Kinder. »Sie haben wenigstens noch Ihren Bruder, dem Sie Liebe erweisen können«, hatte sie einmal geschrieben. »Ich weiß nicht, wo mein Jüngster ist, ob er überhaupt noch lebt. Seit vielen Jahren ist er verschollen. Er hat nie geschrieben, seitdem er mich verlassen hat. Wie gerne würde ich ihm Gutes tun, ihm Liebe erweisen und ihn betreuen, ganz gleich, was in seiner Vergangenheit liegt! Wichtig ist nur eins: zu wissen, daß unser Leben ganz fest in Gottes Hand ruht und von ihm geführt und gestaltet wird . . .«

Ob Frau Sternhalter sich freuen würde, wenn sie ihr schrieb, daß sie in letzter Zeit schon einige Male in Tannheim zur Kirche gegangen war? Sie hatte wohl gesehen und gehört, wie ein paar alte Frauen die Köpfe zusammensteckten und tuschelten: »Seht doch, die Theresia Morlock läßt sich auch mal wieder blicken!« Aber es war ihr gleichgültig gewesen. Irgendwie war es ihr fast heimatlich vorgekommen, nach so vielen Jahren wieder einmal unter der Kanzel der Dorfkirche zu sitzen und Gottes Wort zu hören. Wie hatte doch Frau Sternhalter in einem ihrer Briefe geschrieben: »Ich bete dafür, Theresia, daß Sie zu einem persönlichen Erlebnis mit Gott kommen möchten.« Nein, soweit war sie noch lange nicht. Aber in ihr regte sich eine Sehnsucht, die sie sich selbst nicht erklären konnte. Ein andermal hatte in einem Brief von Frau Sternhalter gestanden: »Wenn wir nicht recht beten, können wir auch nicht recht leben und dienen.«

Da begehrte alles in ihr auf. War ihr ganzes Leben im Grunde genommen nicht ein einziges Dienen gewesen? Ihrer Mutter hatte sie gedient, ihren Geschwistern, indem sie auf ihr eigenes Glück verzichtet hatte, und nun das Leben mit ihrem trunksüchtigen Bruder! Was war es denn anders, als ein selbstloses Dienen, wenn auch nicht aus Liebe, sondern aus Pflicht? Auch von der Liebe, die mehr als Pflichterfüllung ist, hatte Frau Sternhalter ihr geschrieben. In einem der Briefe, in denen Theresia jetzt blätterte, stand: »Man sieht nur mit dem Herzen gut. Das Wesentliche ist für die Augen unsichtbar.«

Theresia war kein oberflächlicher Mensch, sondern begabt, aufgeschlossen und geistig rege. Sie überdachte diese Worte, ohne sie jedoch sogleich zu bejahen. Als sie nun am Ausklang ihres Geburtstages im Schein des Freudenlichtes saß, erkannte sie, daß sich trotz ihres anfänglichen inneren Sträubens bereits einiges zu wandeln begann. Es war wie eine Saat, die aufging.

Als Theresia das Licht ausblies und sich anschickte, in den oberen Stock hinauf und zu Bett zu gehen, war ihr Herz von einer inneren Ruhe erfüllt, wie seit langem nicht mehr. Das verdankte sie ihrer mütterlichen Freundin, Frau Sternhalter. Oder war es mehr? Ihr fiel noch ein Wort ein, das Frau Sternhalter ihr einmal geschrieben hatte: »Die Freude fängt genau in dem Augenblick an, in dem man die Suche nach dem eigenen Glück aufgibt und versucht, es anderen zu schenken.« Hatte sie die Suche, das Verlangen nach dem eigenen Glück wirklich aufgegeben? Plötzlich sah sie es von einer anderen Sicht. Sollte Frau Sternhalter recht haben, wenn sie ihr wie damals Mut zusprach: »Gott ist imstande, Ihrem Leben einen ganz neuen Sinn zu geben«, hatte diese leidgeprüfte und doch so tapfere Frau gesagt.

Theresia staunte über sich selbst. Rein äußerlich hatte sich in ihrem Dasein nichts geändert. Wenn sie auch meinte, die Sehnsucht nach eigenem Glück längst in sich begraben zu haben – irgend etwas erschien ihr anders als früher. Erklären konnte sie es nicht, aber sie spürte es.

»Frau Sternhalter, Telefon!«

»Danke, Fräulein Marquardt, ich komme sofort!« Renate hatte den sonnigen Frühlingstag benutzt, um die Gartenarbeit zu beginnen. Noch nie schien ihr ein Winter so lang gewesen zu sein. Oder kam es daher, daß sie älter wurde und unter Kälte, Schnee und Dunkelheit mehr litt als in früheren Jahren? Sie richtete sich aus ihrer gebückten Haltung auf, wischte die Hand mit Resten der Gartenerde an ihrer Schürze ab und eilte ins Haus. Dabei warf sie ihrer Mitbewohnerin, die zum Telefon gerufen hatte und ihr nun die Tür aufhielt, einen dankbaren Blick zu. »Ich glaube, mein Gehör läßt etwas nach. Ich habe das Klingeln des Telefons im Garten nicht gehört.«

Sie meldete sich: »Hier Frau Sternhalter.« Ihre Tochter Dorothee war am Apparat. Sie kam ihr merkwürdig erregt vor. »Mutti, kannst du sofort zu mir herunter ins Krankenhaus kommen?«

»Zu dir ins Krankenhaus? Ist etwas passiert? Bist du krank?«

»Nein, Mutti, aber frag jetzt nicht weiter. Ich kann es dir nicht am Telefon sagen. Aber du mußt sofort kommen.«

»Um diese Zeit fährt kein Autobus, erst in einer Stunde.«

»Ich bestelle dir von hier aus eine Taxe. Es ist dringend.«

»Ich zieh mich sofort um. Ich komme nämlich aus dem Garten, wo ich begonnen habe –«

»Mutti, das kannst du mir nachher erzählen. Verzeih, wenn ich dich unterbreche, aber es eilt wirklich! Die Taxe ist in spätestens einer Viertelstunde bei dir, um dich zu holen.«

Frau Sternhalter zerbrach sich den Kopf, als sie sich eilig fertig machte. Was nur konnte die Ursache des dringlichen Telefongespräches sein? Sie hatte sich über Dorothees Anruf gefreut, aber ihre Stimme hatte merkwürdig geklungen. Ihr hatte sie es zu verdanken, daß sie ein Telefon besaß. »Man muß dich doch erreichen können, wenn du so weit abseits von uns wohnst.« Kurzerhand hatte sie beim Fernmeldeamt das Telefon für sie beantragt und zahlte jeden Monat die Rechnung. Gute Dorothee! Diese Tochter hatte ihr eigentlich nur immer Freude bereitet.

An der Pforte des Krankenhauses hatte die Stationsschwester Dorothee Sternhalter vorsorglich eine Nachricht hinterlassen, wo die Mutter sie finden konnte. Dann standen die beiden sich gegenüber. Fragend blickte Renate ihre Tochter an. »Ist etwas passiert?«

Dorothee legte nun den Arm um die Mutter, als müsse sie ihr Halt geben, wenn die auf sie zukommende Nachricht ihre Kräfte übersteigen sollte.

»Mutti, Ralf-Peter ist gekommen!«

Nun griff Frau Sternhalter tatsächlich nach ihrem Herzen. »Ralf-Peter?« Totenblässe bedeckte plötzlich ihr Gesicht.

Dorothee sah es und fing die Wankende auf. Das war, was sie befürchtet hatte. Sie führte die Mutter zu einer Sitzecke und berichtete: »Er muß mit einem Intercityzug auf dem Stuttgarter Bahnhof angekommen sein. Auf dem Bahnsteig ist er besinnungslos zusammengebrochen. Man brachte ihn im Sanitätswagen hierher ins Krankenhaus. Es geht ihm schlecht, Mutter! Er hat die Besinnung bis jetzt nicht erlangt. Nicht nur seine Ausweispapiere gaben Aufschluß über ihn – was das Wichtigste ist. In seiner Brieftasche fand sich ein offener Brief an dich mit der vollen Angabe deiner Adresse. Bevor man dich telefonisch benachrichtigen konnte, erinnerte sich einer der Ärzte, die sich um ihn bemühten, daß ich den gleichen Namen trage, und er ließ mich sofort rufen. Und, Mutti, er ist es. Es ist unser Ralf-Peter. Zwar hätte ich ihn nicht mehr erkannt. Bedenke, wie viele Jahre dazwischenliegen! Aber als ich, mit deinem Einverständnis rechnend, den an dich gerichteten Brief las – ich hoffte, ihm wichtiges entnehmen zu können und meinte, keinen Augenblick zögern zu dürfen, weil wenig Hoffnung für Ralf-Peter besteht – wurde es mir gewiß, daß er es wirklich ist, auf den wir nun schon Jahre warten. Willst du nun zuerst den Brief lesen, oder soll ich dich zu ihm führen?«

»Führe mich zu meinem Sohn! O Gott, ich danke dir, daß du mich diesen Augenblick erleben läßt!«

Renate Sternhalter stand vor dem Besinnungslosen, den man schon in ein Einzelzimmer gelegt hatte. Ja, es war Ralf-Peter, ihr Jüngster. Aber wie sah er aus! Ein alter Mann, gezeichnet von Mühsal und Laster. Die Mutter sank aufschluchzend vor dem Bett in die Knie und umfaßte die abgezehrten Hände des Mannes, der da vor ihr lag. Der Siebenunddreißigjährige sah beinahe aus wie ein Greis.

Dorothee berührte leise die Schulter ihrer Mutter, beugte sich zu ihr herunter und flüsterte ihr zu: »Sprich zu ihm. Er hat nicht mehr viel Zeit. Aber man ist der Überzeugung, daß Sterbende noch mehr hören und in sich aufnehmen, als man meint.«

Frau Sternhalter raffte sich auf. Am liebsten hätte sie ihren Schmerz laut herausgeschrien. Aber sie straffte sich, festigte mit aller Willenskraft ihre Stimme und sagte: »Ralf-Peter, mein Junge, mein liebes Kind! Du bist nach Hause gekommen. In all den Jahren habe ich täglich für dich gebetet. Nun hat Gott mein Gebet erhört. Aber noch viel wichtiger ist, daß du ins Vaterhaus Gottes zurückkehrst – zu ihm, der auf dich schon so lange wartet. Er sendet dir seinen Sohn, Jesus Christus, entgegen. Die Heilige Schrift sagt: ›Glaube an den Herrn Jesus Christus, so wirst du selig!‹ Weiter heißt es in ihr: ›Wer an ihn, an Jesus, glaubt und an den, der ihn gesandt hat, an Gott, der hat das ewige Leben und kommt nicht ins Gericht, sondern er ist vom Tode zum Leben hindurchgedrungen.‹«

Tief bewegt hörte Schwester Dorothee diese Worte. Woher nahm die Mutter die Kraft, sie in diesen Augenblicken auszusprechen?

»Ralf-Peter, in all den Jahren deines Fortseins habe ich keine Nachricht von dir gehabt. Aber ganz gleich, was geschehen ist, wo immer du dich aufgehalten und mit was für Menschen du gelebt hast – Gott liebt dich und will dir verzeihen und dich als sein Kind annehmen, wenn du ihn darum bittest.«

Dorothee merkte, die Stimme der Mutter begann zu versagen. Es überstieg ihre Kraft.

Noch einmal raffte sie sich auf: »Ralf-Peter, wenn du auch nicht mehr sprechen kannst, so daß wir dich verstehen – Dorothee, deine Schwester, und ich, deine Mutter, sind bei dir! Rufe in deinem Innern den Namen Jesu an. Er hört dich und wird dich nicht von sich stoßen.«

Frau Sternhalter war dem Zusammenbruch nahe. Ihr Kopf sank vornüber und blieb auf den Händen des Sterbenden liegen, die sie noch immer umklammert hielt. Mit aller Gewalt versuchte sie das schmerzhafte Weinen zu unterdrücken. Sie wollte es dem Sohn nicht schwermachen.

Dorothee, deren Hand auf der Schulter der Mutter lag, spürte an deren Zucken den furchtbaren Aufruhr in ihrem Innern.

So vergingen einige Minuten. Kein Wort unterbrach die Stille. Dann richtete Frau Sternhalter sich auf und warf einen fragenden Blick auf ihre Tochter, über deren Gesicht jetzt ebenfalls Tränen rannen.

Dorothee nickte ihr zu und half der Mutter, von den Knien aufzustehen. Ralf-Peter war gestorben. Sie wußten es beide. Schwester Dorothee ging, um den Arzt zu holen, der den Tod des Mannes bestätigte.

»Ich glaube, er hat meine Hände, mit denen ich seine umfaßte, noch einmal gedrückt«, sagte Frau Sternhalter. »Vielleicht wollte er mir antworten.«

Nachdem ihre Tochter den Verstorbenen mit einem Leintuch

bedeckt hatte, führte sie die Mutter hinaus in ihr Zimmer. Dort lasen sie beide den Brief, in den Dorothee schon vorher Einsicht genommen hatte. Er war vor vierzehn Tagen in Mailand geschrieben, aber nicht vollendet worden.

»Liebe Mutter!

Nun hatte ich so sehr gehofft, in den nächsten Tagen zu Dir – nach Hause zu kommen. Aber die Krankheit hat mich wieder überfallen. Ich leide an Malaria und liege hier im Krankenhaus. Seit Monaten erfüllt mich nur ein Wunsch: heimzukehren zu Dir, in unser Häuschen, Deine Hand auf meiner Stirn zu fühlen und Dich an meinem Bett sitzen zu sehen, wie Du es tatest, als ich noch ein kleiner Junge war und Du mit mir vor dem Einschlafen gebetet hast.

O Mutter, ich bin zu schwach, um Dir zu berichten, was ich an Schrecklichem durchgemacht habe, seit ich Dich, verführt von Freunden, verblendet in der Torheit meines Herzens, verlassen habe.

Gibt es überhaupt etwas, was ich nicht durchstanden hätte? Enttäuschung, Krankheit, Hunger, Einsamkeit und Schuld – Schuld, in die ich durch andere geriet, aber auch Schuld durch eigenes Versagen. Du würdest es Sünde und nicht anders nennen. Jahre hindurch habe ich gemeint, mich darüber hinwegsetzen zu können. Aber nun, da meine körperlichen Kräfte immer mehr nachlassen, sehe ich vieles völlig anders und in einer erschreckenden Klarheit. Mutter, ich –«

Hier brach der Brief ab. Ralf-Peter war nicht mehr imstande gewesen, ihn zu vollenden.

Eine ganze Weile saß Renate Sternhalter mit geschlossenen Augen da. Dorothee wagte mit keinem Wort, sie zu stören. So erschüttert sie war, so fieberhaft arbeiteten jetzt ihre Gedanken. Der Mutter waren die notwendigen letzten Dinge nicht zuzumuten. Das mußte sie an ihrer Statt übernehmen. Eins war ihr klar, sie konnte sie jetzt nicht alleine lassen. Die Oberin des Hauses würde nichts dagegen haben, wenn sie ihr eigenes Zimmer und Bett zur Verfügung stellte. Sie selbst konnte für die nächsten Tage und Nächte auf der Schlafcouch übernachten.

Es wurde Abend, bis Dorothee dazu kam, die Geschwister telefonisch zu benachrichtigen und ihnen das Vorgefallene mitzuteilen. Siegfried nahm selbst den Hörer ab und meldete sich: »Direktor Sternhalter.«

»Hier ist Dorothee!«

»Dorothee?« wunderte er sich und schien freudig überrascht zu sein. »Ich habe lange nichts von dir gehört, und eine Ewigkeit ist es her, daß wir uns gesehen haben. Aber so ist es, wenn man stark beansprucht ist wie du und ich. Ich hoffe, der Grund deines Anrufes ist kein unerfreulicher. Es geht doch etwa Mutti nicht schlecht? Auch sie habe ich eine Weile nicht gesehen. Rufst du von ihr aus an oder von deiner Dienststelle?«

»Vom Krankenhaus, Siegfried, und ich muß dir mitteilen, daß unser Bruder Ralf-Peter heute bei uns eingeliefert worden ist.«

»Das kann doch nicht wahr sein!«

»Doch, Siegfried, er ist es einwandfrei.«

»Das hat uns gerade noch gefehlt!« Darauf folgte eine kurze Pause. Dann fuhr Siegfried Sternhalter fort: »Du lieber Himmel, was kommt damit auf uns zu?«

»Ralf-Peter ist tot, Siegfried. Er ist heute nachmittag gestorben. Ich konnte Mutti noch rechtzeitig zu ihm bringen lassen.«

»Tot ist er? Nimm mir's nicht übel, Dorothee, aber damit fällt mir ein Stein vom Herzen. Wir hätten mit ihm nichts als Scherereien gehabt, und in meiner Familie hätte es nur Unannehmlichkeiten gegeben. – Dorothee? Bist du noch da? Warum sagst du nichts?«

»Ja, ich bin noch am Apparat, Siegfried. Sag mal, hast du in deinem Bücherschrank eine Bibel?«

»Ja, was soll diese Frage?«

»Ich wollte dich bitten, die Geschichte vom Verlorenen Sohn aufzuschlagen. Ich glaube, sie steht in Lukas 15. Es ist die Geschichte von dem, der seinem Vater Schande bereitet hat, verkommen und verwahrlost heimkehrt und von seinem Vater mit Freuden aufgenommen wird. Da war aber noch ein älterer Sohn, rechtschaffen, fleißig, strebsam, erfolgreich und wohlgeachtet. – Es gibt Leute, die behaupten, diese Geschichte berichte von zwei verlorenen Söhnen. Ich würde dir raten, sie zu lesen. Sobald alle Formalitäten erledigt sind und ich näheres über die Beerdigung unseres jüngsten Bruders weiß, rufe ich noch einmal bei dir an.«

Dorothee legte den Hörer auf. –

Es war an einem unwahrscheinlich schönen Frühlingstag, oder empfand Theresia ihn nur so, weil sie unter dem langen Winter mehr gelitten hatte als je in einem der vorhergehenden Jahre? Sie hatte den Sonntag nachmittag genutzt, ins Tal hinunterzusteigen, um ihre Schwester zu besuchen. Diese hatte kürzlich ihren 42. Geburtstag erlebt. Noch immer bewohnte sie ihre kleine Wohnung zu ebener Erde des Hauses entfernter Verwandter. Hätte sie jemand gefragt, ob sie sich mit ihrem Schicksal im Rollstuhl abgefunden habe, sie hätte wahrscheinlich die Achseln gezuckt und erwidert: »Welche Frage! Kann man sich mit einem solchen Schicksal je abfinden? Es gibt doch nur eins, nämlich daß man sich dem Unabänderlichen fügt, wenn man es nicht vorzieht, freiwillig aus dem Leben zu scheiden und allem ein Ende zu machen!«

Theresia wußte, daß solche schwermütigen Gedanken immer wieder über Monika kamen, auch wenn sie sich gewöhnlich gelassen gab. Sie war dankbar, daß die Verwandte, im gleichen Alter wie Theresia und mit einem heiteren Gemüt beschenkt, sich der gelähmten Schwester in liebevoller Weise annahm. Sie hatte keine Kinder und betrachtete gemeinsam mit ihrem Mann Monika als ihre Tochter, jedenfalls als ihren Schützling.

Theresia hatte die Schwester zum Vilsalpsee gefahren. Es war eine ziemlich lange Strecke mit dem Rollstuhl gewesen, aber Monika hatte sich so sehr danach gesehnt, wieder einmal dorthin zu kommen. Bevor sie sich gegen Abend von ihr verabschiedete, hatte Theresia sie gefragt: »Soll ich am nächsten Sonntag nicht schon vormittags kommen, damit wir miteinander den Gottesdienst besuchen können?«

Die Schwester hatte sie erstaunt angeblickt. »Das fragst du, die du doch selbst nie zur Kirche gehst?«

Fast verlegen senkte Theresia den Blick. Dann antwortete sie: »Ich bin in letzter Zeit ein paarmal zur Predigt gegangen. Weißt du –«, sie suchte nach Worten, »wenn man älter wird, sieht man manches anders. Man wird milder im Urteil, so meine ich es wenigstens, und man glaubt zu erkennen, daß man – ach Monika, wir waren ja nie gewöhnt, über unsere tiefsten und persönlichsten Empfindungen zu reden. Erinnerst du dich an Frau

Sternhalter? Ich habe dir doch erzählt, daß sie im vergangenen Sommer zwei Wochen bei mir war. Seitdem stehen wir miteinander im Briefwechsel, und sie hat mir für manches die Augen geöffnet. Das heißt nicht, daß ich nun ein überzeugter Christ geworden bin. Aber irgendwie sehne ich mich nach etwas, was mir bisher gefehlt hat.

»Mich hat Anny verschiedentlich mit dem Rollstuhl zur Kirche gefahren«, erwiderte Monika, ohne auf die letzten Worte der Schwester einzugehen. »Ich kann nicht sagen, daß mir Messe oder Predigt etwas bedeuten. Aber ich wollte es Anny und ihrem Mann nicht abschlagen. An meinem Schicksal ändert das alles ja doch nichts.«

»Aber vielleicht läßt es sich dadurch leichter ertragen«, erwiderte Theresia und merkte nicht, daß sie damit einen Ausspruch von Frau Sternhalter wiederholte.

Eine Amsel sang in den Abendsonnenschein, als Theresia langsam zu ihrem Haus emporstieg. Erste Frühlingsblumen streckten ihre Köpfchen fast noch zögernd hervor, als trauten sie den Sonnenstrahlen noch nicht so recht. Tief atmete Theresia die Luft ein, die ihr angenehmer war als die der winterlichen Tage, die hoffentlich endgültig vorüber waren. Die Berge sahen direkt sonntäglich aus, so meinte Theresia. Ihre noch immer schneegekrönten Höhen hoben sich prächtig von dem blauen Himmel ab.

Als Theresia sich ihrem Haus näherte, stutzte sie. Da saß auf der Bank unter den Tannen, umhüllt von den letzten Sonnenstrahlen, ein fremder Mann, der ihr wohl schon eine Weile entgegengeblickt hatte, während sie den schmalen Fußweg emporstieg. Was mochte er hier oben suchen? Plötzlich stockte ihr Fuß. Beinahe hätte sie einen Schrei ausgestoßen. Das war ja Josi, Joseph Kleinert!

Seit Jahren hatte sie ihn höchstens von weitem gesehen und war ihm dann möglichst aus dem Weg gegangen. Sie hatten sich nichts mehr zu sagen. Oder doch? Warum war er heraufgestiegen? Er konnte nur zu ihr wollen.

Herr Kleinert hatte sich von der Bank erhoben und kam ihr entgegen. Theresia war keines Wortes fähig und stehengeblieben. Er streckte ihr beide Hände entgegen: »Resi, ich bin zu dir gekommen, weil ich mit dir reden möchte. Ich habe dir etwas Wichtiges zu sagen.«

Es dauerte eine Weile, bis Theresia sich soweit gefaßt hatte, daß sie antworten konnte. Ihr Herz schlug ihr bis zum Halse herauf. Schließlich erwiderte sie: »Komm ins Haus. Hier draußen, wo uns die Nachbarn sehen, können wir nicht miteinander sprechen.« Sie ging vor ihm her und öffnete die Tür.

Als Joseph Kleinert nach etwa zwei Stunden das Haus wieder verließ, war sein Schritt schwer, sein Kopf gesenkt und der Ausdruck seines Gesichtes traurig und enttäuscht.

In ihrer Wohnstube aber saß Theresia, hatte die Arme über den Tisch geworfen, den Kopf darauf gelegt und weinte, als müßte ihr das Herz brechen.

Es war noch am gleichen Abend. Joseph Kleinert hatte soeben noch einen prüfenden Blick über die gedeckten Tische des Speisesaals seines Hotels geworfen. Am liebsten wollte er heute keinen Menschen mehr sehen. Er hatte ja geahnt, daß es so kommen würde, schon damals, als seine Tochter Marlies ihm zugeredet hatte, zu Theresia Morlock zu gehen, um mit ihr zu sprechen.

»Sie wird nicht mehr wollen«, hatte er ihr geantwortet. »Sie hat es nie vergessen, daß ich nicht auf sie gewartet habe.« Als er jedoch heute nachmittag gefragt hatte, ob sie noch bereit sei wie damals vor Jahren, als sie beide kaum dem Kinderalter entwachsen waren, seine Frau zu werden, da hatte er aus ihren erschrocken gestammelten Worten herausgehört, daß sie nie an einen anderen Mann gedacht hatte als an ihn. Er meinte sie noch sagen zu hören: »Josi, ich liebe dich immer noch. Aber diese Liebe, die einmal wie eine wunderschöne, leuchtende Blume war, ist verkümmert, weil sie keinen Nährboden hatte. Ohne Hoffnung kann nichts gedeihen. Wie hätte ich hoffen sollen, da du doch eine Frau hattest?«

»Aber Resi«, hatte er geantwortet, »es kann ein neuer Lebensabschnitt für uns beide beginnen. Ich habe meine Liebe zu dir neu entdeckt, und ich bitte dich von ganzem Herzen, werde meine Frau. Jedesmal, wenn Marlies, meine Tochter, die seit Oktober verheiratet ist, mich besucht, fragt sie, ob ich mit dir gesprochen habe. Bis heute konnte ich mich nicht dazu aufraffen. Es fiel mir schwer, mir vorzustellen, daß du mir verzeihen kannst, da ich mein Versprechen dir gegenüber nicht gehalten habe. Aber nun kann doch noch alles gut werden. Laß uns einen neuen Anfang machen! Komm und hilf mir! Auch in meinem Hotel soll einiges anders werden. Aber du mußt mir beistehen. Ich will einen Teil meines Hauses meinem Sohn, dem Kinderarzt, zur Verfügung stellen, damit er erholungsbedürftige Patienten zu mir schicken kann. Ich meine, damit könnte ein neuer Lebensauftrag auf mich zukommen. Ob die anderen Gästen meines Hauses für die Umstellung Verständnis aufbringen oder nicht, das ist mir gleichgültig. Aber du mußt mir dabei helfen, Resi. Ich weiß, du kannst es.«

Aber Theresia hatte nicht zugestimmt. Er konnte es nicht begreifen, obgleich sie ihm ihre Liebe eingestanden hatte. Sie habe ihrer Mutter ein Versprechen gegeben, ihren Bruder nicht im Stich zu lassen. Sie müsse für ihn da sein, obgleich er ein verkommener Alkoholiker sei. Ohne sie würde er vollends untergehen.

Joseph Kleinert hatte schließlich erkannt, daß sie nicht umzustimmen war. Wohl ließ das Geständnis ihrer Liebe ihm noch ein winzig kleines Hoffnungsflämmchen, aber im Augenblick sah er keinen Weg, daß Theresia seine Frau würde.

»Herr Kleinert!« Der Hausdiener stand vor ihm. »Ein Mann steht draußen und will Sie unbedingt sprechen. Aber ein Gast ist es nicht – so sieht er nicht aus. Er hat auch nur eine Aktentasche bei sich und macht einen wenig Vertrauen erweckenden Eindruck.«

»Ich komme!«

Herr Kleinert erkannte ihn nicht gleich. Toni Morlock war ein kleiner Schuljunge gewesen, als er ihn zum letzten Mal gesehen hatte. »Sie wünschen?« fragte der Hotelbesitzer zurückhaltend.

»Sie können ruhig Du zu mir sagen«, erwiderte der andere, der zwar nicht verkommen, aber auch nicht adrett aussah. »Ich bin nämlich der Bruder von der Theresia. Sie haben mich gekannt, als ich in die ersten Schulklassen ging.«

»Komm herein«, erwiderte Herr Kleinert und führte ihn in sein Büro.

»Und was möchtest du von mir?«

»Ich war in der Küche«, begann Toni, »als Sie heute mit meiner Schwester in der Wohnstube sprachen, und ich habe alles gehört. Sie wußte nicht, daß ich daheim war.« Er sprach nicht gleich weiter.

»Und nun?« fragte Herr Kleinert.

Jetzt kam eine heftige Erregung über den Mann, der vor dem Schreibtisch dem Hotelbesitzer gegenübersaß. Er ballte die Fäuste, als könnte er seinen Vorsatz damit bekräftigen. »Sie sagen alle, ich sei ein Schuft, ein Tagedieb, ein Säufer, ein Taugenichts! Und sie haben wahrscheinlich recht. Aber so verkommen bin ich doch noch nicht, daß ich dem Glück meiner Schwester im Wege stehe. Ich weiß wohl, was ich ihr zu verdanken habe. Ich wäre schon längst versumpft und krepiert, wenn sie nicht wäre. Es traut mir zwar keiner zu, daß ich dies erkenne. Aber lieber gehe ich vor die Hunde, als daß ich meiner Resi den Weg –« Er begann zu heulen.

Schnapstränen, dachte Herr Kleinert, die von einem vollkommen degenerierten Charakter zeugen. Damit erweckt er bei mir kein Mitleid! Im gleichen Augenblick erinnerte er sich aber daran, daß er vor nicht zwei Stunden zu Theresia davon gesprochen hatte, daß er einen Teil seines Hotels freimachen wollte, damit behinderte Kinder dort Aufnahme finden und sich erholen könnten. Und hier? War das nicht auch ein Behinderter, ein seelisch Verkrüppelter – einer, der rettungslos verloren war, wenn sich niemand seiner annahm?

Toni sprach weiter: »Ich habe meiner Schwester einen Zettel in die Küche gelegt, auf den ich geschrieben habe, daß ich Ihr Gespräch mit angehört habe und daß ich kein solcher Schuft bin, der ihr weiteres Leben an sich kettet. Ich will ihrem Glück nicht im Wege stehen. Sie soll mir verzeihen, was ich ihr angetan habe. Ich käme nie mehr zu ihr zurück. Sie sei frei und könne zu Ihnen gehen.«

»Und was hast du jetzt vor?« fragte Herr Kleinert. »Wo willst du hin?«

»Ich weiß es nicht. Jedenfalls nie mehr nach Hause. Ich werde mich schon durchschlagen, finde bestimmt Gelegenheitsarbeit. Ihnen wollte ich es sagen, damit Sie wissen: das Hindernis ist beseitigt!«

Joseph Kleinert hatte daraufhin ein langes Gespräch mit Toni Morlock. Dann telefonierte er längere Zeit. Noch am gleichen Abend fuhr er mit Toni in seinem Auto fort, über die Grenze nach Deutschland. Sein Herz war nicht mehr ganz so hoffnungslos, als er spät in der Nacht zurückkam.

Immer wieder mußte Frau Sternhalter den Brief lesen, den Theresia ihr Anfang Mai geschrieben hatte. Manches hatte diese ihr mitgeteilt; aber das, was sie in den letzten Zeilen berichtete, schien Renate beinahe unfaßbar zu sein: »Toni ist mit Hilfe Joseph Kleinerts in eine Trinkerheilanstalt im Allgäu gekommen, die von dessen Freund geleitet wird. Dort soll mein Bruder sich zu unser aller Erstaunen gut halten. Josi hat ihm versprochen, wenn es ihm gelingt, das Trinken aufzugeben, würde er ihm nach seiner Entlassung eine Stelle bei einem Freund besorgen, der ebenfalls Hotelbesitzer ist. Ach, wenn er doch ein neues Leben beginnen wollte. Gewiß benötigt er eine stützende Hand. Die hat Joseph ihm geboten. Ich weiß, er wird sich auch weiter um meinen Bruder kümmern.

Ich aber kann es noch nicht fassen, daß ich Josis Frau werde. Wenn Sie im Juni zu unserer Hochzeit kommen, will ich Ihnen erzählen, wie alles vor sich gegangen ist. Mir kommt es wie ein Wunder vor.

Mein Schwager und meine Schwester werden schon bald danach hier heraufziehen und unser Haus übernehmen. Sie wollen einige Kühe kaufen und ein ganz neues Leben beginnen. Alle hoffen, daß Kati hier oben wieder zu neuen Kräften kommt.

Sie, liebe Frau Sternhalter, haben einmal zu mir gesagt: Gott könne auch in meinem Leben noch eine Tür auftun. Sie erinnern sich, daß ich ungläubig, jedenfalls voller Zweifel fragte, was das wohl für eine Tür sein soll.

Er hat sie aufgetan. Und ich schäme mich heute meines Zweifels.«

Renate Sternhalter saß lange Zeit still und hielt den Brief in ihren Händen. Dann sagte sie: »O Gott, wie wunderbar sind deine Wege!«

Als plötzlich das Telefon klingelte und sich Stefanie Brunner meldete, die Frau des Arztes aus dem Schwarzwald, um ihr von dem zu berichten, was ihr Bruder ihr mitgeteilt habe, konnte Renate nur noch einmal wiederholen, was sie soeben dankerfüllt ausgesprochen hatte.

»Wir werden uns bestimmt an der Hochzeit sehen«, fuhr Stefanie freudig erregt fort. »Sag, ist das nicht ein wundervolles Happyend einer der rührendsten Liebesgeschichten unserer Zeit?«

»Es ist mehr als nur ein glückliches Ende«, erwiderte Renate. »Es ist wieder einmal der Beweis dafür, daß bei Gott kein Ding unmöglich ist.«